Aquel verano

Miguel Aranguren

QUINTA EDICIÓN

astor juvenil

PALABRA

A Ana, en el final de su infancia.
A Ana, en su primera juventud.

«La adolescencia tiene de la mano a la juventud, aunque no lo sepa y no lo quiera. Pero de pronto esa mano se suelta.»
(R.G.P.)

CAPÍTULO I

A mi padre le gustaba planificar la vida, no era aficionado a las sorpresas. Pensó en mi futuro desde el momento en el que me quedé huérfano de madre, a los pocos años de mi nacimiento. A veces me lo imagino junto a mi cama, después de haberme rodeado de peluches que velaran mi sueño, trazando en la libreta de su cabeza prodigiosa la ruta de mi éxito profesional. Cuando solicitó una plaza en un jardín de infancia bilingüe, había decidido cuáles serían los idiomas que me convenía aprender antes de los dieciocho años, así como los deportes y las aficiones intelectuales que me convertirían en un muchacho de provecho, con prestigio académico y personal para estudiar una carrera universitaria en alguno de los mejores centros de Gran Bretaña o de los Estados Unidos de América. Todavía le oigo decirme que «las cosas se están poniendo difíciles», o que «vivimos en un mundo en el que muchos competimos por las mismas pocas plazas, y sólo el que está bien preparado puede aspirar al triunfo».

Tenía razón, el trabajo cada día es más competitivo, pues sobran los jóvenes que aspiran a un primer empleo gracias a las aptitudes que demuestran las colecciones de diplomas con las que deambulan de empresa en empresa.

Mi padre entrevistaba a muchos de aquellos recién licenciados, después de que hubieran pasado una ristra de pruebas en el área de personal de la compañía de tabaco, pues al final era él quien decidía el candidato idóneo para cada uno de los puestos que surgían en la multinacional.

—No todos valen –me aseguraba las noches en que llegaba a casa antes de que me hubiese ido a dormir, mientras se desanudaba la corbata–. Las cosas están tan negras que no basta con una carrera, Rodrigo, tenlo presente. Es necesario más.

—¿Más qué ? –le preguntaba con la ignorancia de un chaval.

—Ni yo mismo lo sé. Más estudios, más idiomas, más aptitudes... –respondía con una chispa de melancolía.

Esta historia comenzó cuando cumplí quince años. En mi cama, con las luces apagadas, pensaba que mi padre me lo había dado todo. Su buena posición económica le permitió educarme en los colegios más prestigiosos de Europa, donde aprendí inglés, francés y alemán; en los que practiqué los deportes que corresponden a los nacidos en buena cuna; donde conocí a compañeros de todas las latitudes de la tierra y en cuyas bibliotecas disfruté con la lectura de numerosas novelas desconocidas en España.

Aunque me sonaba a copla vieja, sabía que mi padre se había sacado las castañas del fuego desde muy joven; era un «hombre hecho a sí mismo», como dicen los norteamericanos. Estudió en una universidad de Washington, en tiempos en los que América era un continente lejano. A su vuelta, picoteó aquí y allá antes de que la compañía de tabaco le contratase para un puesto de alta dirección que le obligó a viajar de continuo, remedio con el que olvidar a mi madre.

Ella, estoy seguro, fue distinta. Tal vez se enamoró porque sus virtudes se completaban con las de papá. Él, ya lo sabéis, pragmático y meticuloso. Ella –lo escribo a partir de los retazos con los que he podido reconstruir su vida–, idealista y despreocupada. Se conocieron un año antes de mi nacimiento, en Madrid, donde mamá había crecido junto a su familia. Papá había regresado de Washington, y trabajaba por entonces para una firma francesa de cosméticos con oficinas en Bilbao. Viajó a Madrid porque pretendía cerrar un contrato con mi abuelo materno, que era dueño de un laboratorio, y en aquellas negociaciones conoció a mi madre. Desde que se enamoraron hasta el día de la boda, apenas pasaron seis meses.

Se casaron en la iglesia de una aldea del norte de España, que dista unos kilómetros de Bilbao, y se instalaron en el caserío de mi abuela paterna, donde había nacido mi padre y había vivido hasta que ingresó en la universidad americana. Papá me ocultaba los recuerdos de ese tiempo como si fueran un tesoro para su exclusivo disfrute. Nunca me hablaba de mi madre, ni de la abuela, ni de cómo era la vida en aquella casa de campo, mas creo que él volvía una y otra vez sobre aquellos momentos felices, a pesar de su silencio y del misterio con que los cubría.

Supe que mi madre murió de un cáncer muy agresivo, que pudo con ella en apenas siete u ocho meses, arrancándole su juventud, los sueños, la bohemia..., su vida. Desde entonces, todo cambió. Mi padre se estableció en Madrid y me llevó con él. Logró un puesto en la compañía, desde el que ascendió hasta convertirse en uno de sus principales ejecutivos. Llenó con el trabajo el vacío que le había dejado su mujer, hasta convertir aquella empresa en su segundo y definitivo matrimonio. Mi abuela, su madre, quedó atrás, como si la vida fuese un libro en el que no se pudiera volver sobre las páginas leídas. El valle, el caserío y aquella mujer mayor se fueron desdibujando hasta parecer un golpe de niebla que respiraba detrás de nuestras conversaciones. Durante los primeros meses, papá viajó algún fin de semana para visitar el cementerio del pueblo, donde mi madre está enterrada. Pero al poco asumió que debía comenzar una nueva etapa en la que se le ofrecía el ascenso laboral como medicina para olvidar, y no regresó al valle.

Cuando firmó con la compañía de tabaco, contrató a Lola. Era enfermera, especializada en bebés, y porque llegó a casa después de mi tercer cumpleaños, se convirtió en mi cuidadora. La he querido como creo que se quiere a una madre, pues de la mía no guardo un solo recuerdo. Con Lola pasaba la mayor parte del tiempo. Jugábamos juntos, me enseñaba a pintar, a estudiar, y los sábados íbamos los dos al cine y a merendar. Mantenía la casa aseada, cocinaba para mi padre y para mí, llevaba las cuentas, compraba mi ropa, se encargaba de mis libros de texto y planchaba. Pero no deseo, al hablar con tanto afecto de Lola, dar la impresión de que la relación con mi padre fuese distante. Él y yo nos hemos querido mucho y jamás me he negado a sus exigencias que, justo es reconocerlo, me resultaron siempre provechosas. Pero por su continuo ir y venir a causa del trabajo, crecí junto a aquella mujer hasta que, con diez años, ingresé por primera vez en un internado en el extranjero.

A partir de entonces, durante el curso viví en Francia, en Alemania y en Gran Bretaña. Papá se reservaba el mes de agosto para mí. Eran las semanas de sus vacaciones y viajamos juntos a los lugares con los que cualquier chico de mi edad podría soñar: Disney World, el Cañón del Colorado, las islas Galápago... Julio lo pasaba con Lola y con su familia, en el Sur de España. Lola estaba soltera, pero tenía varios hermanos y un puñado de sobrinos con los que hice buenas migas. Allí, por las calles de San Fernando, una vez caía la fresca, los mayores nos permitían jugar en la calle y no nos castigaban si se nos escapaba un taco o si regresábamos bañados de arena. Fueron sus sobrinos quienes me descubrieron cómo fumar y echar bien el anzuelo desde el malecón del puerto.

En los inviernos, papá me telefoneaba desde Madrid al colegio casi a diario y venía a verme cuando su trabajo le llevaba a alguna ciudad de los alrededores. De lo contrario, buscaba un fin de semana libre de cada cuatro, me rescataba de los muros de mi residencia, que los sábados y los domingos quedaba medio vacía, y nos íbamos a vivir a un hotel. ¡Qué bien lo pasábamos! Apenas necesitábamos salir de la habitación. Nos tumbábamos en la misma cama, yo con la cabeza sobre su pecho, que rebotaba cuando se reía al escuchar los motes que poníamos a cada profesor o las aventuras de mi pandilla colegial.

Aquellas veladas eran las únicas ocasiones en las que mi padre regresaba a sus orígenes y se atrevía a desvelarme, después de muchas horas de conversación, apuntes sobre su infancia. Le escuchaba con la devoción y la curiosidad que sólo los niños son capaces de poner ante los detalles sobre el pasado de sus progenitores, mas me inquietaba que mi padre sufriera al retroceder sobre los años. Hablaba con tal riqueza de matices acerca del caserío, de las montañas, del valle, de sus hermanos y de la abuela, que me parecía escuchar a un poeta que cantara experiencias muertas, o un sueño placentero que no volverá. Sabía, por confidencias de Lola en sus cartas quincenales, que mi padre no mantenía relación alguna con su familia. Mis tíos le echaban en cara que no atendiese a la abuela, pero él argumentaba que el trabajo apenas le dejaba tiempo para mí, y que se había ocupado de asegurar el mantenimiento económico de su madre hasta que ésta muriese. Pero para ellos no era suficiente.

Con las cartas de Lola en mis manos, pensaba que la abuela debía de estar agradecida al dinero que le enviaba papá todos los meses, pues nunca le reprochaba nada cuando hablaban por teléfono. Las llamadas desde el valle coincidían con alguna fecha especial: mi cumpleaños, el aniversario de papá o la Navidad. Antes de colgar, él me entregaba el auricular para que yo la saludara. Bastaba mi tímida voz para que se desatara la emoción de aquella mujer a quien había visto por última vez el día de mi primera comunión. Sus rasgos eran difusos en mi cabeza, un recuerdo fijo, el de una fotografía enmarcada sobre una de las repisas de la biblioteca. No había vez que no me invitara a pasar unos días junto a ella, pero sorteaba su propuesta con elegancia, ya que estaba seguro de que me divertiría más con la familia de Lola o en alguno de aquellos viajes que con tanta ilusión preparaba mi padre.

—Otra vez, abuela, cuando se acaben las clases.

Papá sólo viajaba al caserío por Nochevieja, pero al día siguiente regresaba a Madrid, apremiado por los compromisos de su agenda. Según Lola, aquella cena en el valle era desagradable para él, pues la tía Mayte y el tío Rodrigo le retaban con los argumentos de costumbre. Mi cuidadora opinaba que mi padre no quería enfrentarse con tío Rodrigo, al que podría acusar también de visitar a su madre de Pascuas a Ramos, pues vivía en Barcelona desinteresado por lo que ocurría en el valle. Tampoco quería indagar sobre los rumores que acusaban a tía Mayte de tener atiborrada la despensa de su casa gracias a los productos que compraba el servicio de la abuela con el dinero de papá. Soportaba aquella lluvia de reproches, durante la última noche del año, con el mismo silencio reflexivo con el que se enfrentaba a las dificultades de la compañía. A la mañana siguiente, antes del amanecer, ya estaba al volante de su automóvil camino de Madrid.

Fue en Burdeos, pocas semanas antes de mi cumpleaños, cuando la correspondencia de Lola empezó a distanciarse. Sus cartas, que hasta entonces ocupaban numerosas cuartillas de letra redondeada, se convirtieron en lacónicos mensajes que apenas emborronaban un pliego. Eran frases desganadas, que no se referían a ella ni a sus sobrinos.

—¿Qué le ha pasado a Lola? –abordé a mi padre en su siguiente visita.

—Se va a marchar de casa –me descubrió–. Se ha enamorado de un gaditano, un buen hombre, viudo, dueño de varias tiendas de ropa, creo recordar.

—Pero..., ¿por qué no me lo ha contado?

Había una luz mortecina en la habitación del hotel cuando por primera vez me lancé a los brazos de papá para llorar con amargura. La noticia me dolió como si de la muerte de Lola se tratara, pues intuí que no la volvería a ver. No entiendo por qué no me confió su secreto, pues yo le hice confidente de todos los míos. Supongo que no tuvo valor para comprobar si yo estaba maduro para afrontar la soledad. Le escribí una vez y otra a la dirección de sus hermanos, pero nunca contestó mis cartas.

Papá no la echó en falta hasta que se aproximó el verano; tras la dimisión de buena parte de los directivos de la compañía de tabaco a causa de un escándalo financiero, recibió el encargo de preparar un congreso extraordinario en Miami, que se celebraría al final de agosto, arruinando nuestro tradicional viaje. Algún compañero de oficina le habló de un campamento para jóvenes en Canadá, y trajo al colegio una colección de folletos a los que no presté atención.

—Estoy cansado de ir de acá para allá.

—¿Qué te apetece entonces?, hijo.

Dudé unos instantes. Deseaba conocer amigos duraderos, harto de perderlos en cada cambio de internado. Ni papá ni yo albergábamos la esperanza de que los sobrinos de Lola me invitaran a Cádiz; tenía asumido que nunca les volvería a ver.

En el mes de julio, bajo el calor metálico de la noche de Madrid, mi padre trajinaba nervioso por los pasillos de casa.

—¿Qué puedo hacer contigo? La semana que viene tengo que estar en Miami, y no vas a quedarte aquí solo.

—Podría acompañarte.

—¿Te divertiría? –se detuvo.

—La verdad, es que..., no.

Sonó el teléfono. Era la abuela, que llamaba desde el valle. Papá le contó nuestro problema en voz baja, como si le molestara que yo fuera testigo de la confidencia con su madre.

—Es la abuela –me tendió el auricular–, quiere hacerte una propuesta sobre las vacaciones.

La voz de la anciana me pareció un torrente.

—Ven conmigo –insistía.

—¿Y si me aburro?, abuela –le discutí–. Papá estará fuera casi dos meses, demasiado tiempo para pasarlo en un pueblo.

—Estoy convencida de que te divertirás. En caso contrario puedes visitar a tío Rodrigo, en Barcelona.

—Eso no le gustaría a mi padre.

—No te preocupes; te he dicho que sólo irás a Barcelona en el caso de que te aburras, pero el jardín de mi casa es demasiado grande y son muchas las tareas que faltan por hacer.

—¿Me propones que trabaje como jardinero?

—Como ayudante de jardinero –su voz se distendió como si sonriera al otro lado de la línea.

Aquella insinuación me resultó atractiva.

—¿Encontraré gente de mi edad?

—El pueblo es tranquilo, pero prometo que anunciaré tu llegada.

Cuando se lo conté a papá, le brillaron los ojos.

—Tu abuela es única a la hora de insistir... Lleva quince años empeñada en que conozcas la casa en la que naciste. Te advierto que es un pueblo pequeño y que puedes encontrarte con que no hay chicos de tu edad. Además, ella es demasiado mayor para que pases un verano a su lado.

Cavilé.

—Pero ¿tú irías?

Papá calló unos momentos.

—Creo que, aunque sólo fuese por curiosidad, iría.

—¿Qué me puede producir curiosidad?

—Bueno, tu abuela es una persona original, se parece muy poco a mí. Además, conocerás el valle de mi infancia y la casa en la que tú y yo vivimos con mamá.

Aquella noche dormí intranquilo. Repasé en mi memoria las veladas con papá en los hoteles de Europa, cuando él evocaba su pasado. Por la mañana, le anuncié que prefería aquella experiencia que el campamento en Canadá.

CAPÍTULO II

La secretaria de papá me sacó un billete de primera clase para el coche-cama que hacía el trayecto de Madrid a Bilbao. Él me acompañó hasta la estación de Chamartín. Vino a casa desde la oficina, en el *Jaguar* que solía conducir su chofer. Dentro de la cabina, el aire acondicionado conseguía que el calor que calcinaba las calles de la ciudad pareciese ficticio, y los transeúntes actores. Aparcamos en segunda fila, pues la estación estaba colapsada durante esos días de vacaciones. Cargó mi equipaje, colgándose la bolsa al hombro, y bajamos al andén por unas escaleras mecánicas.

Aquel edificio irradiaba la alegría del tiempo estival. El tumulto del verano apenas nos permitía escuchar los anuncios de los altavoces sobre los destinos de los trenes. Un público heterogéneo caminaba de acá para allá: matrimonios mayores que empujaban un carro repleto de maletas, jóvenes con pantalones cortos y sandalias que leían los paneles de avisos con la mochila sobre sus espaldas, y el personal de RENFE, que destacaba por los uniformes livianos del jefe de estación y de los encargados del mantenimiento.

—Llámame mañana, en cuanto llegues al caserío. Estaré en la oficina y, aunque tengo mucho trabajo, me pondré al teléfono..., pero..., si te coge Margarita, le cuentas a ella cómo ha ido el viaje, porque mi avión sale por la noche y aún tengo mil cosas por hacer.

—No te preocupes.

—A la abuela le das un beso de mi parte. Bueno, Rodrigo –concluyó–, espero que seas formal.

—Papá..., tengo quince años.

—Está bien. Dame un beso y sube al tren.

En medio de los pasajeros y sus acompañantes, que llenaban la plataforma, destacaba el aspecto de mi padre, tan elegante con su traje *beige.* Un tipo que iba a subir al vagón, se dio la vuelta y le miró inquisitivo.

—¿Es usted Julián Gárate?

Mi padre asintió con la cabeza.

—Nos conocimos en Londres, hace un par de años. Soy Usandizaga, de Vasco Cartón –le tendió la mano, con el pie aún sobre el primero de los escalones de la puerta–. Ayer leí sus declaraciones sobre los objetivos que quiere proponer a su empresa en Miami. ¿Sabe?, ese feo asunto de las comisiones no hubiera ocurrido de haber cerrado el trato con nosotros. El tiempo siempre da la razón a quien la merece –apostilló con un deje impertinente.

Papá resopló.

—Tienes suerte, Rodrigo, estas semanas van a ser agotadoras para mí.

Sonó un silbato, y aquel tipo entró al vagón con la misma indiferencia que hubiera mostrado de no haber reconocido a mi padre.

—Espero que no viajemos en el mismo compartimento –dije para que comprendiese que no me habían gustado las maneras empleadas por el de Vasco Cartón.

—Anda, hijo, que se marcha el tren.

Ascendí por la escalerilla y me giré para decirle adiós, pero se había dado la vuelta y caminaba hacia las escaleras mecánicas.

Cuando me senté en el compartimento, fijé la vista en las farolas de Chamartín, que se iban sucediendo mientras el tren se desperezaba rumbo al norte. Fuera, el sol del atardecer aplastaba la ciudad. Sobre el cielo nacarado, los vencejos describían arcos con su vuelo libre y negro que parecía arañar la superficie contaminada del espacio. De cuando en cuando, el tren se acompasaba a nuevos tramos de vía sobre los que crujían sus ruedas de metal. Algunos rieles estaban libres, pues iban a morir sobre un montón de piedras calcinadas, de las que se desprendía una cortina de aire tembloroso. Me entretuve con el ritmo abombado de los cables de luz mientras caía un sol redondo, enorme y sangrante.

Antes de partir, había escogido unos libros de lectura en la biblioteca de casa. Abrí mi bolsa y extraje un ensayo de Azorín que versaba sobre aquel paisaje castellano que perdía nitidez a medida que el tren avanzaba bajo la noche. Entre párrafo y párrafo de aquella prosa precisa, miraba por la ventanilla las tierras que describía el autor, azules y distintas bajo el resplandor de la luna.

Me quedé dormido con el vaivén de la locomotora. Desperté cuando el tren se detuvo en Aranda de Duero. Guardé el libro y subí a la litera mientras recordaba a mi padre, que aún estaría en la oficina.

—Mañana se marcha solo a América –pensé–, solo como desde hace quince años.

Antes de apagar la luz, abrí la cartera para contemplar una fotografía de mamá que siempre portaba conmigo, del día de su boda. El fondo de la instantánea era confuso: no había nada que me descubriera algún detalle del pueblo. Estaba acostumbrado a mirar la foto sin detenerme, como si aquella mujer vestida de novia fuese un objeto familiar en mi vida, comparable al dibujo de la tapicería del salón, algo tan cotidiano que ni siquiera te detienes a analizar si es bonito o feo. Cuando pensaba en mamá, me venía a la cabeza aquel retrato, el de una mujer eternamente vestida de novia.

El tren amaneció en el norte. Cuando me levanté, nos deslizábamos alrededor de la panza de un acantilado gris cubierto por matojos verdes. Atravesábamos túneles tan breves que no era necesaria la luz eléctrica. Afuera se sucedían las montañas, cubiertas de pinares de hoja dura y de bosques esponjosos. Las praderas eran suaves pendientes de hierba intensa en las lomas cercanas, y agrestes laderas en los macizos rocosos del horizonte, medio ocultos por las nubes. Los caseríos asemejaban dados abandonados al azar sobre un tapete de juego, y las aldeas se aglutinaban alrededor de viejos campanarios. El revisor golpeó la puerta de mi compartimento.

—Las nueve menos cuarto, señor. En menos de treinta minutos llegaremos a Bilbao.

Me vestí deprisa y guardé el pijama en la bolsa de aseo después de empaparme de colonia para causarle buena impresión a mi abuela. Por si el revisor daba alguna indicación a través del pasillo, descorrí la puerta cuando dejamos atrás las primeras casas de la ciudad.

La estación de Bilbao tenía gusto decimonónico, con una enorme cristalera de colores en forma de abanico abierto. Bajé la ventanilla y aspiré el olor del carbón y el de los guijarros de la vía, manchados de aceite.

La abuela me había indicado que aguardase junto a la puerta de salida de la estación, pues su chófer me estaría esperando. Supuse que aquel mecánico portaría un letrero con mi nombre pero, por más que lo busqué, no vi a nadie de semejante guisa. Descargué mi bolsa sobre un carro y salí a la calle. Me tentaba tomar un desayuno en el bar, que exhalaba un aroma a bollería reciente y a café. Sin embargo, temí que el chófer anduviera por los alrededores y que, al no encontrarme, volviese al pueblo con la idea equivocada de que yo no había viajado en el tren. Me aposté contra las barandillas de las escaleras exteriores, y aguardé a que alguien reclamara mi atención, entretenido con las gaviotas y las pequeñas embarcaciones que pululaban por una ría sucia que dividía la ciudad.

Sobre las paredes de las viviendas, entre los pilares de los muelles y encima de las aceras había pintadas políticas y carteles que animaban a la lucha armada por la independencia del País Vasco. Me vino a la cabeza la entrevista previa a mi admisión en el *college* de Inglaterra; cuando el examinador preguntó sobre mi lugar de nacimiento, sabía de antemano que la provincia de Vizcaya era una de las zonas reclamadas por el independentismo vasco, y aun así hizo una referencia al grupo terrorista por adivinar si la ideología de mi padre era próxima o lejana a los postulados de ETA. Como en otras ocasiones, papá ofreció su silencio como respuesta, aunque de seguido envió una queja escrita al director, del que recibimos toda clase de disculpas.

Mi padre era un hombre tolerante, y si hubiese pensado que el euskera podía ser de mi provecho en el futuro, sin duda me lo habría hecho estudiar. Él no lo hablaba, aunque conociese alguna canción de la escuela, porque el valle en el que nació es un pasillo natural hacia Burgos, camino ancestral de mercaderes y viajeros, y sus pobladores una amalgama venida, Dios sabe cuándo, de todos los rincones de Vascongadas y Castilla.

—¡Hay sardinas frescas! –voceó una vendedora ambulante de pescado bajo las escaleras, mientras agitaba un papel de estraza para espantar las moscas que se posaban sobre el género que exponía en un carretón manchado con la sangre de los peces destripados.

Un hombre corpulento observaba el aspecto de las sardinas. Parlamentó con la vendedora y, él mismo, fue seleccionando las piezas que la mujer colocaba en el platillo de una balanza. Después de pagar, alzó la vista hacia la puerta de la estación, me miró y lanzó un fuerte silbido metiéndose los dedos en la boca. Por su aspecto desarreglado (la camisa por fuera del pantalón azul mahón de faena y los pies en alpargatas con el talón pisado), nunca hubiera supuesto que fuese el mecánico de mi abuela. Esperaba encontrarme con un señor talludo, uniformado y elegante, y no aquel personaje de pecho distendido y brazos fibrosos como leños.

—¿Eres Rodrigo? –gritó al pie de la escalinata con el cartucho de pescado en la mano.

Comencé a descender hacia él.

—Estás como en las fotos que tiene tu abuela. Bueno, antes que nada debo presentarme: me llaman Matamoros.

Me tendió la mano desocupada, dura y áspera, que aprisionó la mía hasta hacerme daño. Llevaba la botonadura de la camisa abierta hasta el ombligo, dejando al descubierto un tatuaje que le surcaba el pecho y la piel tirante de su tripa, que parecía un cuero para vino.

—Dame tu maleta y vamos al coche –se pasó la mano por la frente para retirarse el sudor que se le agolpaba sobre las cejas–. Me ca en sos, ¡el calor que hace a estas horas! Me da que hoy también tendremos viento sur.

Nos acercamos a un coche desvencijado.

—Ya tenía ganas de conocer al hijo de Julián hecho un hombre, ¡joder! –me palmeó la espalda, apretándome después la nuca hasta que me encogí–. Seguro que todo el mundo te dice que os parecéis; eres el vivo retrato de tu padre a tu edad. Aún lo estoy viendo...

Abrió una de las puertas del vehículo y lanzó mi bolsa al asiento de atrás, junto a un perro lanudo que me enseñó los dientes. El interior del automóvil estaba sucio de barro seco.

—Pasa, acomódate a tu gusto.

Vacilé.

—Y el perro... ¿Muerde?

—Quita cuidado. A lo mejor esperabas otra cosa –agregó mientras introducía la llave de contacto–, ya sé cómo se las gasta tu padre en Madrid, con *Juagar* y todo.

—*Jaguar.* Pero voy cómodo, Matamoros, no te preocupes.

El coche arrancó a la segunda intentona. La tripa del chófer apenas si le permitía girar el volante.

—Y ¿qué se cuenta ese tunante de Julián? No le veo desde la Navidad pasada.

—Papá me habla mucho de ti –le mentí, pues las veces que le había escuchado sobre el valle jamás pronunció el descriptivo nombre del mecánico.

—Qué te contará –se rió como si dentro de la garganta tuviese un serrucho–. Cuando entré a servir en casa de la abuela, Julián era un mocoso. Mientras aprendía de los libros yo practicaba como mozo del jardinero, y en sus descansos entre clase y clase bajaba para charlar con el servicio, y así nos hicimos amigos. Le saco unos pocos años, nada más, pero en esas edades ya sabes, los pequeños admiran a los grandes, y como yo fumaba, hablaba de mujeres y montaba a caballo, ¡recacho!, que Julián no se separaba de mi lado ni para mear. Y ya ves, que ni sé la de años que llevo junto a tu familia. De lo que estoy seguro es de que se acabaron las vacas gordas, porque del servicio quedamos sólo una muestra, y en mi caso me han convertido en hombre para todo, desde segar el jardín a recadero..., ¡me ca! Aunque, si tu abuela gusta del jardín más bonito del pueblo, será por esto –y me mostró la palma callosa de sus manos.

En un par de ocasiones me preguntó si me mareaba, ya que la carretera que conduce desde Bilbao al valle serpentea entre montes con innumerables curvas. Al poco tiempo, nos unimos al cauce de un río contaminado.

—La última vez que vi a tu padre, me dio la impresión de que está perdiendo cabello.

—No –defendí a papá, que se esforzaba por mantener una imagen juvenil–. No ha perdido pelo, en todo caso, está un poco más cano.

—Puede ser –soltó una carcajada–. Las mujeres se pierden por las canas. Que me digan, si no, cuál es el secreto de tu tío Rodrigo, tu tocayo, que no sé ni el número de novias que tiene en Barcelona.

—A mi padre no le preocupan esas cosas, Matamoros.

—Bueno, bueno..., no te pongas gallito, que iba de broma. Ya sé que Julián es un ave dura de pelar, porque durante todos estos años jamás se ha presentado en el caserío con una mujer. Sin embargo, tu tío Rodrigo... –se volvió a reír.

Según Lola, mi padre era uno de los viudos más cotizados de Madrid; relativamente joven, con dinero y una nada deleznable posición social. No sé si por entonces trataba con mujeres, porque no mantenía conmigo ese tipo de confidencias, aunque en casi todas las visitas que me hacía durante los fines de semana del curso, reservaba una noche para cenar sin mí con alguna conocida de su trabajo, tal vez de la misma multinacional. Pero como a la mañana siguiente no sacaba a relucir aquellas veladas, para nosotros era como si no hubiesen existido o como si papá, al igual que en el relato de una novela de misterio, transformara de cuando en cuando su personalidad durante unas horas, sin que después guardara ningún recuerdo, porque aquellas relaciones no iban más allá de esas cenas o de esas noches. Tengo la impresión de que comparaba con mamá a cada mujer que conocía, y que para él ninguna reunía las virtudes que a ella le adornaban. Seguramente, casi todas esas compañeras de viaje eran mayores, solteras o divorciadas, demasiado problemáticas para él, que sólo pretendía ocupar una noche libre en Burdeos o en Londres.

—A fin de cuentas –prosiguió el chófer–, a todos nos gusta fanfarronear sobre las mujeres, aunque llegada la hora de la verdad... Lo importante en la vida es la salud, porque cuando llegamos a una edad conviene cuidarse y dejar a un lado las juergas. Si hablas con él, Rodrigo, recuérdale que Matamoros aún conserva el mejor remedio para no avejentar, el *esilir* de la eterna juventud.

—Querrás decir el elixir.

—Recontra, jodido, que además de alto eres sabio. El *esilir*..., o como se diga, que ya me has entendido.

—¿Tienes una pócima para no envejecer?

Matamoros asintió con la cabeza mientras apretaba los labios.

—La mejor de las magias contra los años.

—¿La fabricas tú?

—¡Tate! Con las uvas de tu abuela.

—¿Vino?

—Diste en el clavo. El mejor chacolí de la provincia, macerado en barricas de roble, como se fabricaba de antiguo. Con lo que aprieta el sol, en cuanto lleguemos voy a descorchar una botella que he guardado en la cámara. Qué sé yo lo que te darán de comer en esos países donde cuenta mi señora que estudias, porque no te sobran las carnes. Aquí uno jala como en ningún otro lugar, y el chacolí alimenta mejor que el té y esos brebajes que gustan en *Anlaterra* –me dio un cachete en la rodilla–. Me temo que no sabes comer, pues Julián extraña tanto nuestros guisos que cuando nos visita apenas los prueba, así que imagino lo que sirven en tu casa de Madrid, todo cocido y sin sal, que lo mismo da pescado que carne, pues todo sabe igual. Sin embargo, por aquí estamos robustos, sanos –se tocó la tripa–. Me gustaría saber qué has desayunado hoy.

—Nada.

Desaceleró.

—Ahora me explico esa mala color. Pensé que se debía a que en el extranjero el sol nunca brilla. Hay que fastidiarse, con lo rico que es tu padre y el jodido te tiene de penitente. Menos mal que te ha mandado unos meses con nosotros, que en este tiempo te hago un hombre hecho y derecho –se besó las yemas de los dedos.

—Pero no he desayunado porque temí que si entraba en la cafetería de la estación... Bueno, es igual. ¿Puedo saber lo que has desayunado tú? A fin de cuentas, tienes una barriga en la que cabe un elefante.

Matamoros se puso serio.

—No te guasees, que te doy un bofetón que te saco del coche. Para trabajar tengo que estar bien comido, ¿entiendes?, que sin gasolina mi motor no funciona. Esta mañana me levanté a las seis y media, y tomé un cacho bacalao con una botella de sidra. Así que calcula las horas que han pasado hasta ahora, tú que sabes de números. En cuanto lleguemos, aso estas sardinas, que sabrán a gloria del cielo.

—Supongo que la botella de chacolí que vas a sacar de la nevera te la beberás solo –apunté.

—Qué quieres... Como no seas tú quien me eche una mano, porque la abuela sólo prueba el agua, como los gorriones, y Carmen... Carmen, si bebe, la arma.

—¿Quién es Carmen?

Me miró con los ojos muy abiertos.

—¿No te ha hablado tu padre de Carmen? –se llevó la mano a la sien mientras yo negaba con la cabeza–. No se lo digas a la pobre mujer, porque la matas del disgusto. Desde que sabe de tu viaje, pasa todo el santo día con el disco rayado de que si Julián de pequeño esto, o de joven esto otro. Carmen entró como cocinera unos años después que yo y nunca le ha fallado a tu abuela, salvo cuando estuvo ingresada porque se le murió un hijo y le dio por beber y, claro, como no tenía costumbre, una vez se le pasó el disgusto..., pues siguió bebiendo. Pero no me quiero poner *sentemental.*

—Sentimental.

—Como se diga, ¡leche ! Te decía que tu abuela no bebe, que Carmen lo tiene prohibido por los médicos, y que a tus tíos el chacolí les resulta poco refinado para la mesa. Tu abuela, que tiene la cabeza medio perdida, regalaba las botellas a todo aquel que pasaba por Salaberría, hasta que me impuse, y desde entonces me lo tomo yo, que para algo cuido la parra, prenso la uva, mantengo las barricas y lo embotello. ¿Qué quieres, que lo deje avinagrarse cuando en el televisor sólo ves tragedias y hambre por todo el mundo de Dios?

Me desentendí de Matamoros, del que comprendí tenía facilidad para pegar la hebra con cualquier excusa, y fui atento al paisaje durante el resto del trayecto. La carretera se bifurcaba, y en cada desvío tomábamos aquella que por su ancho parecía menos importante. Atravesamos algunos pueblos, en los que se combinan casas solariegas con edificios modernos que no respetan la estética. Algunas aldeas tenían iglesias de aspecto medieval, con campanarios de piedra ocre oscurecida por la humedad. Entre población y población, los ganados de vacas, ovejas y caballos pacían por campas que lindaban con pinares y macizos de zarzas. Giramos a la izquierda.

—Éste es el valle –me indicó Matamoros, trazando con la mano la extensión de paisaje que se dominaba desde el parabrisas.

El pueblo está construido a lo largo de la carretera, en lo hondo de las faldas de una colección de montañas. Pasamos la plaza, donde se asientan el ayuntamiento, un quiosco de música y la iglesia, y más adelante frente a palacios y caseríos. El de mi abuela corona una barriada a la que llaman Salaberría.

El jardinero aparcó el coche junto a la verja del jardín. Desde la carretera contemplé el tejado con sus buhardillas, pues la construcción está hundida en un desnivel. Sobresalía una tupida palmera de hojas afiladas, cuyo tronco estaba escondido tras una magnolia brillante, como barnizada, adornada con unas flores blancas de pétalos duros y gruesos. Abrí el pomo de la puerta de metal y un lobo rubio y negro pareció desafiarme, erguido en una vereda de piedra.

—No muerde –terció Matamoros–. Es el Txo, que tiene celos del Iru; no hacen buenas migas, pero es incapaz de atacar ni a un ladrón.

Avanzamos por el camino, que rodeaba la casa. La planta baja era de mampostería, con las esquinas rematadas por bloques de arenisca, al igual que las jambas y dinteles de portillos y ventanas. Sobre la fachada enjalbegada del segundo piso, destacaban los travesaños de madera, estructura de la construcción. Un balcón de hierro recibía el roce de las hojas de la magnolia, y un mirador pintado de blanco hacía chaflán en el ángulo del caserío que miraba al jardín, con los cristales velados por delicados visillos. Del mirador colgaba una parra, en ese tiempo con racimos nuevos, que ensombrecía un paseo.

El portalón de la vivienda estaba abierto. Me asomé, pero en la penumbra tan sólo distinguí el brazo de un sofá de terciopelo y la madera oscura de un arca. Junto a la puerta había una ventana enrejada, donde una mujer canturreaba la copla que emitía un transistor. En aquella habitación refulgía el fuego de la cocina y, con las sombras de la magnolia y de la parra, las paredes de loza reverberaban una luz azul. Matamoros se puso el índice sobre los labios, indicándome que deseaba dar una sorpresa a la mujer. Posé mi bolsa de equipaje junto a un macetón que custodiaba la entrada, repasé aquello que mi padre me había descrito acerca de la abuela y golpeé el portalón con una pesada aldaba.

—Piolo, ya voy –gritó la señora con voz aguda–. Olvidé colgar la bolsa para el pan.

—Yo no soy ese tal Piolo –guiñé un ojo, divertido, al jardinero, que se desternillaba apoyado en el muro del caserío.

Carmen apareció, secándose las manos en un mandil. Apenas tardó un instante en darse cuenta de quién era yo, y se le humedecieron las pestañas a la vez que chillaba, con un tono aún más agudo.

—¡Mi niño! ¡Que ya está aquí mi niño!

La cocinera era de origen extremeño. Sus padres emigraron de Badajoz a los Altos Hornos de Vizcaya, como mano de obra para las fundiciones de acero. Junto al Nervión nacieron todos sus hijos, también Carmen, que con catorce años entró como ayudante de cocinas en la casa de mi abuela. Era menuda, de cuerpo ancho y brazos carnosos, y en su rostro destacaban las facciones pequeñas y juntas, como si boca, nariz y ojos fueran un solo elemento. El pelo lo llevaba cortado como un chico, y por entre el tinte cobrizo se adivinaban las raíces de sus canas.

—Menudo crío majo que estás hecho –me piropeó mientras sostenía mi cara con sus manos, llevándosela después junto a sus mejillas y empapándome con sus lágrimas salobres–. Te miro y estoy viendo a Julián; eres un calco de tu padre.

—Vamos, vieja loca, deja al niño, que me lo vas a gastar, y llama de una vez a la señora. Ella sí que tiene derecho a besarlo.

—Mira que eres bruto, Matamoros –refunfuñó mientras entraba de nuevo en el zaguán–. Tú no le hagas caso, Rodrigo. Es sólo un pellejo de vino picado. ¡Señora! –voceó alargando las vocales–, ¡que ya llegó el hijo del señorito Julián! Pero ¿dónde se habrá metido? Toda una vida suplicando por este momento y ahora el diablo sabe dónde se encuentra. ¡Señora!

—No grites tan fuerte, Carmen, que no estoy sorda –dijo una voz apacible a mi espalda.

Me di la vuelta y encontré a una anciana que sujetaba entre los dedos de la mano derecha unas rosas de intenso color y unas tijeras. Era muy delgada y su cuerpo se movía con un balanceo que ponía en evidencia su dificultad para guardar el equilibrio. Hasta entonces daba por cierto que la abuela tenía la edad de la fotografía de mi primera comunión, pero los años habían pasado, lo que se manifestaba en la blancura de su cabello, cepillado y recogido atrás, y en su cuerpo enjuto que evidenciaba la fisonomía de su esqueleto.

Me acerqué a ella con emoción contenida, y le besé el carrillo, redondo y rosado como las flores que traía. Ella me miró sin demostrar emoción alguna, antes de acariciar mi pelo con sus dedos largos y fríos.

—Papá te manda un abrazo muy fuerte, abuela –fue lo primero que le dije.

—¿Cómo se encuentra?

—Bien, como siempre.

—Trabaja demasiado. Debes cuidarle, obligarle a que se tome un buen descanso. Siempre de la Ceca a la

Meca..., este hijo mío me tiene muy preocupada. ¿Cómo resultó tu viaje?

—Estupendo, abuela. El tren era nocturno, así que lo pasé dormido.

—Y Matamoros, ¿te encontró nada más bajarte del vagón? Le conozco, Rodrigo –me confió con ironía–, es el más leal de los trabajadores que he tenido, pero tan bruto como una manifestación de mulas.

Nos reímos, incluso Carmen y el jardinero.

—Vamos para adentro, que me canso. Ese brazo, caballero –solicitó colgándose de mi codo–. Estoy segura de que en los colegios en los que estudias te han enseñado cómo se pasea junto a una vieja dama como yo.

Me condujo al salón del caserío, en la planta baja. Carmen se llevó las flores y las trajo, al poco tiempo, en una jarra de cristal que colocó sobre una mesa. Casi a tientas, la abuela se acercó a la ventana, que tenía los postigos echados. Afuera se escuchaba el canto de los pájaros y el rumor de los insectos, que revoloteaban por el jardín, que se convirtieron en algarabía cuando la luz anegó la habitación. Pasó un momento hasta que mis ojos deslumbrados dieron forma a todas las cosas que el salón albergaba, pues parecía un bazar oriental, repleto de muebles, tibores y tinajas de las que brotaban hortensias secas. Los sofás y los sillones, tapizados con alegres escenas, descansaban sobre alfombras de lana con dibujos botánicos. Sobre cada asiento había dos o tres almohadones que repetían los motivos de las esteras, y todas esas piezas parecían tener el sello de las manos de mi abuela. En la mitad de la estancia, una viga tan ancha como un árbol centenario sujetaba el techo, de madera también. En las esquinas conté un piano, la chimenea y una biblioteca cargada de volúmenes encuadernados en piel.

—Ésta es mi casa, tu casa y la casa de tu padre también –dijo la abuela–. Huele a vieja, porque tiene muchos años, ¡el doble que yo!, pero desde hoy va a rejuvenecerse gracias a tu visita, Rodrigo.

Me acerqué a la biblioteca sin pedirle permiso.

—¿Te gusta leer? –me preguntó.

—Mucho, abuela. Los fines de semana en el colegio se hacen eternos, así que paso muchas horas entre libros de aventuras. Traigo en mi maleta algunas novelas de papá. En el tren comencé «Castilla», de Azorín, pero aún no estoy seguro de que me guste, aunque voy a forzarme y lo terminaré, porque soy un inculto respecto a la literatura de mi país; incluso «El Quijote» lo leí en una versión inglesa para niños.

La abuela se acercó para señalarme algunos tomos.

—Te recomiendo las historias de Kipling –me animó–, a mis hijos les gustaban a rabiar. ¿Has leído «Los cuentos de la selva virgen»?

—Sí, pero también en una selección infantil.

—Este verano puede ser el momento para que te olvides de esos refritos –se sonrió mientras acariciaba los lomos de los volúmenes–. ¿Qué hubiera sido de mí sin los libros?

—¿Has leído todos estos libros?

—No son muchos. En mi dormitorio tengo más. Hace muy pocos años que permití que la televisión entrara en casa, y el invierno se hace largo en un pueblo en el que casi nunca ocurre nada especial. Por eso me conocen todos estos libros, los de mi habitación y los de las bibliotecas de nuestros vecinos. ¿«Los novios»? –se preguntó mientras tiraba para afuera de un ejemplar–, era de mis preferidos, italiano y florido. También le gustaba a tu tía Mayte.

—¿Es de amor?

—Sí. Del verdadero amor y con la mejor literatura, pero eres joven para aventurarte en sus páginas. Necesitas algo que estimule a un muchacho como tú. Deja que busque...

—Con todos los libros que dices haber leído, no tendrás tiempo para aburrirte.

La abuela me dirigió una mirada cómplice.

—A los trece años descubrí que no hay nada peor que aburrirse, y nunca más lo he intentado. Mi hermano Lorenzo, que era un bicho, me encerró en el ropero de mi abuela, y mi madre tardó más de tres horas en encontrarme. Después de aporrear la puerta y llorar todas las lágrimas de aburrimiento que tenía guardadas, me di cuenta de que aquella espera se me podía hacer eterna, a menos que buscara un entretenimiento. Pensé en mi familia, pero sentí la nostalgia de quien está desterrada, así que comencé a toquetear las prendas de vestido de mi abuela, y a tratar de identificarlas, porque estaba a oscuras. Y como mi abuela era tan presumida, tardé un montón en llegar hasta la última percha. Después, cuando había descrito toda la ropa con mis manos y mi imaginación, comencé a pensar en la abuela con cada una de esas vestiduras y, más tarde, le combiné unos trapos con otros y... –se calló–. Perdona, vas a pensar que soy una vieja cotorra. ¿Qué te importa cómo pasé la tarde dentro de un armario?

Nos miramos sin pronunciar palabra.

—Anda, ven, ya tendrás tiempo de fisgonear entre los libros. Te voy a mostrar la casa.

La abuela se apoyó de nuevo en mi brazo. Caminaba despacio pero con ritmo. Me mostró la capilla del caserío y la pila bautismal donde mi padre, mis tíos y yo recibimos las aguas.

—Matamoros acaba de pintar las paredes. ¿Te gusta cómo ha quedado?

—Sí. Está muy bonita.

—Me cuidé de guardar en lugar seguro el sagrario y las imágenes, porque la lengua de mi jardinero no es apropiada para un lugar como éste. Los paños del altar son de tiempos de tu bisabuelo –rozó el ara con los dedos–, y aunque hayan amarilleado, los he colocado para que luzcan durante la primera comunión de Ander.

—¿Mi primo?

—Claro, ¿quién si no? Me olvidé adelantártelo por teléfono: dentro de unas semanas celebraremos una fiesta en Salaberría para festejarle. ¿Le has visto alguna vez?

Simulé hacer memoria.

—Creo que no. Nunca ha venido a Madrid.

—Tu «nunca» es para mí muy cercano, porque Ander sólo tiene ocho años. Me figuro que tu padre no te habrá contado muchas cosas de la familia, pero deberías saber de la existencia de tus primos, Ander y la niña, Mariana.

—Conocí a sus padres durante su viaje de bodas, cuando pasaron por Madrid.

—¡No me lo recuerdes! Según tía Mayte, tu padre apenas les dedicó unas horas. Bah, es igual, agua pasada.

—Me olvidaba que tía Mayte estuvo unos años antes en mi comunión, contigo, abuela. Luego, no les he vuelto a ver. A tío Rodrigo sí, el año pasado almorzó en casa. Es muy simpático.

La abuela afirmó mis sentencias con la cabeza.

—Tendrás la oportunidad de encontrarte con todos ellos en la comunión de Ander.

La nueva pintura de la capilla era de color barquillo. Matamoros había encerado las estaciones del Vía Crucis, y sobre el altar una vitrina protegía a un Niño Jesús revestido con chaquetilla y pantalón de seda, que bendecía en pie a los visitantes. Los retratos de nuestros antepasados rodeaban la figura; entre ellos estaba el de mi madre, el mismo que yo guardaba en mi cartera. Le acompañaba una fotografía de un señor de aire grave con grandes bigotes y uniforme militar.

—Es tu abuelo, el primer Rodrigo Gárate de la dinastía, quien estrenó la pila de esta casa.

—¿De dónde vino?

—Sus padres eran alaveses. Arrendaron unas tierras en este valle, que con el tiempo lograron poseer. Aunque te parezca mentira, entre estos muros guardaban el ganado, vacas, supongo. Con mucho esfuerzo, acometieron las obras hasta convertirlo en uno de los caseríos más singulares del pueblo. Acompáñame afuera, el antiguo establo se aprecia mejor desde la calle.

A la luz del sol, la piel de la abuela parecía transparente. Las venas azules, como raíces, le trepaban por el cuello y se le abultaban en las manos, en las que los nudillos afilados eran signo de su edad octogenaria. Subimos los escalones del camino de piedra hasta la verja del jardín. Allí me indicó el lugar en el que se encontraban los portones de la cuadra, que habían sido rellenados con filas de ladrillos colocados en espiga. Detrás de la casa estaban los pinares, que trepaban compactos hacia las cumbres dejando, de cuando en cuando, el respiro de los prados. Más arriba, se descolgaban hayedos, castañares y bosques de roble. Era el mismo paisaje que tantas veces habían contemplado mi padre, mi abuelo y mi bisabuelo, y se mantenía como entonces a través del tráfago de cuatro generaciones.

Bajamos al portal de la casa, pero no entramos, sino que nos internamos por el paseo de la parra, que proyectaba una fresca sombra. Pensé que la abuela se sentaría en uno de los bancos de láminas verdes, pero continuó hacia el jardín, una campa repleta de manzanos viejos tapizada de grama larga y basta que Matamoros aún no había terminado de segar. Tanto en la mitad del parque como en la linde con el muro de la finca de al lado, lucían parterres de flores multicolores y aterciopeladas, en los que se adivinaba el cuidado de la anciana. La huerta, al final del jardín, estaba casi bañada por un río. Allí laboraba el jardinero atando los brazuelos de las matas de vainas. Por encima de las tomateras, de las ciclópeas calabazas y de los matojos de pimientos surgía la empalizada azul de la montaña.

—A la cima de este monte la llaman el Viquirrio –continuó mi abuela la descripción del lugar–. Es la cumbre más alta del valle, y los pinares y las pequeñas campas que suben hasta allí son de mi propiedad, los que me mantienen junto a esas propinas que envía tu padre cada mes.

El pastor alemán que había ladrado a mi llegada, apareció entre unos setos y comenzó a zalamear alrededor de la abuela. El perro lanudo de Matamoros, que no se separaba del chófer, gruñó.

—¡Jodido Iru! –le insultó su amo, y el chucho de aguas lloriqueó sin quitarle la vista al Txo.

Antes del almuerzo recorrí por mi cuenta las habitaciones del caserío. La cocina era tan grande como un apartamento moderno. Recibía los rayos del sol a través de la ventana enrejada, pero tamizados por las hojas de la palmera y de la magnolia. En el centro de la sala emanaba un aura blanca, casi imperceptible, de una mesa de alabastro en la que Carmen preparaba una remesa de croquetas con la ayuda de dos cucharas soperas. Sobre el fogón alimentado por carbón vegetal, crepitaba una sartén con aceite.

El cuarto que la abuela me había adjudicado fue la habitación en la que mi padre pasó su infancia. Estaba en el segundo piso, al que se subía por una escalera de dos tramos, alfombrada con una estera bermellón. El suelo de tabla estaba recién encerado, y el sol del mediodía bañaba las paredes encaladas y el techo, surcado por un puñado de vigas imperfectas. Al balcón que colgaba de la fachada principal se accedía desde ese cuarto. Me asomé; por detrás del muro del jardín había un convento, con su huerta, su paseo de arena, sus cipreses y su iglesia. Lo conocían por Santa Matilde, y en sus celdas apenas quedaban seis o siete monjas.

Carmen me había preparado la cama más próxima a la puerta. La otra, con cabecero y pies rematados con bustos de cisne, sería para Ander. Coloqué la novela de Azorín sobre la mesilla, al lado de una fotografía coloreada de la abuela con sus hijos, cuando estos eran niños. Reconocí a los tres. A papá, porque es el mayor y a esa edad destacaba sobre tío Rodrigo, aún en brazos de su madre. La tía Mayte llevaba un gracioso lazo anudado a la coleta. Mi abuelo debía de haber muerto.

Papá no guardaba recuerdos de su padre, sólo una impresión remota entre ficticia y verdadera. A los dos nos une esa nebulosa infantil sobre uno de nuestros progenitores. El abuelo volvió enfermo de Cuba, adonde se había trasladado unos meses para liquidar los negocios de un pariente recién fallecido, y murió antes del final de aquel invierno. La abuela, previsora de lo que depararían aquellas fiebres, se interesó en que su marido le explicara los rudimentos del manejo de las tierras del valle. A los cinco años dobló el rendimiento de los caseríos, huertas y pinares en propiedad. Sola, sin la colaboración de administradores, fue capaz de multiplicar el patrimonio de los Gárate.

CAPÍTULO III

Me desperté con el ruido de la segadora mecánica. Hacía horas que el sol se colaba por los visillos, sentí su tibieza entre sueños. Había dormido con la ventana del balcón abierta, y los pájaros se posaban una y otra vez en las ramas de la magnolia y sobre la maraña de palmas, que formaba un nido gigante, y sus gorjeos se confundieron con mis fantasías. Me desperecé aún entre las sábanas, agradecido por aquella noche de calma después del traqueteo del tren, y como aún no sentía confianza para bajar en pijama, me vestí antes de desayunar. Estiré las sábanas de mi cama, pues no sabía si Carmen tenía salud para hacer esfuerzos, y aspiré en la balconada el dulce aroma de la hierba. Matamoros desconectó el motor de la máquina en cuanto me vio.

—Pero chico, ¿qué haces en la cama con semejante día? –desplegó los brazos al cielo. Se había descamisado y trabajaba descalzo, cubierto por briznas verdes y sudor–. Anda, baja de una vez, que te quiero enseñar todo lo que he hecho en el jardín más bonito del valle.

—Espera que me tome un Cola-Cao.

Matamoros dejó caer sus manazas, tiró de la cuerda del motor de la segadora y prosiguió su tarea.

La abuela estaba sentada en la mesa del comedor. Había apartado su taza, en la que se notaban diferentes marcas de café, y repasaba las páginas del periódico.

—Buenos días.

—Buenos días, hijo. ¿Has dormido a gusto? –levantó la vista del diario–. Tengo un jardinero que es un merluzo, con serrín en lugar de mollera. ¿No tiene toda la tarde para segar? Desde las nueve nos tiene con ese aparato demoniaco con el que no se puede charlar en el jardín. En vez de leer El Correo sentada en un banco del paseo, estoy aquí encerrada. ¿Sabes que en la sección de economía hablan de tu padre? –comenzó a pasar los pliegos del diario–. «Julián Gárate declaró, antes de partir rumbo a Miami, que durante el congreso extraordinario que se celebrará en las próximas semanas, se dará por superada la llamada "crisis de las comisiones", y que la compañía de tabaco estudiará nuevas diversificaciones del negocio» y bla, bla, bla.

—¿Entiendes algo de esas noticias económicas? A mí ni siquiera me interesan. No sé si papá se llevará un disgusto el día que sepa que no voy a seguir su carrera –comenté antes de beber un sorbo de leche.

—No seas drástico, Rodrigo. Además, los negocios pueden resultar apasionantes –cerró el diario, marcando la página con sus gafas de leer–. Me siento muy orgullosa de lo que ha conseguido tu padre, y a veces me pregunto qué diría mi marido al ver a Julián en la prensa. Tengo un álbum en el que guardo todos sus recortes.

—¿Los guardas todos?

—Compréndelo, si no fuera por los negocios, no tendría otra noticia de él más que su visita en Nochevieja. El primero que conservo es el del día de su nacimiento, una costumbre social de entonces, porque las familias conocidas teníamos la obligación de publicar los natalicios, bodas y defunciones, a pesar de que todo el mundo las conociera antes de aparecer en los tabloides.

Me limpié los labios de cacao.

—Guardo también el de su graduación en Washington, que apareció en El Correo y también en una publicación norteamericana.

—¿Y el de su boda con mamá?

—Por supuesto. Tu madre fue la novia más bonita que salió de esta casa –agregó con entusiasmo–, mucho más hermosa que mi hija, no tengo por qué ocultarlo, e incluso que yo, que también me vestí de blanco en una de las habitaciones del caserío.

—¿Os casasteis todas en la capilla que me enseñaste ayer?

—No. En el oratorio sólo se han celebrado bautizos y primeras comuniones, una prebenda especial para la familia Gárate de la que no me gusta abusar. Cada una de nosotras se casó en la iglesia de la plaza, que es la parroquia del valle. Pero ¿no has visto las fotografías de la boda de tus padres?

—En casa sólo hay una, de la que guardo una copia en mi cartera. Es la misma que cuelga junto al altar de la capilla, pero no sé en dónde está tomada, pues el fondo no se distingue, aunque parece un muro de piedra. Además, papá no está en la foto.

—Tu padre... –suspiró–. No me extraña que haya destruido todos los recuerdos de aquella época, conservando para ti esa instantánea con tal de que tuvieses una referencia, sólo una, de la pobre Isabelita. ¿Te queda algún recuerdo de tu madre? –inquirió después de unos instantes, como si le costara esfuerzo hacerme esta pregunta.

—No. Tampoco del caserío.

—Que fue donde vivisteis hasta que tu madre murió.

—Para papá son dos asuntos tabú que sólo ha compartido conmigo alguna vez, después de muchas horas de conversación y unas copas de vino.

A la abuela se le humedecieron los ojos.

—No sé qué opinión te merece Julián..., no, no me interesa... Pero, si te sirve de algo, te diré que, a pesar de lo que pueda aparentar, mi hijo no es malo, como le acusan los que no le conocen bien; está enfermo de melancolía. Aún no ha superado la muerte de Isabel, a pesar de los once o doce años que han pasado –apoyó la barbilla en el dorso de la mano–. Enterró a su mujer y trató de ocultar con la misma tierra su pasado. No se da cuenta de que yo también me pongo triste al recordarla, que me parece que fue ayer cuando me la presentó, con una ilusión cegadora, en este mismo comedor. Me bastó un instante para apreciar que era una chica buena. Sin conocerla siquiera, tan sólo con la expresión de sus ojos, intuí que le haría muy feliz.

—Pero ¿por qué se casaron en este pueblo si ella era de Madrid?

—Cosas de los Gárate. Son muy tozudos con sus tradiciones –la abuela pellizcó la esquina del bizcocho que yo me estaba comiendo–. No pasaron muchos meses cuando tu padre me llevó a Madrid con Mayte y Rodrigo, que aún estudiaban. Allí conocimos a tus abuelos y pedí la mano de Isabel, una tradición que ya no se estila. Pero la boda, como te he dicho, se celebró aquí, en la parroquia. La familia de tu madre no puso inconvenientes, es más, les divertía cambiar de aires y conocer el caserío en el que iban a vivir los nuevos esposos junto a la suegra reseca y metomentodo –se golpeó el pecho con el dedo índice y me hizo reír–. Si hubieras visto mi boda...

—¿Qué pasó?

—Era poca la gracia que le hacía a mi padre que me casara con un agricultor, por muchos pinares y huertas que poseyera, porque tu bisabuelo era un señoritingo de Bilbao que apostaba por la industria y soñaba construirse un palacio de estilo británico en la desembocadura del Nervión. Aspiraba para sus hijas una recua de apellidos ilustres, y lo consiguió con todas mis hermanas menos conmigo, pues me enamoré de un Gárate, que para él era algo así como un pariente de las vacas suizas, un muchacho de blusón y alpargata, bonachón pero de boina y flauta, el antípoda del joven de la industrialización que él quería, universitario y de traje de lana inglesa, con bombín y abono en el teatro Arriaga. Cedió cuando le amenacé con marcharme de casa si no le daba mi mano al pobre Rodrigo, tu abuelo, que incansable rogaba a mi padre, aguantándole las impertinencias y sus aires de grandeza. Tendrías que haber visto la expresión de su cara el día que visitó esta casa, ¡le resultó, poco menos, una cueva de bandoleros! Urdió por venganza que mi boda fuera secreta, como la de una madre soltera, sin invitados de Barcelona ni de Madrid. Ahora, que su revancha me supo a gloria, pues Rodrigo contrató una banda de música muy pueblerina, y la fiesta tuvo sus jotas y todos esos bailes aldeanos que mi familia reprobaba –soltó una suave carcajada.

—¿Te enfrentaste a tu padre?

—Pronto se le bajaron los humos, en cuanto sus acciones en una naval se fueron a pique y necesitó la ayuda de mi marido para sostener su economía. Pero déjate de chismes, que te hablaba de la boda de Julián e Isabel, cuando tu abuelo materno se maravillaba de cada estancia del caserío, del jardín que cuida Matamoros, de la sabrosa comida que prepara Carmen, del servicio de doncellas que por aquel entonces aún disfrutábamos... Me aseguró que la vida que su hija acababa de emprender era la ideal para unos recién casados; en fin, me pareció un hombre magnánimo.

—El abuelo siempre estaba de buen humor –subrayé–, nunca le vi entristecido.

—Tu madre heredó esa grandeza de corazón, pues sin haberla tratado más que en aquellas visitas al valle antes de casarse, nos hicimos buenas amigas. Ten en cuenta que tu padre trabajaba por entonces para aquella empresa farmacéutica, en Bilbao, donde pasaba casi todo el día, así que el tiempo en el que Isabel no leía o practicaba con el piano del salón, me acompañaba en las labores de la casa. Siempre tuve en cuenta su independencia, y me esforcé por no cruzarme en su vida, pero era ella la que insistía hasta que lograba venir a la huerta conmigo. También repasábamos juntas los papeles de nuestros negocios agrícolas y ayudaba en sus estudios a Mayte y a Rodrigo. Unos meses después, le animé a que se independizara con Julián, pues me sobraba parte del segundo piso de esta vivienda. Entonces llegó su embarazo y, como se sentía delicada, no volvimos a hablar del tema hasta que cumpliste uno o dos años. Un arquitecto, amigo de Julián, dibujó los planos de la que podría haber sido vuestra casa, con entrada independiente por el mirador en el que ahora me siento por las tardes. Fue entonces cuando aparecieron los primeros síntomas de su enfermedad –la abuela comenzó a recortar con los dedos, distraída, pequeñas tiras de papel del periódico–. Julián se empeñó en que aquel sarpullido era poca cosa, la señal de un nuevo embarazo, y no llamó a un médico, ¡cabezota! Pero la enfermedad era muy grave, tanto que aquellos días perdidos resultaron determinantes; llegamos tarde. Cuando tu padre leyó el diagnóstico no aceptó que Isabelita se moría, y decidió que el pueblo era el mejor lugar para que sanara, porque aquí no hay polución, desoyendo los consejos de la familia de su mujer y los míos propios, pues le hablé de Suiza, de un hospital famoso por sus adelantos médicos, pero..., nada. No me escuchó.

—¿Por qué no atendió la opinión de mi madre?

—El amor de Isabel no tenía condiciones. Creía en su marido, y parecía sufrir con gusto las incomodidades del caserío con tal de cumplir la voluntad de Julián. Hacía tantos años que perdí a Rodrigo que había olvidado la fuerza del cariño, lo que por amor es capaz de ocultar una mujer: dolor físico, cambios de humor, úlceras, noches sin dormir, malas reacciones a los medicamentos..., todo lo que puedas imaginarte, hijo. Además, estabas tú, Rodrigo, un niño que precisaba atención constante, porque caminabas y lo revolvías todo. Así que, cuando Julián se marchaba a su trabajo, yo me ocupaba de vosotros dos con la colaboración de Carmen –la abuela se refrescó la garganta con el vaso de agua con el que se había tomado sus medicinas–. Una vez a la semana, Isabelita recibía tratamiento farmacológico en un hospital de la ciudad. Supongo que era consciente de que aquellas medicinas sólo alargarían su vida unos meses, ya que delante de cualquier espejo podía constatar que era una flor que se estaba marchitando.

Matamoros segaba la hierba que rodea la huerta, lejos del caserío, pues en aquel momento la máquina sólo era un rumor.

—Regresaba de la clínica sin aliento –continuó la abuela–, y no podíamos hacer otra cosa que recostarla en su cama, donde pasaba horas muy molestas. Ese día, tu padre no iba al trabajo; se quedaba a su lado, cerraba las contraventanas para que no sufriera a causa de la luz y pasaba las horas contemplándola, sin emitir palabra, anhelante en la espera de que sintiese un mínimo alivio. En algunas ocasiones, tu madre realizaba un esfuerzo sobrehumano para que Julián pensase que se encontraba mejor, y se sentaba al piano y tocaba durante horas, a pesar del dolor de sus articulaciones. ¡Tenía unas manos tan bonitas! –la abuela miró las suyas–. Mi hijo sonreía ensimismado con aquella música que para él representaba síntomas halagüeños. Los sábados y domingos en los que hacía buen tiempo, se la llevaba de paseo al jardín del palacio del duque, un villorrio de aires victorianos que está enfrente de la iglesia, en la plaza del pueblo, con un laberinto de setos que le gustaba mucho a tu madre. Fue allí donde una mañana perdió el sentido. El médico, desde entonces, le prohibió salir de casa, suponiendo que comenzaba la recta final de su enfermedad. Pusimos su cama en el mirador, para que tuviese la oportunidad de contemplar las montañas, pues durante la primavera el valle entero reverdece..., pero murió a los pocos días.

—Y ¿qué pasó después? –le pregunté con la emoción anudada a la garganta.

—Cumplimos sus últimas voluntades: fue enterrada en el panteón de los Gárate y quedaste al cargo de Julián. No pasaron muchos meses cuando le contrataron en la compañía de tabaco, excusa que había buscado para huir lejos de esta casa y de todo lo que le recordara su matrimonio y la tozudez de no llevar a su mujer enferma a un buen hospital. Julián había cambiado en un soplo, apenas compartía nada con sus hermanos ni conmigo, y tampoco sabía cómo cuidar de ti. Pero os fuisteis a Madrid con aquella oferta de empleo, que era muy buena, suficiente para llevar una vida desahogada en la que te aseguraba una buena educación. Durante los primeros meses vino los fines de semana para visitar el panteón y arreglar la tumba de Isabelita, pero no pudo soportar el peso de la tristeza. El trabajo le fue devolviendo el ánimo, al menos durante unas horas, y de forma drástica le dejamos de ver, hasta hoy.

Se levantó encogida, como si hubiera pasado una ráfaga de aire frío por su espalda.

—Bueno, ya está bien de charla –dijo acercando su silla a la mesa–. Tengo mil cosas que hacer, y tú también.

Además, Carmen debe de estar esperando a que nos levantemos para poner la mesa.

Desapareció por detrás del vano de la puerta, y escuché cómo subía la escalera poco a poco, murmurando para sus adentros por no tener una lengua más corta, pues –según ella– no está bien desahogarse en un pobre crío.

Me había contado lo que papá no había tenido el valor de explicarme. Hasta entonces, yo sólo había desentrañado el esqueleto de la historia gracias a aquellas noches en las que me tumbaba sobre el pecho de mi padre en la impersonal habitación de un hotel. Él pedía una botella de vino tinto y una copa, y sólo después de la tercera era capaz de referirse al pasado, aunque siempre con la precaución de quien no desea dar a conocer un gran secreto. Sabía, sí, que mi madre murió a causa de un cáncer, que está enterrada en el cementerio del valle, pero más por las confidencias que Lola atrapaba fisgoneando por la casa cuando limpiaba o atendía el teléfono que por el relato de papá, un hombre prudente y distante, avergonzado de haber amado con locura y de haberse quedado solo. Me bebí los restos del Cola-Cao.

Cuando salí al jardín, Matamoros abarrotaba una carretilla con los montones de hierba segada que había rastrillado a cada pocos pasos. Su cuerpo brillaba como si hubiese estado toda la mañana bajo una lluvia torrencial, acumulándose el sudor de su espalda sobre la hebilla del pantalón azul mahón.

—Creí que no ibas a salir nunca, muchacho –me saludó palmeándome un hombro. Exhalaba un olor acre y vegetal–. ¿Acaso te has pegado un baño de esos que se dan las estrellas de *Bolibú*, con espuma y todo?, joder, que me vas a resultar más delicado que un jilguero entre amapolas. Anda –se frotó la frente con el brazo peludo–, acompáñame a la sombra, que me sirves de excusa para echar un trago. Tengo los riñones partidos, me ca en Satanás –y se estiró hasta tensionar toda su musculatura.

Caminamos hasta un cobertizo, al otro lado de la huerta. Era el cuarto de herramientas del jardinero, un revoltijo de cachivaches viejos y suciedad. Bajo el sillón trasero de un automóvil sobre el que nos acomodamos, entre una maraña de alambres, plásticos y maderas, el Iru roía un hueso sin prestarnos demasiada atención, aunque al vernos escondió su presa entre las patas rizadas y manchadas de aceite.

—¡No lo intentes! –me advirtió Matamoros cuando traté de acariciar al chucho–. Es un perro bribón y envidioso, la madre que lo parió, y no admite mariconadas a menos que vengan de su amo, aunque ni siquiera yo estoy seguro de que me aprecie.

—Si eres su amo, te apreciará –resolví.

—Lo pongo en duda, que el jodido me enseña los dientes más de una vez cuando le levanto a las seis de la mañana. Como le hago trapichear de aquí para allá durante el día, llega rendido a la perrera y, claro, al señorito no le va madrugar. Ahora, que de los gruñidos que me ha echado se acuerdan sus lomos; mil palos por cada protesta y tan contentos, que no se me despega ni a sol ni a sombra, y cuidado con aquel que se me acerque con malos modos, que el Iru le hará puré las pantorrillas.

Sentado en el sillón del coche, alcanzó una cubeta de la que extrajo una botella de chacolí.

—Es del año pasado; una uva muy sabrosa.

Le di un trago corto.

—¿A eso le llamas beber? –inquirió con un tono despectivo–. Anda, trae para acá.

Acabó la botella de dos embates y después eructó.

—Ah, esto es vida –comentó antes de recostarse sobre el respaldo y cerrar los ojos.

Después me habló de la guerra, del tiempo que pasó en el norte de África asesinando moros, como él decía, de sus conquistas amorosas en tierras de infieles, que más que románticas parecían una lección autodidacta de anatomía. Hablaba de las mujeres como se refiere un charcutero al muestrario de su tienda.

—Anda, Matamoros, déjate de porquerías y enséñame el pueblo –le rogué.

—Quita, que aún tengo que abonar unos macizos de hortensias. Si quieres conocerlo te presto mi bicicleta. La guardo en el garaje, en donde duerme el Txo. Pero como me la desgracies te muelo a bastonazos.

De mala manera llegué con los pies al suelo. A Matamoros le gustaba pedalear alzado en el sillín, y sobre aquella altura debía de sentirse más seguro, pero como la bicicleta era vieja, pesada y de grandes ruedas, hasta que alcancé cierta velocidad avancé por la carretera a pequeños zigzags, despiertos mis reflejos ante la posibilidad de perder el equilibrio.

En la mañana de verano, circular con el viento de cara frente al paisaje colorido y fresco del valle resultaba placentero. Además, Salaberría está en un alto y la carretera baja con una suave pendiente hacia la plaza, suficiente para pedalear sin esfuerzo. Me fijé en los caseríos de alrededor, donde las personas de cierta edad tomaban el sol en sillas de jardín. La fonda, a medio camino entre la casa de la abuela y la iglesia, se encontraba muy animada, repletas las mesas de la calle, sombreadas por las hojas de los plátanos, donde los hombres jugaban al dominó. Me detuve, apoyé la bicicleta contra la tapia del bar y entré para comprar un paquete de chicles. Estaba a punto de pagar cuando un hombre de elegantes ademanes se acercó a la barra.

—Disculpa mi curiosidad, joven –me abordó–, pero les preguntaba a mis amigos, a los que estoy a punto de demostrar cómo se juega de verdad al dominó, si no serás el hijo de Julián Gárate.

Me fijé, un tanto sorprendido, en el caballero. Portaba un bastón de caña con empuñadura de marfil y tenía el pelo tan blanco que en las sienes le amarilleaba, engominado y peinado con raya bien marcada. Un fino bigote del mismo color le coronaba los labios, y lucía un bronceado que resaltaba sus ojos azules.

—No me extraña tu sorpresa, joven –añadió sin esperar a que le contestara–, no es corriente que a uno le detengan en la calle para preguntarle por sus ascendientes. Soy Bernardo Zabala, alcalde del pueblo.

—Rodrigo, Rodrigo Gárate. Estoy pasando mis vacaciones en Salaberría, supongo que ya conocerá la casa.

Nos estrechamos la mano.

—Por supuesto –sonrió–, tu abuela es de las damas más interesantes de este valle. También te conocí a ti cuando eras un mocoso. Por cierto, tu padre es el peor jugador de cartas que me he cruzado –me descubrió risueño–, aunque hace años que no se deja ver por aquí para desquitarse al tute. ¡Valiente caradura! Y tú, joven, ¿cómo te entretienes por esta tierra? ¿Conoces gente? ¿Tienes amigos? Mis sobrinas son encantadoras, más o menos de tu edad... –dejó su discurso en suspenso.

—Quince, Bernardo.

—Creo que Ana es la de quince, pero no me hagas caso, que me bailan los cumpleaños de las niñas. ¿Por qué no vienes esta tarde por mi casa a pegarte un chapuzón en la piscina?

—Gracias, Bernardo –le dije para finalizar nuestra conversación, sin darle una respuesta.

Bajé a la iglesia, que está junto a la casa del cura y el estanco, enfrente del ayuntamiento y del palacio victoriano del duque con sus jardines. En mitad de la plaza levantaron un quiosco de música, y a su alrededor, abovedados por las ramas henchidas de los tilos, dispusieron unos bancos de madera. La fuente del Sagrado Corazón bañaba con su sombra el banco más cercano a la carretera. Allí me detuve para beber del caño.

Como el portalón de la iglesia estaba abierto, entré en el templo con la intención de confesarme. Mi padre no practicaba, pero Lola, aunque no era mujer de ciencia, me enseñó las costumbres cristianas. A falta de mamá, ella me preparó para recibir la primera comunión exigiéndome que supiera al dedillo el Catecismo de Primer Grado. Para el día del sacramento, tía Mayte me envío desde Bilbao el que había sido traje de comunión de mi padre y tío Rodrigo, una blusa de marinero que Lola tuvo que lavar a conciencia para quitarle los amarillos con que la habían galoneado los años. Comulgué en la parroquia del barrio junto con los chavales de mi quinta y, a continuación, papá invitó a un espléndido banquete a todos los que se habían desplazado hasta Madrid, entre los que se encontraban los familiares de mi cuidadora, los de mi madre y la abuela junto a los tíos del valle, a quienes no presté atención una vez desenvolví sus regalos.

El interior del templo estaba sombrío, tan sólo una llama rojiza prendía en un velón junto al sagrario. Descubrí los confesonarios en una de las naves laterales, teñidos por el acuoso reflejo de las cristaleras, pero sentí un temor infantil a acercarme en medio de aquella penumbra.

—No abrimos hasta media hora antes de la misa –susurró una voz a mi espalda que me sobresaltó.

Era una anciana, aún más vieja que mi abuela, a la que al hablar le temblaba la barbilla desdentada.

—¿Falta mucho?

—Ya sabe que con el verano cambian los horarios. Hasta final de septiembre, don Eustaquio celebra la misa vespertina a las ocho. Pero ¿es usted nuevo en el pueblo que no lo sabe?, hace años que el sacerdote mantiene el mismo plan.

La mujer se apoyó en un escobón con el que barría los pasillos de la iglesia. Supuse, por las nubes que enturbiaban sus ojos, que estaba medio ciega.

—Llegué ayer.

—¿A Salaberría? –con la punta de la lengua se frotó los labios–. Qué alegría conocer un nuevo pariente. Soy prima de tu abuelo. Es decir, nuestras abuelas fueron primas segundas, pero él y yo siempre nos hemos tratado como parientes. Ya me estaba diciendo que te encontraba algún rasgo familiar. Ven conmigo, que te vea a la luz.

Bajo la claridad de los soportales, la veladura de sus ojos se hacía aún más evidente. Aunque se esforzaba por reconocerme, la expresión borgiana de su cara me confirmó que apenas distinguía los elementos de mi rostro.

—Puedes llamarme tía Concha, como todo el mundo me conoce. Vivo en aquella casa –señaló la del cura, cuya fachada era continuación del templo–, en el primer piso. Como estoy soltera, me encargo de tener limpia la parroquia.

—¿Sabe si está ahora el cura?

—En la iglesia, no. Está en su casa. ¿Quieres conocer a don Eustaquio? Es un muchacho muy agradable.

El tal muchacho no bajaba de los sesenta. Nos abrió la puerta con un libro de oraciones en la mano y las gafas de leer sobre la punta de la nariz. La tía Concha estaba lozana, a pesar de los tres pisos de escaleras que acabábamos de subir.

—¿Qué hay, Concha? –le preguntó a la anciana sin quitarme los ojos de encima–. ¿Has dejado todo preparado para la misa?

—Como todos los días, don Eustaquio. Mire, hoy me acompaña mi sobrino Rubén.

—Rodrigo –corregí al saludarle.

—Es nieto de Rodrigo Gárate y va a pasar las vacaciones con nosotros. ¿No recuerda usted a Rodrigo?, aquel que estuvo en Cuba.

—No le conocí, Concha, que sólo vivo en el pueblo desde el treinta y siete –me hizo un guiño cómplice.

—Vengo a confesarme –le confié cuando la anciana pasó a la cocina para inspeccionar la limpieza del aposento.

Don Eustaquio se deshizo con facilidad de la tía Concha; le dio un mendrugo duro para que lo desmigara a las palomas. Me escuchó en su despacho antes de darme la absolución. Después, me invito al salón, desde cuyas ventanas aprecié la profundidad del laberinto de setos del jardín del duque, al otro lado de la plaza. Sin decirle nada, abrió sobre una mesa unos pliegos que recogían el árbol genealógico de varias familias del pueblo, entre las que destacaba la de mi padre. Había remontado la línea de los Gárate hasta siete u ocho generaciones, aunque no se atrevió a repasar con tinta los lugares de nacimiento de mis ancestros, escritos a lápiz, pues sólo barajaba hipótesis. La genealogía era su pasión, y había ocupado muchas tardes en el desván de mi abuela tratando de desentrañar los legajos que se conservaban en un baúl, salvándolos así del capricho de Carmen, que pretendía echarlos al fuego para que no criasen ratones.

—La parroquia está dedicada a un santo local –me explicó a lo largo de aquella mañana–, el Beato Damián de Isasi, que fue de los primeros misioneros que se internaron por las selvas de Nueva España después del descubrimiento de América.

A la sotana de don Eustaquio se le notaba algún que otro remiendo, labor de la tía Concha. Insistió en enseñarme la iglesia con la iluminación eléctrica. Salimos a la calle y recorrimos el atrio, sucio de cáscaras de pipas y papeles de caramelo. Giró la llave y abrió el portalón. Junto a la primera de las columnas había una caja de mandos con la que prendió los focos, con cuya luz parecieron dorarse las paredes de arenisca. El rosetón de la fachada principal coloreaba los rayos del sol del verano, pero eran aquellas antorchas eléctricas las que daban volumen al retablo.

—Subamos al órgano –me animó–, desde allí contemplarás la amplitud del altar. La Diputación nos ayudó a restaurarlo hace tres años.

Las calles del retablo estaban separadas entre sí por columnas rematadas por hojas de acanto envueltas en vides. De abajo arriba se sucedían las escenas más significativas del Evangelio, policromadas con sobriedad. Sobre la calle del centro, encima de un pedestal, San Juan Bautista contemplaba los bancos vacíos con un cordero a sus pies.

—¿Qué me dices? –preguntó después de haberme dejado admirarlo en silencio– ¿No es una joya?

—Es una iglesia muy bonita.

—Preciosa. Bendita fe la de los cristianos de hace unos siglos, que no tenían reparos al demostrar su amor a Dios, y construían para Él templos como éste, incluso en los valles perdidos.

Bajamos del órgano a la nave principal, y por ella avanzamos hasta el altar. Bajo el retablo había una puerta por la que accedimos a la sacristía, que era un habitáculo estrecho pero tan largo como el ábside de la iglesia. Me permitió curiosear en un arcón en el que guardaba los misales de las antiguas liturgias. La luz, que entraba a chorros por unos ventanales junto al tejado, descubría un ejército de motas e hilachos suspensos en el aire que se agitaban con el caminar del sacerdote, que iba de un lado a otro mientras resumía las fases de la construcción del lugar, con una jerga de dependencias, coadjutores, obispados, vicarios y cabildos que a duras penas yo lograba seguir, así que me distraje contemplando los armarios de cristal en los que colgaban las vestiduras talares del ceremonial, y con un cuadro de la Inmaculada que me condujo la vista hasta una placa de mármol grabada, que sostenían unos querubines de bronce.

—«A la memoria de Juana de Arbaiza –leí en voz alta, interrumpiendo el soliloquio de don Eustaquio–, en recuerdo y homenaje a su impagable generosidad...

—... que posibilitó rematar, tres siglos después de su primera piedra, esta iglesia» –finalizó el sacerdote.

—¿Quién fue Juana de Arbaiza?

—Una gran mujer –juzgó con las manos cruzadas detrás de la cadera–. En los años de pocas lluvias, de heladas que arrasan las huertas, en aquellas temporadas en las que parecen cebarse las desgracias sobre los ganados del valle o cuando los incendios saltan de bosque en bosque, me vienen los parroquianos rogando plegarias que muevan a Dios a ser clemente. Rezar es mi oficio, aunque pueda sonarte divertido, y nunca me he negado a celebrar misas ni a administrar sacramentos. Un año sacamos a la Virgen de Isasi en procesión por las calles del pueblo, para que alejara la peste que estaba diezmando la cabaña de cerdos. Pero, desde hace lustros, si alguien me viene con la milonga de que Dios es injusto en la distribución de las riquezas, me remito a la triste vida de Juana de Arbaiza, una de las mujeres más ricas y desgraciadas que vivieron en estas montañas.

—¿Fue muy rica?

—Tanto que, si por arte de magia convirtiéramos su fortuna en monedas, las alacenas de esta sacristía no hubiesen servido para guardarlas –observamos el pasillo, custodiado por armarios de medio cuerpo que abarcaban más de diez metros de pared a pared. Don Eustaquio comenzó a caminar hacia el fondo de la habitación–. Juana fue la hija del primer indiano del valle que en este siglo se atrevió a surcar el océano en busca de riqueza. Según mis estudios, habían pasado entonces dos siglos desde que Pedro Altomendía muriera en la Tierra de Fuego, y desde tan loado aventurero, del pueblo no había surgido nadie capaz de apostar hambre y fama a cambio de la posibilidad de hacerse rico en el nuevo continente.

Don Eustaquio abrió las puertas de un secreter, del que sacó un estuche de tabaco, una caja de papel de fumar y un artilugio con embudo, palanca y muelles. Extendió una lámina blanca sobre la plataforma del aparato, sujetándola a dos tiras fijas de metal. Del estuche tomó un puñado de picadura para verterla por el embudo, y accionó una palanca con la que, sin tiempo para apreciarlo, la máquina escupió un cigarrillo perfectamente liado. Le dio una chupadita en la boquilla antes de prenderlo.

—Aquel Arbaiza, del que ahora no recuerdo el nombre, aseguró que regresaría de Cuba en unos meses si no le rodaban las cosas, pero que, si le pintaban oros, en dos años volvería con tanto dinero que su mujer nunca más tendría necesidad de trabajar en las tierras del valle –soltó una densa humareda–. Así que se fue solo, abandonando esposa y hogar, con una carta de recomendación en el bolsillo del por entonces alcalde de Llodio, epístola con la que logró que se le abrieran todas las puertas de La Habana. Algunos, mal intencionados, aseguran que Arbaiza no tuvo escrúpulos para hacerse rico, que se hizo pasar por el hijo de un industrial para comprar a cuenta sus primeros acres de caña. Que si con el juego o con la buena suerte, lo cierto es que en diez años se había hecho con una de las mayores destilerías de ron, «El manisero», ¿has oído hablar...? No, tú eres muy joven –el cura se sentó sobre una arqueta y plegó los vuelos de su sotana sobre las rodillas–. Mientras tanto, la mujer de Arbaiza esperaba en el pueblo, sin importarle los rumores que aseguraban que él vivía en la isla como un emperador, ajeno a las promesas que hizo antes de marcharse. Cada año, el aventurero le enviaba una tarjeta postal por Navidad, en la que anunciaba su regreso, alimentando entre los vecinos sueños sobre el reparto que haría de sus bienes el día que de verdad volviera. Al igual que la tía Concha pretende emparentar contigo –se rió–, desde el Pontón hasta el otro extremo del valle muchos aldeanos se vanagloriaban de portar la misma sangre que Arbaiza, para asegurarse un buen pellizco de sus caudales.

—¿Regresó?

—Claro que regresó. Se había casado de nuevo, esta vez con una mulata que cortaba caña en una de sus haciendas. Puedes imaginarte el revuelo cuando le vieron aparecer por la carretera sobre un automóvil descapotado, de los primeros coches que se vieron por aquí, que anunciaba a bocinazos su presencia. Viajaba de pie junto al chófer, agarrando con una mano el parabrisas y saludando a sus viejos vecinos con la otra mientras gritaba que nunca más se marcharía. La mulata, en el asiento de atrás, iba abrazada al más pequeño de sus hijos, Juana de Arbaiza. Para justificar su nuevo matrimonio, alegó a sus compadres que su primera mujer no le había dado descendencia a la que heredar su patrimonio. Los vecinos, deslumbrados con el brillo de las sortijas del indiano, dieron la bienvenida a la cubana, despreciando a la que, durante diez años, había aguardado con paciencia y fidelidad el regreso de su esposo. Esa misma mañana, cuando los hijos de Arbaiza se acercaban por el camino hacia el viejo caserío de la familia, la pobre desgraciada se descerrajó en el portal un tiro con la escopeta de caza que utilizaba su marido antes de aquella aventura en ultramar.

Eché una lectura rápida a la placa en honor a Juana de Arbaiza para no perder el hilo de la historia.

—La conmoción por el suicidio duró poco, la gente la guardó para lamentarse en el invierno, cuando las tardes resultaran otra vez largas y aburridas –continuó don Eustaquio–. Mientras tanto, el pueblo asistió al más fantástico espectáculo que Arbaiza podía ofrecerles: la construcción de su palacio de indiano. Ordenó derribar la vieja vaquería en la que había nacido, y allí donde antes había un almendro plantó una palmera chiquita, que había traído de Cuba como señuelo de su fortuna.

—¿Un palacio? ¿Un palacio como los de los reyes?

—No pretendo exagerar, Rodrigo, así que te aclararé que aquí llamamos palacios a esas casonas señoriales y algo pretenciosas que levantaron los que regresaron de América con la suerte de cara. El de Arbaiza lo habrás visto al subir y bajar de la plaza a Salaberría; se llama «Villa Habana» en homenaje a la ciudad en la que transformó su vida. La nueva mujer y los hijos del indiano ocuparon aquellas habitaciones, derroche de mármol, frescos sobre estuco y maderas nobles. Pero..., lo que es el destino o el designio de Nuestro Señor con los hombres, pues apenas le quedaron a Arbaiza dos años para disfrutar del oropel de su dinero, como sucedió con aquel desgraciado del Evangelio que decidió regalarse y descansar después de construir un silo en el que guardó la generosa cosecha que había recolectado. Ya sabes lo que Dios le dijo.

—¿Qué le dijo? –pregunté descubriendo mi ignorancia.

—Que sería responsable de no haber sacado más rendimiento a los dones que el cielo le había entregado, y que esa misma noche entregaría su alma. Pues a nuestro amigo le ocurrió otro tanto, aunque no sé qué deparó su juicio particular cara a cara con Jesucristo. Mas lo cierto es que fue una muerte súbita que le sorprendió mientras repasaba con la azada los surcos en barbecho de su huerta, porque el dinero no le hizo renunciar a la tierra que su familia había cultivado durante generaciones. En fin, fue enterrado en otro palacio, en este caso mortuorio, pues también había ordenado construir en el cementerio de nuestra parroquia un panteón cargado de arabescos.

—¿Qué fue de la mujer?

El cura dio una honda calada a su cigarrillo y lo apagó.

—La cubana era joven y se aburría entre las frías paredes de «Villa Habana», así que un buen día hizo las maletas, tomó consigo a los chicos y se marchó a la isla. Pero nueve años después también le sorprendió la muerte sin haber disfrutado al completo de la herencia del rey de «El Manisero», infeliz... Sus hijos, que por entonces comenzaban a hacerse cargo de los negocios paternos, repartieron la fortuna a su gusto. El mayor de ellos fue nombrado administrador y presidente de la destilería de ron, y con inteligentes maniobras se hizo con la parte que correspondía a Juana. Creo que se aprovecharon de que era la única mujer, la menor de la familia; le adjudicaron «Villa Habana», casona a la que no habían vuelto desde la muerte del padre, y una plantación de caña que ella vendió después por una fortuna a un norteamericano. Con el dinero y un séquito de sirvientes abandonó la hacienda familiar y regresó al valle. Aquí, por entonces, se vivían penurias y tristezas, pues apenas se había firmado el armisticio de la Guerra Civil, así que la carta en la que Juana daba aviso de su próxima llegada fue como el chupinazo que anuncia tiempos de fiesta. Faltaron días para organizar el recibimiento, quitar el polvo a las habitaciones que habían permanecido cerradas durante tantos años y adecentar los jardines de la finca. Los lenguaraces de siempre corrieron la voz de que Juana traía su fortuna en un cofre, y otra vez rescataron hasta los más lejanos parentescos con la familia Arbaiza.

—¿Esa gente aprovechada consiguió su propósito?

—No lo sé. Juana era una mujer generosa que se fiaba del prójimo, y ayudó a más de uno. Pero lo que te quería decir es que, la mañana en que regresó, la gente del pueblo se agolpaba a las puertas del palacio. Yo estaba recién ordenado, y el obispo acababa de nombrarme cura ayudante de esta parroquia. Escuché vítores en el camino de Salaberría, gritaban para que la recién llegada se asomase al balcón de «Villa Habana»; resultaba cómico. Pero en contra de lo que puedas pensar, durante muchos días nadie se refirió al famoso baúl cargado de onzas de oro, sino al séquito de Juana, por su chófer negro, que supo aprovechar la atracción que despertaba su piel, pues los domingos, cuando libraba, era requerido en la fonda para atraer clientes. Las comadres cuchicheaban que algunas de las personas del servicio de Juana eran esclavos comprados en Haití, una isla que evoca leyendas de bucaneros pero que nadie sabía situar en un mapa, paparruchas de un tiempo en el que era necesario soñar para olvidar los tres años de guerra.

Don Eustaquio carraspeó antes de continuar.

—¿Está cansado? –le pregunté con cierto temor a que no finalizara la historia.

—No, hijo, aunque espero que no seas tú el que se canse con la estirpe de los Arbaiza.

—Al contrario. ¡Vamos!, siga. Cuénteme qué fue de Juana de Arbaiza.

—Durante los veranos se retiraba a San Sebastián, donde alquilaba varias habitaciones del Hotel María Cristina. Fue en la Semana Grande cuando un afamado torero de Sevilla se alojó en el mismo establecimiento, porque actuaba varias tardes en la feria. Se conocieron después de la última corrida, en una cena con la que el matador celebró un triunfo antológico en el ruedo. El sevillano se enamoró de Juana y se casaron en la siguiente primavera. Fue una noticia muy comentada, pues el torero, atendiendo el ruego de su esposa, finalizó su carrera y se cortó la coleta. A continuación se marcharon a Cuba, con la intención de recuperar la participación que le correspondía en la destilería de ron. En el valle aceptamos que no la volveríamos a ver, pues había confesado que prefería Sevilla para vivir junto a su marido, al que deprimía el clima lluvioso de nuestra tierra. Por orden de Juana se cerró «Villa Habana», apuntalándose las ventanas para que ni el viento ni la lluvia pudieran estropear el rico interior del palacio, y los aldeanos olvidaron los tesoros de la hija del indiano.

—¿Volvió Juana alguna vez?

—No seas impaciente, Gárate –se quejó–. Durante aquella estancia en Cuba nació su única hija, que enfermó de polio a los pocos meses. Mas el rosario de desventuras de Juana de Arbaiza no terminó con la infección de Marieli.

—Parece imposible que aún tuviera pendiente algún sufrimiento.

—Pues sí; el torero contrajo unas fiebres tropicales y falleció. Juana se hizo a la idea de que Dios le enviaba un castigo para reparar el descaminado existir de su padre. Necesitaba encontrar un sentido a las dificultades de su vida, y como penitencia cerró el libro de sus sueños, olvidó aquel futuro apacible junto al Guadalquivir, prescindió del cuantioso séquito y regresó al valle, esta vez junto a su hija inválida, el único consuelo que le quedaba en el mundo. Juana transmitía a su alrededor la melancolía de sus frustraciones, razón por la que en aquella ocasión no hubo aplausos ni congregación de curiosos en los alrededores de «Villa Habana», a pesar de que volvía al pueblo aún más rica si cabe, gracias a la venta de su parte de «El Manisero». Tomó la resolución de emplear la mitad de su patrimonio en obras de caridad, y otro tanto en la atención de Marieli una vez que ella muriese. Así fue como un día me hizo llamar a «Villa Habana» para entregarme un cofre con monedas de oro. Era su donativo para arreglar los destrozos que la contienda civil había producido en la iglesia. Reconstruimos el tejado y pudimos ayudar a aquellas mujeres que habían perdido al cabeza de familia en el frente. Cuando estuvo colocada la última teja, regaló un capote de paseo de su marido, bordado en seda y plata, que aún recubre el pedestal de la Virgen durante las fiestas. En honor a su generosidad, al año de su muerte colocamos esta placa, en un lugar discreto, como a ella le hubiese gustado.

Alcé la vista y leí de nuevo el texto grabado en la piedra.

—¿Qué fue de la hija?

—Marieli aún vive en «Villa Habana». Está empeñada en no abandonar el palacio, a pesar de que no es el lugar adecuado para una mujer en silla de ruedas, pues necesita la ayuda de dos personas para subir al piso de arriba o bajar las escaleras del jardín. Le gustará conocer que estás en el pueblo, aunque, si lo sabe la tía Concha, raro es que no esté enterada. De chicos, tu padre y ella jugaban juntos.

Se me había hecho tarde para detener la bicicleta durante el ascenso al caserío de mi abuela. A mitad de camino, mientras pedaleaba apoyado en el manillar, el reloj de la iglesia tañó tres campanadas. Con la historia de los Arbaiza me había olvidado de preguntarle a don Eustaquio por la hora. Se ve que nadie aguardaba en la mesa del cura.

—Lo siento –me disculpé del retraso al entrar en el comedor.

—Estás de vacaciones, Rodrigo, no te preocupes. Tampoco yo estaba dispuesta a esperarte –me confió mientras posaba el cuchillo y el tenedor del segundo plato–. Supongo que llegas tarde porque lo estabas pasando bien.

—Muy bien, abuela. He conocido al cura del pueblo, don Eustaquio.

—Un viejo amigo de esta familia –comentó.

—Me lo presentó una anciana que limpia la iglesia.

—Concha.

—Sí, así se llama. Me dijo que era pariente del abuelo.

—Primos lejanos. Me visita a menudo para jugar a las cartas y charlar del pasado. Para las cartas no tengo demasiada paciencia, porque en vez de ver los naipes, se los figura, y cuando baja sus escaleras o sus tríos llena la mesa de jugadas disparatadas que a ella le parecen buenas. ¿Me entiendes?

—Ya me he dado cuenta de que está un poco cegata.

—Pero en conversación no hay quien la gane, pues conserva una envidiable memoria y recuerda anécdotas que me parece imposible haber protagonizado, pues mi cabeza se ha quedado vacía –se atusó su cabello blanco–. Mi única mortificación es que acompaña sus visitas con un bizcocho de elaboración casera, que me revela que don Eustaquio es un hombre que cree en el sacrificio, pues Concha le prepara la comida.

Después del almuerzo llegó tía Mayte con sus hijos desde Bilbao. Los dejaba al cuidado de la abuela durante unas semanas de vacaciones que había tomado con su marido.

—Vamos al sur con la intención de descansar de niños –me explicó después de darme un beso perfumado–. No pongas esa cara, Rodrigo, que los mayores tenemos derecho a disfrutar de un respiro. Además, tu padre también te ha enviado a Salaberría por sus viajes.

La abuela hizo un mohín por detrás de tía Mayte, como queriendo decir: «no le hagas caso, es una cuarentona chiflada».

—Mamá, volveremos con el tiempo justo para supervisar la primera comunión de Ander. Pero ya te he dicho que no debes preocuparte por nada. Me he encargado personalmente de todo: de la comida y de la fiesta. El niño vestirá el traje de marinero, que Carmen sabe dónde lo guardas. No te olvides de que la modista venga unos días antes para cogerle los bajos, y que luego sea Carmen quien lo lave, pues no estoy dispuesta a arruinarme en una tintorería. Y que el niño no falte a la catequesis de don Eustaquio. Bueno, me voy. Antonio me está esperando en casa y ya sabes de qué humor se pone con mi impuntualidad.

Ander tenía diez años. Mariana, cuatro y una mirada entre pícara e inocente. En cuanto su madre desapareció tras la puerta, la abuela agarró de la mano a Mariana temiendo que se echara a llorar. Pero no ocurrió. Miró a la abuela y le sonrió con unos dientes pequeños y blandos.

—Vamos a preparar tu habitación, mi reina.

La niña ocupó uno de los cuartos más importantes del caserío. Con la ayuda de Matamoros colocamos un velo blanco sobre el dosel de la cama, como si estuviésemos arreglando la estancia de una princesa hindú. Las sábanas eran de hilo, con las letras de los apellidos de la familia bordadas sobre el embozo. La abuela apoyó contra la almohada las antiguas muñecas de tía Mayte. Mariana no tardó en ponerles nombre y eligió como compañero de aquellas semanas a un payaso al que nombraba Peto y que casi era tan grande como ella. Peto comía con nosotros en la mesa, sentado a la vera de Mariana, aunque sin platos ni vasos, porque en la infantil imaginación de su dueña no los necesitaba; el aire le bastaba para no perder jamás su sonrisa de plástico. La niña se lo apretaba al cuerpo con un abrazo mientras paseaba por el jardín siguiendo al Txo, que no parecía disfrutar con los niños, aunque soportaba callado si le tiraban del rabo o intentaban cabalgarlo. Para no enredarse los pies con los del muñeco, Mariana arrastraba los zapatones muertos de Peto sobre la hierba. Durante el baño en la piscina, Peto dormitaba con la espalda apoyada contra un árbol, pues el médico de los sueños le había prohibido mojarse la barriga de trapo. Por las noches, la abuela le encargó que aguardara despierto hasta el amanecer junto a la cama, para espantar con una burla todas las pesadillas que intentaran perturbar los infantiles sueños de la princesa del dosel.

Ander dormía en mi habitación. No tardamos en hacernos amigos. Estaba nervioso con aquella fiesta que su madre había preparado. Me pidió que repasara con él las preguntas del catecismo, y que cada dos días le bajara en bicicleta hasta la casa del cura, donde declamaba la lección.

Una tarde apareció en casa la modista del pueblo con su estuche de agujas e hilos. Carmen tenía preparado el traje de marinero, el mismo con el que yo había comulgado. Esperé a Ander en mi cuarto mientras se lo probaban en el salón. Estaba leyendo el libro de Azorín, pero la conversación del primer piso me distraía, ya que los techos y los suelos del caserío son de tabla, sin tabiques de ladrillo de por medio, y por las rendijas se colaba el parloteo de la modista y las quejas del niño cada vez que recibía un pinchazo de alfiler.

Ander contestaba a la riada de preguntas con un lacónico «sí» o con un simple «no», que exasperaban la curiosidad de la mujer que, aprovechando la ausencia de mi abuela, trataba de sonsacarle todos los detalles de la comunión: ¿quiénes serían los invitados?, ¿cuáles se habían excusado?, ¿quién serviría el banquete?...

Unos minutos después, al escuchar que seguía aquel tiroteo verbal, sentí lástima por mi primo, cerré el libro y bajé las escaleras resuelto a liberarle. Cuando abrí la puerta del salón, la costurera enmudeció y comenzó a escrutarme de arriba abajo con una mirada impertinente. Ander fue cambiando su serio semblante hasta dibujar una sonrisa de alivio.

—Es mi primo Rodrigo. Ha venido desde Madrid –le explicó con candor a la mujer que, por no sostenerme la mirada, marcaba una doblez en la tela de la blusa–. Vive muy lejos, en un colegio de Francia.

La modista entendió el motivo de mi visita, pues enseguida libró a Ander de la prisión de las agujas.

—Volveré mañana, guapo. Puedes decirle a la abuela que aún tardaré un par de semanas, pero que va a quedar muy bonito.

Ordenó despaciosamente el costurero mientras atendía hasta el pestañeo de nuestros ojos. Se despidió de Ander con un beso y a mí me ofreció la mano.

—Sabía que habías llegado –me dijo–, pero no que me fueras a impresionar de esta manera; ¡eres el calco de tu padre! Hazme el favor de saludarle de mi parte cuando hables con él. De jóvenes fuimos buenos amigos.

Papá se rió con libertad cuando le describí por teléfono la escena.

—En ese «de jóvenes fuimos amigos», intuí una novia –le acusé con burla.

—¡Qué dices! Por aquel entonces estaba igual a como me la estás describiendo, una solterona de vocación.

Se trataba de su primera llamada desde Miami. Me pidió un dibujo detallado de Bernardo Zabala, el alcalde del pueblo, por si con mis palabras pudiera imaginarse cómo le habían gastado los años. Cuando le hablaba del encuentro con la tía Concha y el cura, Carmen descolgó el auricular de la cocina y se puso a llorar apenas identificó la voz de papá. Con los llantos y las impurezas de la operadora americana, no había quién entendiera a mi padre. Por fin, la abuela desprendió el teléfono de las manos de la cocinera pero, apenas participó de la conversación, la voz de papá se volvió distante, como si hablara con un cliente de su empresa.

CAPÍTULO IV

Una tarde, después de dejar a mi primo Ander en la casa de don Eustaquio para la clase de doctrina cristiana, me fui de excursión con la bicicleta. Pedaleé a lo largo de la carretera por la que me había traído Matamoros desde Bilbao. En una curva me desvié por un camino de tierra, que se internaba en un bosque de abetos negros que desprendían un pegajoso olor a resina. Del mantillo de helechos y zarzales de la arboleda surgía una fría humedad que se hizo más intensa al acercarme al cauce de un riachuelo escondido entre la vegetación. La trocha desembocaba en una aldea solitaria, una barriada de seis casas agrupadas en torno a una ermita. Los caseríos eran vetustos, con techumbres de tejas ribeteadas de musgo, tachonadas por el paso del tiempo con guijos que tapaban las goteras. Las vigas de la estructura se veían en algunas fachadas de tal forma lamidas por las lluvias, que parecían sufrir un avanzado estado de putrefacción. Líquenes y mohos habitaban las piedras de las paredes, sobre las que se abrían algunos ventanucos oscuros. El heno de los pajares se había teñido de un verde macilento que aromatizaba con una mezcla de savia azucarada y boñiga.

Una mujer bordaba junto al portal de un establo del que crepitaban, cantarinas, las notas de las esquilas de las ovejas. Sobre el portalón flotaba una nube de mosquitos transparentes que acariciaban, en su revoloteo circular, la cabeza de la señora. A sus pies bostezó un podenco antes de alzar el hocico al escuchar el engranaje oxidado de la cadena de mi bici. Ladró sin incorporarse, hasta que su ama detuvo el trabajo rítmico de sus manos y me miró con aire de pocos amigos. Sentí la inquietud de volver; también la curiosidad de descubrir el paisaje que había más allá de la ermita. Pero me asustó la fiereza del perro, que me retaba ocultando con sus voces los tiernos balidos de las ovejas, de las que sentí su olor a amoniaco. Miré al cielo. Los rayos de sol eran cada vez más débiles y decidí regresar para que no me sorprendiera la noche por aquel camino retorcido, aunque fueron los gruñidos altivos del podenco los que terminaron por convencerme. Cuando di la vuelta a la bicicleta con mis manos, la mujerona se levantó del taburete y encendió una bombilla sobre la puerta del corral para continuar con su labor. De regreso, las estrellas se fueron abriendo paso en el cielo del valle, resplandecientes en el infinito.

Alcancé de nuevo la carretera y el aroma de los campos de maíz edulcoró los olores agrestes del bosque. A cada vuelta de la cadena, la bicicleta protestaba con un gemido metálico, y tan impresionado me encontraba recordando la fisonomía de aquella mujer solitaria que intensifiqué las pedaladas por miedo a que me persiguiera acompañada por su podenco. Entré en la plaza a gran velocidad, y allí, al amparo del fulgor anaranjado de las farolas, se sosegó mi corazón.

No tenía intención de detenerme a tomar resuello, sino aguantar con el impulso la primera parte de la cuesta que asciende hasta Salaberría. Ander terminó de cantar su lección algunas horas antes, y habría subido por su cuenta hasta el caserío de la abuela, como todos los días. Por la plaza vacía sólo se escuchaba el chirriar de la dinamo de mi bicicleta, mas cuando rebasaba los límites de la casa del duque me cegaron unas linternas.

—Chico, deténte –me dijo una voz profunda–. ¿Quieres ver el vuelo de la lechuza?

Me paré y escruté unos instantes entre los destellos, y pude distinguir un grupo de personas en el centro de la plaza, agazapadas junto al quiosco.

—Vamos, acércate, date prisa –insistió–. La lechuza saldrá pronto del campanario.

Por segunda vez, la voz había nombrado a la rapaz nocturna. Una sugestiva imagen de akelarres inundó mi imaginación, la fábula de las brujas, los demonios y las alimañas que había visto representada en un cuadro de Goya expuesto en algún museo europeo.

—¿No quieres ver la lechuza? –preguntó de nuevo la misma voz, animada por el cuchicheo de quienes se apretujaban junto al templete de música.

—¿Quién eres?

—Don Eustaquio, Rodrigo, ¿quién podía ser?

Apoyé la bicicleta contra la tapia de los jardines del duque y me adentré en la oscuridad por el paseo de los tilos. A medida que me acercaba, distinguí la sombra del cura, que cuchicheaba con una mujer sentada en un carrito a la que rodeaba un grupo de niños en el que se encontraban Ander y Mariana.

—¿Qué hacéis aquí a estas horas? –inquirí lleno de curiosidad.

—No hables tan alto –me pidió la mujer de la silla de ruedas con un tono aflautado y sin fuelle, como si se ahogara–. Hay que guardar silencio, o el ave no abandonará el campanario hasta que nos vayamos.

—¡Marieli! –le interrumpió, excitadísimo, uno de los niños–. ¡Ya la veo!

Una lechuza blanca y gris apareció en el alféizar de la espadaña. Antes de lanzarse al vacío nos observó durante un momento, extendió las alas y cayó planeando sobre nuestras cabezas, remontando el vuelo hacia los tenebrosos montes.

La medianoche rozaba en el reloj de la iglesia cuando nos despedimos del cura y de Marieli, la hija de Juana de Arbaiza, que se fue camino de «Villa Habana» empujada por tres pequeños. Mariana se sentó en la parrilla de mi bicicleta, con las piernas suspendidas en el aire, y Ander sobre el manillar. Por la carretera de Salaberría no vimos un alma, y al quejido herrumbroso de la bicicleta respondían los perros de los caseríos.

La abuela nos aguardaba despierta en el salón.

—Debes de tener mucha hambre –dijo leyendo mis pensamientos–, no viniste a cenar. Ala, niños, acompañemos a Rodrigo a la cocina y allí me contáis vuestras aventuras.

Ander y Mariana se quitaban las palabras al relatar la espera del búho. Marieli había venido a Salaberría después de la cena para proponerles aquel singular juego. Como ya se habían puesto el pijama, tuvieron que vestirse antes de bajar con ella hasta la plaza.

—Abuela, yo estuve de excursión en una barriada escondida detrás de un bosque –le conté–. Es un lugar extraño, como influido por una nube negra que hace que todo, casas, animales y personas, resulten desagradables.

—Lo llaman Ybarra –me explicó sin pedirme más detalles–, no me preguntes por qué. Está mal comunicado, tan sólo se puede llegar allí por el camino por el que tú has ido, y sus vecinos apenas salen durante el invierno, ya que la travesía se convierte en un lodazal. Son viejos como yo, y también se han quedado solos. Sus hijos y sus nietos no quieren saber nada de aquel húmedo agujero que amanece casi todos los días encerrado por la niebla. ¿Quién puede obligarles a que se queden?

En cuanto terminé el vaso de leche que Carmen me había preparado, nos fuimos a dormir.

No podía conciliar el sueño, y pasaba los minutos recorriendo con los ojos las vigas del techo, la mesilla, los visillos de la ventana, todos los elementos de la habitación, que estaban teñidos de un azul plateado como el de los lomos de los peces. Ander roncaba suavemente cuando, a través de la balconada, me pareció escuchar un acordeón. Retiré las sábanas y me asomé a la terraza. Entre las hojas de la magnolia distinguí el resplandor rojizo de las luces de una casa, en la otra orilla del río. La música, que llegaba nítida, venía acompañada por voces masculinas. La brisa confundía la letra de las canciones con el rumor del árbol, que se balanceaba como si bailara al son de las olas del mar. Aunque las estrofas me llegaban entrecortadas, descifré algunos versos.

... allá en la Habana...

...

... son muy dulces los besos...
... de las mulatas...

...

Traté de imaginar el cuadro de aquella vivienda con la mirada de Azorín: una mesa verde bajo una parra. En la mesa, una colección de jarras de cerámica azul, brillante como el charol, y unos vasos de cristal en desorden, unos llenos de sidra y otros medio vacíos. Hay seis hombres, todos con los rostros arrebolados y los ojos empequeñecidos a causa del alcohol. El más viejo está de pie, y toca el acordeón con dedos nervudos y fuertes. Canta con voz grave mientras los demás acompañan sus coplas. Alguno apoya la palma de la mano sobre el pecho y levanta, de cuando en cuando, el vaso para testimoniar la fuerza de la música. Visten blusones y alpargatas de labriegos. Gastan chapela sobre la cabeza. Huelen a tabaco.

Abrí de par en par la ventana para que me llegaran hasta la cama aquellas oleadas de melancolía. De pronto, sentí un golpe seco, el de otra ventana que se abre. Me incorporé y me asomé al balcón. Descubrí a mi abuela, que había abierto uno de los vanos del mirador. Sobre el camisón se había echado una toquilla, y estaba asomada con medio cuerpo frente a la inmensidad del valle dormido. La observé en silencio, por temor a que me descubriera. Mi asombro aumentó cuando se puso a cantar. Conocía aquellas habaneras y, con voz temblorosa, fue coreando cada una de las canciones, que lloraban paraísos perdidos, vergeles misteriosos y mujeres de ojos azabache y piel café. Historias de guerras y tesoros, de mares salitrosos y turquesas, de frutas carnosas y flores embriagadoras. Estuvo cantando hasta que se apagaron las luces del caserío de la otra ribera.

CAPÍTULO V

Con el paso de los días fui conociendo el pueblo, sus calles y los diferentes barrios que lo componen a ambos lados de la carretera. Me gustaba el ambiente de la plaza durante las mañanas, el calor de la tertulia en las mesas de la fonda, los paseos que al atardecer daban los mayores siguiendo el cauce del río hasta los soportales del Pontón, donde se alza orgullosa una torre medieval en la que Piolo había instalado el horno de su panadería.

Ander me acompañaba a todas partes. Los dos íbamos de acá para allá sobre la bicicleta de Matamoros, al que se le enrojecía el cuello al gritarnos y jurar sobre nuestros muertos cuando nos veía arrancar la cuesta desde el garaje de Salaberría. Los improperios del jardinero me hubieran molestado de salir de la boca de cualquier otra persona, mas sabía que Matamoros era tan malhablado como buena persona, y que hubiese dado su vida por cualquiera de los Gárate, aunque no creo que por el mismo motivo pudiera desprenderse de su bodega. Mi primo aprendió a ganarse el corazón de aquel hombre rudo que trabajaba descamisado y sin zapatos por el jardín de la abuela. Nada más despertarse, antes de desayunar, Ander se acercaba a la caseta del Txo y llenaba de pienso y de agua sus escudillas, labor que era parte del quehacer diario de Matamoros.

El Txo era un perro lobo tontorrón e inofensivo, al que ni siquiera le aquerenciaba asustar a los transeúntes que caminaban al otro lado de la verja del jardín. Por más que lo intentara, tampoco la chiquillada del pueblo lograba arrancarle un gruñido, y eso que le azuzaban con palos a través de los barrotes, pero el Txo encogía la cabeza, acomodaba su rabo entre las patas y persistía en su intento de recibir de ellos, entre golpe y golpe, alguna caricia. Le gustaban tanto las zalamerías que las noches en las que yo llegaba al caserío después de media noche, era el único que me esperaba despierto. Mudo, como de costumbre, correteaba a mi alrededor antes de ponerme sus patas sobre los hombros y lanzarme una lametada. Entonces le abría el portalón de casa y le permitía entrar hasta la cocina, lugar prohibido para él, pues en cuanto sus pezuñas arañaban el enlosado del zaguán Carmen lo echaba a la calle asustándolo con una escoba. En la despensa le preparaba una rebanada de pan untada con mantequilla y miel que el lobo deglutía en un abrir y cerrar de ojos. No he conocido ningún otro perro al que le gustara tanto el pan; al amanecer aguardaba al panadero junto a la puerta del jardín. Cuando Piolo abría la cancela, el Txo le lamía los pantalones rebozados de harina y después apoyaba su hocico triangular sobre la bolsa que Carmen colgaba de la ventana de la cocina, calentándose con la crujiente cochura de las piezas que el panadero metía dentro.

Matamoros le dispensaba los mínimos cuidados para que no se muriera de hambre. No hacía otra cosa más que rellenar su comedero con unas bolas de pienso, secas y duras, que el perro comía sin entusiasmo a lo largo del día. Jamás una caricia, nunca un cepillado. El Iru era el único perro que acaparaba las atenciones del jardinero, al que alimentaba con las sobras de la cocina de Carmen. Era un terrier sin casta, mal intencionado, rapaz y ladrón, construido cuesta arriba, con las manos demasiado cortas para su cuerpo lanudo. Conocía todos los vericuetos para llegar a la despensa sin ser descubierto por Carmen, que le despreciaba con la misma vehemencia que al Txo, pues para ella ambos eran fuentes inagotables de suciedad. Sin embargo, la cocinera preparaba la comida del chucho como pago a las botellas de vino que Matamoros le suministraba sin conocimiento de mi abuela. Pero odiaba al Iru, pues así como el lobo aceptaba los terrenos que ella le había marcado, el terrier no cejaba hasta rascarse el cuello y los lomos sobre las alfombras floreadas del salón.

El Iru convirtió al Txo en un can pusilánime. Le martirizaba con sus dentelladas y, aunque las mandíbulas del Txo bien pudieran haber chascado de un golpe la cabeza de aquel enano bravucón, soportaba estoico al perro de Matamoros, que no se sentía satisfecho hasta que el Txo se echaba en el suelo con las patas encogidas y las orejas gachas en señal de sumisión. Una vez el Iru abandonaba a su derrotado compañero, el lobo se escondía en la perrera hasta que Ander cumplía el encargo de rellenar las escudillas. Animado por el niño, bajaba hasta el porche del caserío y se tumbaba junto a las raíces de la magnolia, con los ojos atentos a cualquier posible ataque del terrier.

El caserío de Salaberría era un lugar importante en la vida social del valle. Casi todas las tardes, la abuela recibía visitas, en unas ocasiones celebradas y en otras aceptadas con resignación. Con motivo de la primera comunión de mi primo, la modista aparecía un día sí y otro también. A la noche, la abuela se quejaba medio en broma de que la cabeza se le hinchaba con el parloteo incesante de la mujer, tan monótono e indiferente como el cloquear de una gallina.

—Sólo tiene un tema de conversación: los demás –la describió con tino–. ¿Qué me importa si el hijo de Moncha ha regresado del servicio militar? Ni siquiera le pongo cara a ese muchacho –protestaba arrancándonos la risa–. Me da igual si el carpintero se ha comprado una furgoneta con el dinero que le regaló su suegra con motivo de sus bodas de plata, pero nuestra amiga puede hablarme del asunto durante más de media hora. Que si Matilde, La Gibraltareña, va a vender un apartamento que tiene en el Mediterráneo, o que si Begoña, la profesora de la escuela, compra sus jerseys en una *boutique* de ropa de segunda mano que acaban de abrir en Las Siete Calles de Bilbao... ¡Ésa es toda su ciencia!

Pero, gracias a la conversación locuaz de la modista aprendí quién era quién en el pueblo, aunque desde su visión particular. Por ella me informé sobre las familias ilustres del valle y sobre aquellos a los que no les llegaba el sueldo a final de mes; de los que hacía unos años emigraron desde Extremadura al pueblo para trabajar en un matadero de cerdos, y hasta de los vagos y borrachos que escandalizaban a la gente honrada con su ocioso rastro.

—En mi casa no se critica, mujer –saltó mi abuela para acabar con aquel descriptivo monólogo–. Si nos ponemos a relatar vicios ajenos, es mejor comenzar con los nuestros, los tuyos y los míos, aunque dudo que nos apetezca contar por dónde nos aprieta el zapato de la vida.

La modista se quedó con la boca abierta, pero no dijo nada. Aspiró ruidosamente por la nariz, y continuó en silencio su labor de rematar los dobladillos de la casaca marinera de Ander.

—Vuestra abuela tiene unas cosas... –murmuró al salir de casa, cuando la noche había bañado el paisaje–. Mañana volveré a las siete.

Esperé junto a la cancela del jardín hasta que se alejó, carretera abajo, dando pequeños saltos sobre sus zapatos de tacón.

La abuela no aceptaba las murmuraciones de la modista, y no sólo ocultaba con su silencio las borracheras con las que se festejaba Matamoros dentro del cobertizo de la huerta, sino que jamás le escuché una palabra sobre la secreta afición de Carmen por el vino. Además, tenía abierto el caserío para los holgazanes del pueblo, a los que ofrecía la oportunidad de ganarse un dinero con algún trabajo, pequeñas chapucillas en el jardín. A uno de los haraganes que acogía le apodaban Cosaco, no sé si porque participó en la División Azul o porque, como los soldados de Rusia, gustaba a menudo el alcohol.

Había un árbol enfermo frente a la piscina. Después de que Matamoros, por orden de la abuela, lo hubiese tratado durante un año con reconstituyentes químicos, aquel verano sólo había revestido de hojas una rama enclenque mientras la estructura de su follaje permanecía desnuda y magra, como en el invierno. La abuela invitó al Cosaco para que lo talase junto a nuestro jardinero, y aunque Matamoros recibió de mala gana la colaboración de aquel hombre inundado de alcohol, no le quedó otro remedio más que preparar junto a él el derribo de la acacia.

Era una mañana de calor húmedo. Mientras apartaban las cuerdas, la sierra y el hacha, la abuela, los niños y yo nos acomodamos en unos sillones de mimbre, a unos metros de distancia del árbol marchito, para dar seguimiento a la faena. Antes de comenzar, Matamoros descorchó una botella de chacolí para combatir el calor. Le dio un sorbo y se la pasó al Cosaco.

—¡Eh! –le advirtió retirándosela de los labios después de calzarse unos guantes–. Bebe con tiento, que ya tendremos ocasión de darnos un homenaje cuando el árbol se encuentre sobre la hierba. Una vez lo hayamos partido en un montón de troncos, Cosaco, te prometo que nos beberemos hasta tres y cuatro botellas como ésta, con el mejor chacolí de estas tierras –Matamoros cruzó los dedos y se los besó.

Posó la botella contra las raíces a la par que ordenaba al Cosaco que acercara la escalera al tronco.

—Primero podaremos las ramas, no vaya a ser que al talarlo lastimen de un varazo las copas de los árboles vecinos –argumentó–. Anda, coge la sierra y sube, que te sujeto la escalera.

El Cosaco tenía la sangre de tal forma envenenada por el alcohol, que le había bastado aquel buchito de chacolí para trastabillar los pasos y que se le nublara la vista, pese a lo cual amarró los largueros de la escalera e intentó apoyar el pie sobre el primer peldaño, sin atinar.

—Ese hombre se va a matar –comenté.

Ascendió a trompicones, hasta que introdujo la cabeza en la madeja de ramas. Tembloroso, soltó las manos de la escalera y se abrazó al tronco.

—¡Matamoros, a ver qué pasa con esa sierra! –gritó imperativo.

El jardinero, que había observado con reserva la irregular escalada, se agachó, tomó del suelo el serrucho y lo alzó hasta ponerse de puntillas, pero su ayudante no se atrevía a soltar el árbol.

—Vamos, jodido Cosaco –protestaba–. ¿Cómo pretendes coger la sierra si no alargas tu mano?

—Súbela más arriba, que no llego –replicó el otro mientras se aferraba a la acacia con más fuerza.

—Me ca en diez mil muertos –masculló–. ¿Quién te mandaría asomarte por Salaberría?

Al apoyarse Matamoros en el primer travesaño, desestabilizó la escalera con su peso. Su ayudante, en vez de apretar el cuerpo contra el árbol para restituir el equilibrio, chilló con voz ronca, alzó los brazos y trató de agarrarse a una rama, pero sus ojos calcularon mal la distancia y cayó al vacío, estrellándose sobre el jardinero que, con la sacudida, fue el primero en probar la dureza del suelo. La botella de chacolí se partió con el golpe que le propinó la cabeza del Cosaco.

La abuela dio un respingo en el sillón de mimbre cuando la sangre del beodo comenzó a teñir los cristales rotos. Mariana se puso a llorar, asustada por las palabrotas y las blasfemias de Matamoros, que hacía lo imposible por zafarse del cuerpo muerto que le aprisionaba, porque el Cosaco había quedado tendido como un fardo.

—¡La madre que te parió, borracho de mierda! –le insultaba–. ¿No te da vergüenza presentarte en este caserío tan respetable bebido como una cuba? –y le zarandeaba desde el suelo, pero el Cosaco no se movía–. Rodrigo, joder, quítame a este merluzo de encima.

Me acerqué un poco azorado. Tomé al Cosaco de un hombro y tiré de él con todas mis fuerzas, manchándome la camisa con la sangre de su cabeza. Antes de alzarle, observé cómo su lengua buscaba el chacolí derramado que empapaba el césped. Matamoros se levantó. Mientras sacudía las briznas de hierba de su pecho, juró que no avisaría al médico ni acercaría al Cosaco hasta la consulta del galeno.

—Por Dios, Matamoros, olvídate del desastre de la poda y echa una mano a este desgraciado –le conminó mi abuela–. Entre Rodrigo y tú podréis acercarle hasta el garaje antes de que se desangre.

—No me lo pida, señora, se lo ruego, que me llevan los demonios del coraje y las ganas que tengo de retorcerle el pescuezo.

De nada valieron sus ruegos. Mal que bien, entre los dos le arrastramos hasta el coche con el que Matamoros me recogió en Bilbao. El Cosaco no podía dar un paso.

El doctor le limpió la herida. Con unas pinzas desclavó las esquirlas de vidrio que se le habían hundido en la piel, mientras Matamoros, como enfermero improvisado, le pasaba un algodón empapado en yodo. Cuando el médico se giraba para tomar del transportín una gasa nueva, el jardinero apretaba con saña el algodón.

—Esta herida no termina de sangrar –comentó extrañado el doctor al darse la vuelta con el trapo esterilizado–. Será mejor que la cosa.

Observé con curiosidad aquella pequeña operación. Matamoros se retiró al fondo del cuarto de curas a la vez que ronroneaba palabras malsonantes y se repetía que semejante patán no volvería a pisar el jardín de la casa.

Pero, a la mañana siguiente, el Cosaco estaba en Salaberría lloriqueándole a mi abuela una nueva oportunidad. Parecía un soldado recién llegado de la guerra, pues se le había amoratado la cara y un apósito cubría parte de su frente.

—Le apuesto el brazo a que, a partir de hoy, no beberé otra cosa más que agua –imploraba con su voz aguardientosa a la vez que miraba de reojo hacia el jardín, por temor a Matamoros.

—No quiero tu brazo para nada, Cosaco. Lo único que te pido es que reserves la fonda para cuando hayas terminado de trabajar.

Pero mi abuela sabía que era un caso perdido, que aquellos propósitos eran vanos; no había pasado una semana cuando Ander lo encontró durmiendo la mona detrás de uno de los macizos de hortensias que el Cosaco se había comprometido a limpiar de pulgón. Se tapaba los ojos con los brazos nudosos y ásperos, mientras de su garganta flemosa borbotaba un ronquido.

—Voy a decírselo a la abuela antes de que Matamoros le descubra –le confié a Ander–. El jardinero podría clavarle un azadón en el pecho.

—¿Dónde está la abuela?

—En el mirador. Pero no vengas conmigo. Es mejor que merodees por aquí y, si ves a Matamoros, silbas con todas tus fuerzas. Entonces bajaremos para evitar la pelea.

La abuela se echaba en el mirador después de comer. Decía que no era una siesta en toda regla, pues tan sólo daba cabezadas con la ayuda de una novela de densa lectura. Allí guardaba una colección de libros en francés, aquellas obras censuradas por el antiguo régimen que compró al otro lado de la frontera. El mirador era el lugar mágico del caserío. Por su estructura de madera y cristal, la habitación conservaba el calor como si de un invernadero se tratase, razón por la que las plantas y las flores que a su abrigo se cobijaban reventasen en un verde intenso y luminoso, así como en una explosión de blancos, carmines y violetas. Había grandes maceteros en el suelo que parecían surtidores vegetales, pues las hojas rozaban el techo en un jubiloso desperezo, así como potes de arcilla sobre mesas y caballetes, de los que fluían en cascada las gitanillas alegres y las azaleas de variados tonos. Aquél era el refugio de mi abuela, el lugar que ocupaba durante el invierno, cuando no se molestaba en ordenar que Matamoros encendiera la chimenea del salón, salvo los domingos, en los que invitaba a merendar a la tía Concha junto a otras ancianas del valle. En el mirador tejía por las mañanas desde octubre a mayo, con las piernas calientes gracias al brasero eléctrico de la mesa camilla. Sobre esa mesa gastaba las horas retándose en continuos solitarios con baraja francesa o componía, para después volver a deshacer, los mismos puzzles desde hacía años. Pero, durante el verano, el mirador sólo lo reservaba para el duermevela de después del almuerzo. Allí la encontré, sentada en una mecedora que se balanceaba suavemente.

—Matamoros no se atreverá a hacerle daño –me aseguró tras escuchar el hallazgo de Ander–. Estamos acostumbrados a descubrir al Cosaco tirado entre los arriates.

—Entonces, si sabes que nunca va a dejar la bebida, ¿por qué te empeñas en invitarle a trabajar en casa?

Antes de aclarármelo, cerró el libro que tenía sobre el regazo y posó los pies para que la mecedora detuviera su vaivén.

—Cuando me casé, tu abuelo aportó al matrimonio este caserío y a su hermana soltera. No era la solterona que tememos las recién casadas, ese tipo de mujer amarga que no ha encontrado un hombre que la quiera y vive emponzoñada por la envidia, sino una señora de marcada personalidad, algo peculiar, es cierto, que por atender a un hermano sacerdote había renunciado voluntariamente al matrimonio.

—¿Insinúas que el Cosaco es hijo de esa mujer? –le pregunté, porque no entendía qué relación guardaba aquel relato que estaba dispuesta a contarme con el borracho que roncaba en el jardín.

—Qué cosas dices –se rió–. El Cosaco no tiene ningún parentesco con los Gárate, aunque...

—¿Aunque...?

—Aunque, de vivir aún, la tía Angelita lo trataría con el amor de una madre; a fin de cuentas, los borrachos eran el tipo de personas a las que ella acostumbraba a ayudar. Pero no vayamos tan deprisa, Rodrigo, antes debo hablarte de Saturnino, el hermano cura de tu abuelo, que murió unos años antes de mi boda tras servir como párroco en diferentes lugares de esta provincia. A principios de siglo, era frecuente entre las familias rurales que poseían alguna riqueza que uno de los hijos varones entrara en el seminario, al igual que otros formaban parte del ejército, como ocurrió con Luis y con Melquiades, abatidos en el desastre de Marruecos. También era práctica habitual que una de las hijas renunciara al amor humano para servir al hermano sacerdote en todas sus necesidades materiales, es decir, para tenerle la ropa limpia, asear la casa parroquial o prepararle la comida y llevarle las cuentas domésticas. La tía Angelita fue la que asumió ese papel, y mira que era muchacha lozana y guapa a la que no faltaban pretendientes. No sólo se olvidó de formar una familia, sino que, incluso, abrazó ciertos votos privados que le comprometían a una vida de austeridad. Cambió su nombre por el del día en el que su hermano tomó las órdenes mayores, y desde entonces todo el mundo la llamó Angelita San Roque o, en ámbitos más familiares, tía San Roque, que así es como me dirigí a ella hasta su muerte. Se deshizo de los vestidos de su armario, así como de los zapatos, y a partir de la ordenación de Saturnino lució un humilde sayal marrón, un sambenito como los que vestían los reos de la Inquisición. Prescindió también de los espejos, y de cualquier menudencia que considerara vanidosa.

—¿Se puede?

Era Carmen, que traía el correo. La abuela leyó los remites, abandonó las cartas sobre la mesa camilla y despidió a la cocinera, recordándole el menú de la cena.

—La tía San Roque me ayudó con la carga de mis hijos cuando tu abuelo murió de aquellas misteriosas fiebres tropicales. Nunca he sido una mujer entusiasta de las oraciones, hasta que he llegado a vieja, pero la tía San Roque logró hacer de este caserío un hogar cristiano en el que después de cenar se rezaba el rosario, aprovechando el agradable calor del horno de la cocina. Junto a sus paredes de hierro sesteaba un gato al que la tía mimaba. Como a mis hijos se les hacía eterna aquella repetición salmódica de avemarías, una mañana apresaron al minino y subieron con él al desván. Tu padre se santiguaba frente al bicho, al que Mayte aprisionaba para que no se le escapara, y a la voz de «Padre nuestro que estás en los cielos...», le arreaba un sopapo. Como puedes imaginarte, el gato se defendía, mas ni arañazos ni mordeduras soliviantaron a aquellos pequeños diablos, que repitieron la operación hasta que la aprendió el micho. A la semana siguiente, cuando tía San Roque entonó el primer Padrenuestro, brincó el gato desde su abrigado cobijo junto a los rescoldos, saltando de un lado al otro de la habitación, como enloquecido, en busca de una salida. Carmen, que rezaba con nosotros antes de marcharse a dormir a su casa, trató de convencernos entre persignaciones de que el minino estaba poseído por Satanás, y de que sólo don Eustaquio podía formular el exorcismo que nos privara de tan inquietante compañía. Según ella, no bastaba con matar al gato, pues el demonio capearía a sus anchas por la casa hasta hallar en quién introducirse. Sin embargo, la tía San Roque sospechó enseguida de los niños, y después de obligar a Mayte a que confesara la verdad, en vez de castigarles como se merecían, se río como una bendita.

—Es muy divertido, abuela, pero me gustaría saber qué tiene que ver el Cosaco con toda esta historia. Me da miedo que se despierte entre las hortensias y Ander se vea en medio de un lío entre el borrachín y Matamoros.

—Tranquilo..., tranquilo... –dijo flemática–. Ya sé que el Cosaco no tiene nada que ver con la historia que te estoy contando, pero, verás, la tía San Roque cocinaba los domingos unos dulces para chuparse los dedos y nos hacía colocar un plato más en la mesa.

—¿Para quién?

—Para el primer vagabundo que llamase al portalón. Muchos domingos, el plato permanecía vacío, y Carmen lo guardaba en la alacena. Sin embargo, aquella excusa de la comida fue una ocasión singular para conocer a los tipos más disparatados del mundo que, al enterarse de la oportunidad de llenar su estómago con las deliciosas viandas que Carmen preparaba por entonces, marcaban el caserío en la ruta de sus correrías. La tía nos enseñó que todos los bienes que Dios nos ha regalado se deben compartir, y ésa es la razón más profunda que tengo para que el Cosaco merodee por este jardín en busca de un motivo que le haga sentirse útil y con el que pueda ganar unas pesetas, aunque después se las beba en la fonda. ¿Entiendes ahora por qué le invito a pesar de los improperios de Matamoros?

—Ahora sí. Pero, abuela –medité unos instantes–, ¿te das cuenta de que mi padre nunca me ha hablado una palabra de la tía San Roque? No entiendo por qué me esconde su pasado.

La anciana entrecerró los ojos y contempló el borde de sus uñas después de juntar las palmas de las manos.

—La tía San Roque fue su primer desgarro; ése es el motivo.

—¿Su primer desgarro?

—Trata de imaginarte a Julián. Le faltaba su padre desde muy chico, y ese hueco afectivo lo llenó, en parte, tía San Roque. Se adoraban, entre ellos había una complicidad que no existía con mis otros dos hijos. Él le contaba sus secretos de niño antes que a mí.

Me vino Lola a la memoria. Hasta hace unos meses, la había considerado como a una madre en la que atesoraba mis pequeñeces de chaval.

—Tu padre dormía en la habitación que este verano ocupáis Ander y tú –prosiguió, abstraída en sus recuerdos–. Hasta que cumplió seis o siete años, la tía San Roque le ayudaba a vestirse y, después del desayuno, inventaba con él mil juegos. Tengo la sensación de que la imaginación de la tía era más creativa que la de mi hijo. Ella era capaz de transformar el cuarto en un desierto infinito de dunas o en el camarote de un barco pirata..., qué se yo. Si Julián se aburría, le acercaba hasta el balcón y le abría un redondel con el puño de la manga sobre la ventana empañada. Contemplaban a través del hueco la huerta del convento de Santa Matilde. A Julián le gustaba apretar la frente contra el cristal, pues su flequillo dejaba impreso la forma de la crin de un caballo, al que con trazos imprecisos y borrones trataba de dibujarle el cuerpo, hasta que las gotas de agua rompían sus garabatos. Entonces frotaba la superficie con todo el brazo y pasaba unos instantes mirando a las monjas que trabajaban en la huerta. Las palomas de Salaberría se posaban en los frutales de Santa Matilde y el niño les ponía nombre, una a una. Hubiera dado media vida con tal de que mis hijos no crecieran –suspiró.

Me dio la impresión de que los años habían pasado demasiado rápido sobre la abuela, pues no terminaba de creerse que los niños ya no estaban allí, pues el tiempo los había dispersado lejos del pueblo. Ella era la única que recordaba aquellos lejanos días en los que abundaban las voces infantiles en el caserío, porque mi padre, al igual que yo, de su primera infancia sólo retenía un olor, un color, un golpe de luz que le conducían a escenas aisladas y caprichosas, desprovistas de razones para estar impresas en los archivos remotos de su memoria. A mi padre sólo le quedaba una vaga impresión de las brumas sobre el valle, de las guerras de manzanas que disputaba en Salaberría con las pandillas más pendencieras, de los animales de aquel pequeño mundo.

—Cuando tenía siete u ocho años –continuó la abuela–, pensé que de mayor sería biólogo o veterinario, porque conocía los bichos que vivían en cada esquina del jardín: topos, musarañas, comadrejas, erizos, lagartijas y lagartos, abejas, avispas, escarabajos y hasta cada una de las especies de caracol, a las que atrapaba entre los matojos que crecen junto a las tapias. Caracoles de todos los tipos y tamaños, unos tan minúsculos como la uña del dedo meñique, otros gordos y de concha oscura, o de caracola blanca y rayada. Cuando había cazado un puñado, se sentaba en un banco y comenzaba a desconcharlos, con la ilusión de conservar la mitad de la caracola y la mitad del cuerpo baboso para así observar las vueltas y revueltas del caparazón, pero la concha de los moluscos siempre se le desmigaba entre las uñas. Por más que tía San Roque le razonara, comentándole pasajes de la vida de San Francisco de Asís, Julián no renunciaba a su niñez, y después de la retahíla ascética de la anciana se marchaba a buscar nidos en compañía de Matamoros, que por entonces era un jovenzuelo tan mal hablado como ahora.

La abuela se levantó de la mecedora para sacar de un armario dos cajas de bombones en las que guardaba fotografías de entonces, amarillentas y abarquilladas. Entre ellas descubrí al abuelo, que de pequeño tenía los rasgos difuminados, con alguna línea que me recordó a papá. Le habían retratado en el río con un traje de baño tejido desde los muslos hasta el cuello, y también de caza, con la escopeta apoyada en la escuadra que hacía uno de sus brazos y un perdiguero que olfateaba algún rastro. También había instantáneas junto a su hermano sacerdote, que no dejaba duda de que era mayor, y a la tía San Roque, una moza con hábito basto, como de saco. La abuela fue una cría delgada y de aspecto melancólico, peinada con dos largas trenzas. Su padre lucía una barba negra y cuadrada, así como unos bigotes con las puntas engomadas hacia arriba. Mostraba aquel hombre su traje perfectamente cortado según la moda de entonces, un reloj con larga cadena y un lustroso bombín. En sus rostros se adivinaba el fogonazo mortuorio del magnesio.

La otra caja la había reservado para las instantáneas de su boda, las de sus primeros años de recién casada y para las fotografías de sus hijos. En una de ellas, la tía San Roque portaba en brazos a papá.

—¿Te das cuenta? La vida se puede resumir en una colección de fotos, lo que me hace pensar que las cosas materiales no merecen tantos esfuerzos, porque las ilusiones que prometían se transforman en desengaño cuando los años las ajan. Fíjate –sacó de la caja una fotografía del bautizo de tía Mayte–, todas estas personas, salvo mi hija, están muertas.

Permanecí unos instantes contemplando aquella imagen, cada uno de los rostros, gente de la que sólo mi abuela recordaba sus nombres, individuos que ya no contaban para el fragor del siglo.

—Abuela, ¿por qué la tía San Roque desgarró a papá?

—Buscas una respuesta para los muchos silencios de tu padre, ¿verdad?

Le miré. Con su vista cansada había traspasado mis pensamientos. Cerró las cajas y las guardó en el armario.

—Cuando Julián regresó de los Estados Unidos después de licenciarse, me confesó que aún no había digerido la muerte de la tía San Roque. Era un trauma clavado en su infancia como el anzuelo en la boca de un pez. En Washington había presenciado unas revueltas callejeras, en las que asesinaron a un estudiante negro. Aquello revolvió su memoria, y revivió lo que algunos hombres del pueblo hicieron con ella.

—¿Quieres decir que asesinaron a la tía?

—Para que lo entiendas, tengo que empezar contándote que en la primavera del último año de la Guerra Civil, muchos jóvenes del valle estaban en el frente. Me sentía ociosa en el caserío mientras la gente sufría, a pesar de que los niños me daban ocupación, pero no podía desvincularme de lo que estaba sucediendo en las trincheras, así que me ofrecí como enfermera en un hospital de Bilbao al que trasladaban a los heridos. A la tía San Roque aquello le parecía descabellado, pues una joven viuda que abandona a sus hijos durante unas semanas por acercarse a la aventura daría que hablar. Ni siquiera aceptaba mis argumentos patrióticos, pero se resignó a que tomara la diligencia a Bilbao que por entonces hacía las veces de autobús de línea. Ella quedó al frente de la casa, como responsable de que Julián, Mayte y Rodrigo continuaran con sus lecciones. Como eran tiempos de restricción y cartillas de racionamiento, la tía les obligaba a recoger las manzanas que se lanzaban durante sus juegos, pues con ellas cocinaba mermeladas y compotas que después regalaba a las familias necesitadas del valle. Aprovechando mi ausencia, no sólo continuó con aquella tradición de los domingos en la que los vagabundos se sentaban a la mesa de Salaberría, sino que habilitó lo que hoy es el garaje como refugio para los perseguidos por uno u otro ejército. Entonces, algo muy extraño ocurrió en el pueblo, porque una furia desbordada contra la caridad de la tía San Roque se contagió de caserío en caserío. Me duele recordarlo..., aún viven los que la acusaron de traición.

—¿Acusarla de traición? No entiendo por qué.

—Por no hacer distinción de bandos entre las familias que ayudaba, por dar cobijo a soldados prófugos, por alimentar a nacionales y republicanos, por no mirar el color de las banderas... –calló unos segundos–. Julián me contó que entraron en el jardín con varas y guadañas, dispuestos a detenerla para realizar un juicio sumarísimo contra la pobre viejuca. La sacaron a empujones hasta el patio de la magnolia, como a una asesina. Los niños no se separaban de su sayal, pero aquellos hombres estaban resueltos a bajarla hasta la plaza, y no atendieron las lágrimas infantiles cargadas de terror. Llovieron los insultos, le arrancaron parte del sambenito y le ataron las manos a la espalda. Pretendían sonsacarle información sobre uno de los últimos huéspedes del garaje, pero la tía San Roque no podía decirles nada, porque jamás hablaba de política con aquellos a quienes acogía. Aunque revolvieron el caserío por si hallaban alguna pista, sólo encontraron a un borracho..., parecido al Cosaco. La tía les pidió que le permitieran despedirse de sus sobrinos nietos. Mis hijos aseguran que en ningún momento se abandonó al llanto, aunque estaba asustada. Les rogó que no sintieran odio hacia aquellos que la detenían, porque en las guerras suceden ese tipo de cosas. Cuando se la llevaban, Julián se interpuso en el camino, pero los hombres le abrieron la frente de un culatazo. Aunque Mayte y Rodrigo le llamaban para que se refugiara con ellos en el caserío, tu padre se encaramó a la tapia para ver cómo la subían sobre una carreta. En el momento en el que arrancó la mula, el niño no pudo contener su rabia e insultó a los raptores. Uno de ellos volvió sobre sus pasos, tomó a Julián por la cintura y lo encerró en unas viejas perreras que ordené derribar hace años.

—¿Cuándo te enteraste de todo lo que había sucedido?

—Tarde –puso una mueca de disculpa–. Mayte me envió una carta y regresé de Bilbao tan pronto como pude, en un automóvil que puso a mi disposición Bernardo Zabala, ese hombre al que has conocido en la fonda, el alcalde del pueblo. Pero llegué tarde, después de que la tía San Roque hubiera sido juzgada en el quiosco de la plaza. Don Eustaquio suspendió aquella tramoya antes de que se leyera la sentencia. Tengo entendido que volvió a toda prisa desde el barrio de Ybarra, a donde alguien había corrido para darle la noticia de lo que algunos se disponían a ejecutar, y que armó un alboroto hasta que logró que la liberasen. Cuando todos se fueron de la plaza, el cura desató las manos a la tía San Roque y se la llevó a la iglesia. Esa misma tarde la vi. Yo estaba segura de que saldría adelante, porque siempre había demostrado su voluntad de hierro ante las adversidades, pero las acusaciones de sus paisanos y las falsedades que habían esgrimido contra ella durante el proceso público le habían herido de muerte. Pidió refugio en el convento de Santa Matilde, donde ocupó una celda y renunció a vivir, pues no comía. Las monjas rompían la clausura, permitiéndome entrar con Julián, ya que confiaba en que el reencuentro con el niño al que tanto amaba le alegraría el corazón. Y, mira, nos acogía con una chispa de ilusión en los ojos, pero al poco rato bajaba la cabeza y continuaba repasando las cuentas de su rosario –el tono de la abuela se fue debilitando–. La tía San Roque nunca guardó rencor a quienes la humillaron. Su agonía, la más serena que he atendido, conmovió a los habitantes del valle, y los caseros subían hasta el convento para dejar sus ofrendas junto al torno, en señal de desagravio.

—¿Qué clase de ofrendas?

—Las que se pueden encontrar por estas tierras: flores, galletas, tomates... No tardó en morir.

Desde que la abuela terminó su historia, no volvimos a pronunciar palabra. Carmen apareció en el mirador para avisarnos de que la cena estaba servida.

CAPÍTULO VI

Comparándolo con los fríos amaneceres en los colegios de Inglaterra o Francia, despertarse en el valle era un placer. Cuando por cansancio me olvidaba abrir las ventanas para respirar durante la noche la dulce humedad de las huertas, salía de mis sueños sin saber durante unos instantes dónde me encontraba, envuelto por una oscuridad ahogada. Al volver en mí, me desprendía de las sábanas para acercarme hasta el balcón tentando la negrura. Golpeaba entonces el pomo de las contraventanas y un vómito de sol empapaba el cuarto en un instante, coloreando el suelo, las camas, el armario, las paredes con su techumbre de vigas y la madeja que mi primo se hacía de inmediato con las mantas. Eran momentos de confusión en los que no podía mantener los ojos abiertos, cegado por el fulgor de la mañana. Ander procuraba recuperar el último sueño, ocultando la cabeza debajo de la almohada, pero al otro lado de la puerta escuchábamos la voz infantil de Mariana, dispuesta a vencer nuestra pereza.

—¡Se han despertado! ¡Se han despertado!

Sin pedir permiso, entró en el cuarto.

—Vamos –nos animó–, es hora de desayunar.

Aunque Carmen había vestido a la niña con pantalón corto y una camiseta que le dejaban desnudos los brazos y las piernas, el sol todavía no tenía suficiente fuerza. Al besarla, sentí en mis labios su piel fría.

—Venga, Ander, baja con nosotros.

Su hermano le respondió con una mala palabra mientras se daba media vuelta.

—Rodrigo, ¿a que los niños que dicen palabrotas no pueden hacer la primera comunión?

Debatimos el asunto mientras me ayudaba a estirar la cama. Comenzaron a tañer las campanas del convento.

—... Seis, siete, ocho, nueve... ¡Son las nueve! Rodrigo, a que son las nueve –insistió hasta que ratifiqué su cuenta.

Mariana se encaramó sobre mi espalda y, con Ander ya vestido, bajamos las escaleras hacia el comedor. Después del desayuno, cuando el sol subió al mediodía, nos bañamos en la piscina. Aquellos baños eran los únicos momentos en los que el Txo ladraba; cada vez que nos sumergíamos no podía contener una angustiosa carrera alrededor del agua, y cuando salíamos a la superficie para tomar aire, aullaba de alivio.

Los días se nos quedaban cortos. Yo no me hartaba de contemplar aquellos suaves paisajes mientras pedaleaba en la bicicleta de Matamoros con Ander sentado sobre la parrilla. Nos deslizábamos por el camino del río hasta el Pontón, en donde Piolo tenía la panadería. Había una aldea agrupada alrededor de un puente de piedra que conducía hacia las trochas que suben por los montes. Si en aquel momento no había mucha gente de paseo, nos acercábamos con disimulo hasta la sombra de una higuera que esparcía sus hojas aterciopeladas sobre el camino y comíamos, con la emoción de lo prohibido, algunas brevas que ya estaban maduras. El paseo del río era mi favorito, pues el ayuntamiento había prohibido el paso de los automóviles y sólo los aldeanos, las vacas, los rebaños de ovejas y las bicicletas podían recorrerlo. Desde la higuera contemplé, a lo lejos, la fachada de atrás del convento de Santa Matilde, que colgaba sobre un desnivel como un nido de águila.

Nos cruzamos con un labriego que marcaba el paso de una yunta de bueyes cargada con el empalagoso heno que iría a abastecer la despensa de invierno de algún establo. Aquel aroma a hierba segada, así como el de las plastas de los animales sobre las que marcábamos las rodadas de la bici, aún permanecen en mi memoria.

El Pontón fue un barrio de villanos. Excepto la torre de defensa en la que Piolo cocía el pan, no había –como en otros lugares del pueblo– palacios ni casas solariegas, sino alquerías de labranza con buhardillas en las que secaban panochas de maíz y pimientos morrones. Tampoco tenía jardines con árboles cargados de historia, sino huertos reventones de sazón y campas en las que pacían asnos, puercos y vacas suizas, con montículos de estiércol y paja sobre los que picoteaban gallinas y patos de plumaje sucio. Aquella mañana, una *troupe* de gansos deambulaba por el puente siguiendo la estúpida querencia del más grande de la familia.

Otros días nos acercábamos hasta el puente para contemplar a los chicos del pueblo, que se lanzaban al río desde el petril, frente al caserío del cartero. Aunque Julio era hombre mayor, aún tenía padre, un viejo agostado que pasaba las tardes en una tumbona leyendo novelas del Lejano Oeste. Arrugado y huesudo, aquel anciano me llamaba la atención por su pulcro aspecto: afeitado apurado, ropa siempre limpia y esponjosas zapatillas de felpa verde. Cuando escuchaba los chirridos de nuestra bicicleta, retiraba la vista de su lectura y alzaba las cejas en un saludo mudo.

El cartero repartía el correo por las mañanas, también en bicicleta. Hacía sonar un par de veces el timbre de latón del manillar después de haber dejado la correspondencia entre los barrotes de la valla del jardín. Eran conocidas las partidas de cartas que organizaba por la tarde junto a su mujer y a sus hijos que aún vivían en el valle. En cuanto se animaba la mesa de juego, Julio se retiraba al establo para jugar con sus gatos, a los que troceaba higadillos y otros despojos. Tenía unas gatas sanas y fértiles, que para parir buscaban incluso los altillos del garaje de la abuela, indiferentes al Txo, que no hacía por respetar su territorio, e indiferentes a Matamoros, al que se le llevaban los demonios, pues no había pasado una semana desde que ahogó en el río a la última camada de mininos.

Ése era el microcosmos del valle, donde los días que amanecía nublado, e incluso aquellos en los que arreciaban las tormentas, bajaba con mi primo hasta el frontón municipal, una nave techada detrás de la iglesia en la que los mozos jugaban con palas, raquetas, cestas y a mano. Los muchachos del pueblo dejaban sus bicicletas contra las escaleras de una fuente, empuñaban las raquetas de tenis y formaban una fila frente a la pared principal. Aquel que fallaba el golpe, quedaba eliminado.

El juego comenzó con el raquetazo del primero de la fila. Uno a uno, los siguientes chavales fueron golpeando la pelota. En la siguiente partida, Ander y yo formamos parte de la hilera de jugadores. Mi primo, por ser el más pequeño, no tuvo fuerza para enviar la bola hasta las líneas reglamentarias, y quedó eliminado. No tardé en seguir su destino, pero los partidos eran tan rápidos que enseguida estábamos de nuevo sobre la pista del frontón.

La lluvia repiqueteaba sobre el tejado de calamina, formándose un eco ensordecedor. Esta vez logré llegar hasta el tercer puesto más cercano al campeón, un muchacho sonrosado y papudo del caserío en el que Carmen compraba mantequilla, leche y carne, que para lanzar sus trallazos daba un extraordinario salto sobre el cemento. El monaguillo de don Eustaquio (segundo de la fila) tropezó, botando la pelota dos veces antes de que la golpeara, y fue eliminado.

El sudor empapaba la frente del campeón, donde se le pegaban las puntas de su revuelto flequillo. Nos miramos y le hice una mueca que pretendía disculparme por haber logrado aquel lugar. Sacó con todas sus fuerzas, aguardó a que la bola rebotara contra la pared y corrió hasta ponerse detrás de mí para adivinar hacia qué dirección me disponía a devolverle la pelota. Sin quererlo, en el instante en el que tomé impulso para responderle, le estrellé la raqueta en la cabeza. El del caserío del ultramarino cayó al suelo, encogido por el dolor. Los demás chavales le rodearon con curiosidad, ávidos de descubrir el alcance de la herida. Me quedé cohibido, pues Ander mostraba la misma morbosa intriga de los demás. Al fin me decidí a tenderle la mano y cuando se puso en pie, aún con los dientes apretados para soportar el daño bombeante que inyectaba su cabeza, tomó mi mano y la pasó sobre su frente empapada hasta que noté el volumen puntiagudo de un chichón. Pero el mozuelo no se retiró de la pista. Cogió su raqueta del suelo, escupió y voceó bien fuerte, para que todos le entendiésemos por encima del repiqueteo de la lluvia que rascaba la tejabana:

—Un nuevo prímix. ¡He ganado un nuevo prímix! Ahora tengo seis vidas.

Mas con el golpe perdió agilidad y una chica del Pontón, hija de Piolo, le fue restando cada una de sus victorias. La chavalería montó en sus bicicletas y rodeó a la nueva campeona mientras coreaban su nombre. Junto a la pared, el niño del colmado se frotaba la hinchazón culpable del final de sus triunfos.

Ander y yo nos sentamos en las gradas para contemplar el siguiente partido. Como me punzaba cierto sentimiento de culpabilidad, había decidido abandonar la raqueta por aquella tarde. Mientras los chicos del pueblo iban golpeando la pelota, escampó. Fue en aquel momento cuando tres muchachas llegaron a las escalinatas de la fuente. Una de ellas me miraba sin disimulo a la vez que cuchicheaba con las otras dos. Era preciosa, pues tenía esa edad en la que la infancia comienza a abandonar el cuerpo empujada por la primera juventud, una mujercita de miembros estilizados que adornaba su rostro con graciosas pecas.

—Espérame aquí –le conminé a mi primo–, no te muevas.

—¿Adónde vas?

No le contesté. Me levanté y fui hasta la fuente con la excusa de beber un trago de agua.

—¿No queréis jugar? –les comenté un poco azarado mientras me secaba la boca–. Podéis utilizar mi raqueta. Mi primo es aquel niño que está sentado en las gradas, y también os dejará la suya.

Ander nos observaba desde los asientos del frontón.

—No, gracias –contestó aquella que me había parecido tan guapa–. Preferimos ver el partido desde aquí.

—¿Sois del pueblo? –proseguí mi interrogatorio, pues no quería perder la oportunidad de hablar con ellas–. No os había visto antes.

—Sí y no –dijo la misma chica, que parecía la mayor de las tres–. Siempre veraneamos en el valle, pero vivimos en Bilbao. Tú sí que eres nuevo.

—Nací aquí, pero es la primera vez que vuelvo desde hace muchos años.

—¿Dónde está tu casa? –insistió.

—Por la carretera, arriba, en lo que llaman Salaberría. El caserío es de mi abuela.

Las chicas intercambiaron una rápida mirada.

—¿No serás Rodrigo Gárate?

Asentí.

—El tío Bernardo nos aseguró que vendrías por casa la semana pasada, e incluso preparamos una merienda, pero no apareciste.

—Lo siento... No sabía que era una invitación formal; pensé que el alcalde hablaba por hablar.

—¿El tío Bernardo un charlatán? –comentó otra de las muchachas–. No; estaba convencido de que aparecerías. Durante un par de días sólo habló de vuestro encuentro en la fonda, porque fue amigo de tu padre. Más tarde, al comprobar que no venías, insistió para que te fuésemos a buscar a Salaberría, porque, según él, eres tímido.

Enrojecí.

—Eso es una tontería.

—No te lo tomes a pecho, son cosas de la gente mayor –me excusó la pecosa–. Me llamo Ana –se acercó y me dio un beso en la mejilla–. Teníamos muchas ganas de conocerte, porque no tenemos muchos amigos en el pueblo.

—Pero has dicho que veraneáis aquí desde siempre, ¿cómo es posible que...?

—No sigas –me cortó–, te pareces a mis padres, que siempre están con la misma cantilena.

—Perdóname.

—No tengo que perdonarte nada; lo que ocurre es que hasta el verano pasado sólo hemos jugado en el jardín de la casa del tío Bernardo, sin oportunidad ni ganas de conocer a los otros chicos del valle. Pero, antes de seguir con esta conversación tan aburrida, te voy a presentar a Paloma y a Amaya.

Las dos chicas sonrieron, apretando la barbilla contra el cuello. Paloma era hermana de Ana, aunque no se parecían entre ellas. Era un año más joven que Ana, rubia, y sus piernas resultaban demasiado largas y delgadas. Eran primas de Amaya, más pequeña de estatura, morena y de cabello negro recogido en una coleta. Vestía con blusa y falda blancas que resaltaban el tono de su piel.

En aquel momento, Ander se acercó a la fuente con semblante desconfiado.

—Rodrigo, me aburro. ¿Por qué no jugamos otro prímix?

Le miré y después observé a mis nuevas amigas.

—No tenemos raquetas para todos.

—¿Quiénes son todos? Tú y yo tenemos nuestras raquetas.

—Pero ahora somos tres más –señalé a las muchachas, que sonreían a mi primo.

—¿Quiénes son éstas?

—Se llaman Ana, Amaya y Paloma.

Ander no les saludó.

—Bueno, ¿jugamos al frontón o nos vamos a casa?

—Eres un cabezota. Te he dicho que somos tres más, así que nuestras raquetas no son suficientes. ¿Por qué no se las dejamos a ellas durante un rato? Seguro que les apetece jugar.

Permaneció en silencio, pensando la respuesta con la mirada clavada en el suelo.

—No hace falta que discutáis por el frontón –medió Paloma–. Nosotras jugamos muy mal al tenis, así que preferimos invitaros al jardín de la casa del tío Bernardo. Si os gustan las cartas, podemos echar una partida de continental.

—¿Dónde está vuestra casa? –le pregunté.

—Allí –señaló Ana–, al otro lado de la plaza, junto a la del duque.

—¿Qué te parece el plan?

Ander apretó aún más las cejas.

—A mí no me interesa ligar. Me marcho a Salaberría.

—No seas estúpido.

—Los niños tienen cada ocurrencia –apostilló Amaya–. Déjale que se vaya.

—Me da una rabia... Estoy todo el día con él; le subo y le bajo a casa del cura, porque se está preparando para la primera comunión; le llevo de paseo en bicicleta para que no tenga que pasarse todo el día con su hermana Mariana, que aún juega con muñecas, y es incapaz de acompañarme a vuestro jardín.

Mi primo volvió corriendo a las gradas del frontón y tomó las dos raquetas antes de subir a casa.

—¡Chico! –le llamó desde la pista el del caserío del colmado–. Ven a jugar, que empezamos otra partida.

Ander me miró y le hice un gesto para que se uniera a los muchachos. Titubeó unos instantes, observando la carretera, pero al fin dejó una de las raquetas sobre los asientos de piedra y se colocó el último en la hilera de jugadores.

—¡Rodrigo! –voceó–. ¡No te olvides de venirme a buscar!

Acababan de sacar la pelota, y antes de que llegara su turno gritó con fuerza:

—¡Como te olvides de subirme en bicicleta, me chivo a la abuela de que has ligado!

No es fácil ver el palacio de Bernardo desde la carretera, pues el frondoso follaje del parque apenas dejaba descubierta alguna piedra del húmedo paño de su fachada, y sólo una verja coronada por lanzas y leones descubría al viandante la hidalguía del lugar. Entre las hojas de las copas de los tilos asomaba el tejado, a cuatro aguas, coronado por un templete de cristal que imitaba la cabina de una embarcación. Las tejas, como la arenisca de los muros, estaban sembradas de musgos y líquenes que ensombrecían aquella casona solariega.

Cuando Paloma tiró del portalón del jardín, de entre las sombras de los troncos apareció un perro inmenso, un mastín de lanas blancas que se puso a ladrar al cielo con una voz apagada y melancólica.

—Chitón, Platero –le ordenó Amaya, y el perro, que tenía la mirada azul y compungida, regresó al cobijo de unos dompedros donde se refugiaba del calor.

Ana tiró del pomo de la puerta principal, pero estaba cerrada con llave. Aunque la golpeó varias veces con una pesada aldaba, ni siquiera sentimos pasos dentro de la casa. Bordeamos el palacio por un camino de guijarros hasta la fachada trasera, en la que una escalinata exterior subía a cada uno de los pisos. Desde las terrazas se dominaba el río y su otra ribera, las faldas de los montes y, más cerca, los límites del jardín junto a la finca de manzanos del duque. Paloma llamó con los nudillos sobre los cristales de una puerta, pero tampoco recibimos señales de vida en el interior de la casa.

—Me temo que nuestros padres se han marchado a Bilbao –comentó Ana–. Por la hora que es, el tío Bernardo aún duerme la siesta. Lo mejor será que esperemos en la piscina, porque no podemos coger la baraja.

—Entonces jugaremos al croquet –propuso Amaya.

Dibujamos el recorrido con diferentes hierros en forma de «u» invertida. Comenzaba junto a la cancela del jardín de la piscina y seguía por un paseo flanqueado por setos de boj, terminando en una pradera en la que la hierba estaba demasiado alta para seguir la trayectoria de la bola de madera. Los tacos producían un sonido seco que se expandía por la falda de la montaña vecina. Ana y yo formamos uno de los equipos, alternándonos en el juego. A mi compañera le costaba impulsar el bastón para dar el golpe, y festejábamos cada una de sus torpezas con sonoras carcajadas. Paloma intentó ganar a base de trampas, pues aprovechó nuestros descuidos y bromas para desplazar con el pie su bola hacia la meta. Le descubrimos cuando apenas le quedaban dos aros para llegar a la estaca final. Bernardo Zabala apareció cuando discutíamos sobre cómo nos debía resarcir de sus artimañas.

—El joven Gárate... Me sorprende encontrarte en mi casa; pensé que habías aceptado mi invitación por cortesía y que no se te pasaba por la cabeza venir a hacernos una visita.

—He conocido a sus sobrinas de casualidad, en el frontón que está detrás de la plaza.

—El frontón es obra de mi equipo municipal. Pero no me trates de usted, muchacho, pues deseo que te sientas como en familia. ¿No encuentras que mis sobrinas son encantadoras?

—Qué cosas dices, tío –protestó Ana arrugando la nariz.

—La verdad, nada más que la verdad. Ya era hora de que trabaseis amistad con alguien de este pueblo –opinó Bernardo mientras agujereaba la hierba con la punta de su bastón–. Ahora, como no me dejáis que presuma, me marcho a dar un paseo. Me esperan en la fonda; aún no se han resignado a que les gane al dominó –observó los mazos del croquet–. Por cierto, ¿quién ha ganado?

—Hemos quedado en tablas –me aventuré a decirle–. Sus sobrinas son encantadoras, pero a alguna le gustan demasiado las trampas.

Paloma no pudo reprimir la risa, que contagió a Amaya y, por último, a Ana.

—En fin, Rodrigo, no puedo ocultarte que los vicios de familia se heredan –rió socarrón–. Como supongo que andáis justos de cuartos, toma –le entregó a Ana un billete–. Podéis invitar a vuestro nuevo amigo a un refresco. Si vais a la fonda y no os llega con este dinero, que lo apunten en mi cuenta.

Pero en vez de subir la carretera, la cruzamos para entrar en el estanco con cuidado de que nadie nos sorprendiera comprando cigarrillos. A mí no me gustaba fumar, pero me dejé llevar por las muchachas, a las que divertía tentar la suerte de ser descubiertas por sus padres.

El estanco estaba en el sótano de una casa modesta que hacía esquina entre la plaza y la carretera de Bilbao. Pero su muestrario no se limitaba a las cajetillas y cartones de las distintas marcas de tabaco, sino que además ofrecía el género más variopinto: alpargatas, pedazos de bacalao en salazón, palas, rastrillos, regaderas y otros utensilios de jardinería, sellos, cerillas y mecheros, fajas, conservas alimenticias, caramelos, botas para la lluvia, jabón en ladrillos y casetes de música con las cubiertas amarillentas por el sol. Cuando abrimos la puerta sonó una campana, a cuyo repiqueteo respondió una voz:

—Ahora salgo.

Era una mujer diminuta y con las manos enfermas de artritis.

—Ay, chicas, como se entere el alcalde de que os vendo pitillos me precinta el local –comentó al soltar seis cigarrillos sobre el mostrador.

—Eres un sol, Rosario –trató Amaya de engatusarle.

—Picaronas, sabéis que me ganáis con vuestros arrumacos.

Rosario cayó en la cuenta de mi presencia, y bajo su mirada curiosa me sentí obligado a presentarme.

—Rodrigo Gárate, de Salaberría.

—Así que tú eres el hijo de Julián –comentó–. ¿No te dice la gente lo mucho que te pareces a tu padre?

—En el pueblo no escucho otra cosa.

—Por Marieli, la de «Villa Habana», sabía que estabas aquí. Hace unas noches os vi desde la ventana de mi habitación cuando aguardabais el vuelo de la lechuza del campanario. ¡Esa mujer tiene un poder para engatusar a los niños...!

Tintineó el badajo de la puerta. Era una señora, que le pidió a Rosario unas lonchas de jamón de York. Mientras la estanquera cortaba las piezas en una máquina, aproveché para ojear el muestrario expuesto en las estanterías. Por la suciedad de polvo y moscas, comprendí que el género llevaba en el mismo lugar desde hacía mucho tiempo. Ana se acercó y me susurró al oído:

—¿Te has fijado en la peluca?

Alcé la vista para buscar por las baldas un cabello postizo, pero no lo encontré.

—Eres bobo –murmuró–, me refiero a la que lleva Rosario sobre la cabeza.

Era cierto, llevaba una peluca vieja y mal peinada que se le despegaba detrás de las orejas. Ana se tapó la boca con las manos para insonorizar sus carcajadas, pero me contagió la risa. La señora del jamón se observó el vestido disimuladamente.

—Estos chicos... –le quitó Rosario la preocupación, dándole a entender que nos burlábamos de su falso cabello–. Lo hacen sin malicia.

Nos fumamos los pitillos en las escaleras del quiosco de música. Ana imitaba con gracia a los vecinos del pueblo, y nos desternillamos con sus parodias de la estanquera, de su tío Bernardo y de Marieli. Yo hice lo propio con Matamoros, al que sólo conocían de verle pasar en su coche destartalado.

Desde aquella tarde no pasó un solo día sin que visitara el palacio del alcalde. Las chicas tenían un refugio en el jardín, en una plazoleta de tierra donde había una mesa de granito medio oculta al amparo de un roble centenario.

—Aquí nos reunimos cuando estamos cansadas de la gente mayor –Ana se sentó en la mesa, que estaba recubierta de musgo negro–. Es un lugar secreto. Esta finca es tan grande que ni el tío Bernardo ni nuestros padres pasean jamás por este rincón. Si sabes guardar esta confidencia, puedes venir cuando quieras, incluso el día en el que nosotras nos hayamos ido a la ciudad.

—Os prometo que la guardaré, pero sólo vendré cuando estéis en el pueblo. Vete a saber; a lo mejor vuestro tío me confunde con un ladrón y me dispara con un trabuco desde una de las ventanas de la casa, o Platero se envalentona al verme sin vuestra compañía y me lanza un mordisco. Es tan grande que de un bocado me puede arrancar la cabeza.

—De acuerdo, te admitimos en el grupo –decidió Paloma.

—Espera. Yo le pongo una condición –objetó Ana–. Que siempre que vengas a buscarnos, antes de subir a casa mires primero en la mesa; pasamos mucho tiempo aquí.

—Sobre todo tú –añadió Amaya–. No sé qué tienes escondido entre los matorrales para perder las mañanas enteras bajo este árbol.

—No escondo nada. Me gusta venir con mis libros o con los deberes que me han puesto en el colegio. Así mamá no me encuentra en mi habitación para mandarme a comprar huevos y tomates, y puedo leer a mis anchas.

Aquella mesa se convirtió en mi lugar favorito del valle. Íbamos cuando apretaba el sol en la piscina de Bernardo, pero también los días que el cielo estaba nublado e, incluso, cuando del follaje del roble caían hilos de lluvia.

Allí charlábamos de cómo era nuestra vida durante el invierno, e inventábamos obras de teatro en las que casi siempre representábamos a algún personaje del pueblo. Uno de mis favoritos era el Cosaco, al que emulaba dando traspiés. A Ana le asustaba aquel borracho, pues temía encontrárselo un día entre los recovecos vegetales del parque. Lo había visto al salir de la fonda, zigzagueando por la carretera, jurando con su voz ronca y amenazando a la luna con el puño cerrado. Algunas tardes de lluvia, si no íbamos al frontón buscábamos sapitos desde la mesa hasta la casa. Los íbamos metiendo en un frasco de cristal y, cuando nos cansábamos, volvíamos al refugio para sacarlos unos a uno, ponerles nombre y devolverles la libertad.

—Adiós, Aceituno –nos despedíamos de uno de ellos, y observábamos cómo se alejaba a pequeños saltos, hasta que encontraba la alta hierba.

Con Ana pasaba más tiempo que con Amaya y Paloma. Congeniamos y sabíamos provocarnos la risa, lo que no me ocurría en la misma intensidad con las otras dos muchachas. Ana tenía unas pestañas largas, oscuras y rizadas que sombreaban sus ojos almendrados, oscureciendo aún más su rostro pecoso. Era divertida, alegre y dicharachera.

Para mis primos, sobre todo para Ander, la aparición de aquellas tres chicas cambió el rumbo del verano. Aunque procuraba no descuidar su atención por miedo a que la abuela me lo echara en cara, no volví a pasear con él por el camino del río, pues prefería acompañar a Ana que, además, tenía su propia bicicleta. La abuela me pidió que siguiera llevando a mi primo a la clase de catequesis, pero Ander trabó amistad con el hijo del carpintero, que también se preparaba para la primera comunión, y bajaban juntos hasta la casa del cura.

Papá se llevó una sorpresa cuando le hablé de Ana, Paloma y Amaya. No sabía que Bernardo tuviera sobrinas de mi edad.

—Deben de ser sobrinas nietas, Rodrigo. En ese caso, conocí a sus madres, unas mujeres muy guapas; eran las chicas más bonitas del valle –insistió–, unas prendas de las que casi todos los mozos estábamos enamorados. Dime, ¿aún siguen hermosas?

—Papá –le contesté con un tono resignado–, tienen cuarenta o cincuenta años. No me parecen otra cosa que simpáticas.

—¿Y sus hijas?

Pensé un momento antes de contestarle.

—Por supuesto que son guapas, sobre todo Ana.

—¿Cómo se llama su madre?

—Begoña.

—Entonces, de casta le viene al galgo. Pero dejemos ahora este asunto, debo contarte algo que te va a alegrar –carraspeó por el teléfono–. Me han ascendido.

—Felicidades –dije sin mucho énfasis.

—Gracias, hijo. Desde septiembre ocuparé el puesto de gerente de la compañía en todo el sur de Europa. ¿Qué te parece?

—Muy bien. Me alegro por ti.

No le pedí detalles. Había esperado su llamada a lo largo de la semana para rogarle que viniese al valle cuando terminara el congreso.

—Papá, ¿vendrás a buscarme?

No contestó.

—¿Papá?

—Sí, Rodrigo, sigo aquí. Verás..., ¿cómo te lo explico? –la voz se le había empastado–. De Miami he de volar directamente a París. La compañía nos pone un piso allí y debo arreglar muchos papeles.

—¿Nos pone un piso?

—Sí. A partir de ahora tengo demasiadas responsabilidades como para vivir en Madrid y trabajar en París. He pensado que será más fácil si nos instalamos en esa ciudad. ¿Lo comprendes?

—¿Y nuestra casa? –le pregunté con una presión en la garganta.

—Por el momento, la mantendremos. Me vendrá bien en el caso de que necesite alojarme en Madrid por unos días. Pero no te preocupes por tu futuro, te he reservado una plaza en un colegio de París donde estudian los hijos de otros compañeros de la compañía. Y si te sientes solo, te prometo que buscaré otra Lola.

—No necesito otra Lola –le corté con brusquedad.

—Vamos, hijo, no te pongas así. Es una gran oportunidad para mí, compréndelo. Además, después de muchos años volveremos a vivir juntos. Piénsalo, ya verás como termina por apetecerte. Un beso y cuida de la abuela.

Colgó antes de que le pudiera repetir que viniese a buscarme.

CAPÍTULO VII

Una mañana en la que tomábamos el sol frente a los montes, la abuela me hizo un trazado en el aire con el que pretendió acotar los pinares que le pertenecían. La arboleda alcanzaba desde el otro lado del río, a partir de la misma falda de la montaña, hasta la cima más alta del valle, a la que llaman el Viquirrio.

—Desde allí hay una vista única del pueblo, como si lo observaras desde la cabina de un avión. Sólo he subido a la cima en dos o tres ocasiones, hace muchísimos años, pero te aseguro que no me he olvidado de la sensación que me produjo descubrir mi casa, el convento y los caseríos que nos rodean como figuritas de un belén.

Con su descripción me entró el gusanillo de la curiosidad. Sabía que para alcanzar la atalaya del valle había que ascender por el camino que arranca desde el Pontón hacia los bosques, pero Ana me advirtió que aquellas sendas se bifurcan más arriba en atajos y desvíos que se internan por otras arboledas, hacia lejanas montañas y valles.

—Sólo podrás coronar el Viquirrio con la ayuda de alguien que conozca bien la ruta. Mis padres nos tienen prohibido pasear por el otro lado del río, pues es fácil desorientarse entre la maleza y los pinos. Además, qué miedo si el Cosaco se esconde entre los árboles para dormir sus borracheras, o si los terroristas de ETA han cavado un refugio en el que guardan sus armas, por no hablarte de los tramperos que enlazan animales salvajes. Por favor, Rodrigo, no vayas solo.

—Y si le convenzo a Matamoros, ¿estarías dispuesta a acompañarme? Él caza en las montañas durante el invierno y presume de conocer el bosque. Le gustará llevarnos consigo para deslumbrarnos con su desenvoltura en mitad de la montaña.

—Mis padres no me dejarán ir si no vienen Paloma y Amaya. Tampoco yo quiero ir sin ellas.

—Entonces, podéis venir las tres.

—No sé si el tío Bernardo nos dará permiso. Como en verano estamos invitadas en su casa, él es quien decide este tipo de cosas. Además, el Viquirrio está demasiado lejos –observamos la punta del monte desde la plaza, donde comíamos una bolsa de pipas–. Necesitaremos dormir arriba, pasar la noche con vosotros..., no sé qué dirá.

—Déjame que hable con él. A fin de cuentas, sólo se trata de una acampada.

Bernardo no se mostró tan locuaz como de costumbre. Apoyó la barbilla sobre el mango de marfil de su bastón de caña, y pasó unos minutos discurriendo.

—No me hace mucha gracia la idea; un bosque siempre es un lugar sombrío. Sin embargo, me alegra saber que Manolo Matamoros os acompañará. Es un buen hombre, y conoce estos montes mejor que nadie. En caso de que os topéis con algún pastor o con los de la empresa de las maderas, puede evitaros problemas. Tened en cuenta que esa gente pasa mucho tiempo sola por allá arriba, y no les gustan los encuentros con extraños.

—¿Eso significa que nos das permiso? –preguntó Ana con anhelo de confirmar la respuesta, mientras su hermana y su prima observaban al alcalde con no menos ilusión.

—Sí, aunque comprenderéis que exija prudencia a este caballerete –me tomó del brazo–. Además, os llevaréis una tienda de campaña que guardo en el desván y dormiréis las tres juntas.

De la casona de mis amigas subí hasta Salaberría de dos pedaladas, impaciente por hacer partícipe al jardinero de la aventura.

—No me digas que no, ahora que hemos conseguido la compañía de Ana, Paloma y Amaya.

—A ti te gusta alguna de esas mozas –se rió con desfachatez–. Me he fijado en ellas los días que las traes al jardín, y reconozco que están para mojarlas en pan. ¿Es la pecosa? A lo mejor te gustan las tres a la vez; a mí me sucede a menudo.

Se encogió enrojecido por la burla, esperando que me abalanzara sobre él para continuar la broma.

—No seas zafio –le corté con frialdad–. Además, qué te importa si me gustan o me dejan de gustar. Anda, vamos, contéstame si serás nuestro guía.

—Está bien. La idea de pasar la noche al raso me despierta el ánimo, ¡carajo! Parece como si fuera un anticipo a la veda de caza.

—Me alegro, pero quiero que te comportes. Tendrás que cerrar esa bocaza sucia el tiempo que dure la excursión.

—Tranquilo, Rodrigo, te aseguro que trataré a las chicas como si fuesen reinas. Es más, ellas dormirán dentro de la tienda y tú y yo a unos metros, en unos sacos que utilizo cuando salgo al paso de la malvís.

—Nos constiparemos si dormimos al aire libre –alegué.

—Cuando se viaja con mujeres de sangre azul hay que actuar como caballeros. En el ejército me enseñaron que los caballeros siempre tienen que estar un escalón por debajo de las señoritas importantes. Si ellas duermen en tienda, nosotros haremos guardia a la puerta, no hay más que hablar.

Me sentí condecorado por Matamoros como guardián de las muchachas, lo que me llenó de orgullo.

—Ander os acompañará –propuso la abuela en el mirador–. No puedes dejarle en tierra después de hacerle la boca agua mientras nos cuentas durante el almuerzo los preparativos. Comprendo que Mariana es demasiado chica para el plan, sin embargo tu primo ya es un hombrecito.

—Pero Matamoros sólo tiene dos sacos –objeté.

—Dile a tu abuela que lo de los sacos de dormir no es problema –concluyó el jardinero al día siguiente mientras descansaba a la sombra del chamizo de la huerta–. Si os apretáis, los dos cabéis en el mismo. Vamos, no pongas esa cara de cordero degollado, joder, que allí arriba araña el frío del alba y me agradecerás que te obligue a dormir así. Al Ander le vendrá bien una marcha de este estilo, para que se enrecie, que tus tíos lo tienen amariconado, siempre pendientes de que no se arrastre por el suelo para que no se manche los pantalones, hay que fastidiarse... Tu padre, a su edad, andaba por el pueblo desdentando a pedradas a los chicos pendencieros, y en qué se ha convertido, en un hombre de negocios que recorre el mundo de confín a confín, mientras tu tío Antonio tan sólo vende gafas.

Por la mañana del miércoles plegamos los dos sacos y los metimos dentro de la mochila junto a los víveres que Carmen nos había preparado.

—Nos la turnaremos durante la ascensión. ¿Me oyes, pequeño? –se dirigió el jardinero a mi primo, que sólo pensaba en partir cuanto antes.

Ana, Paloma y Amaya aparecieron a las once en el jardín de Salaberría, cargadas también con sus bultos. Unos a otros nos contagiábamos la emoción de aquella aventura, e incluso Matamoros aparentaba haber dormido mal. Eran tales las ansias de comenzar el paseo por el camino de la montaña, que Ander apenas se dejó despedir por la abuela.

—Vámonos, vámonos, que se hace tarde –repetía.

Atravesamos la huerta para alcanzar el camino del río. El Iru y el Txo nos acompañaban, adelantándose y volviendo sobre sus pasos cuando no adivinaban la dirección de nuestra ruta. Matamoros entonó un canto de la Legión con voz desentonada y grave mientras alzaba su manaza para saludar a los segadores que cosechaban gavillas de heno. Las ovejas, que mordisqueaban las breñas de los ribazos, se retiraban del camino con un trotecito asustado a causa de los perros, que oliscaban a cada paso el rastro de otros canes.

A la altura de la carpintería, el río forma una pequeña vega sobre la que se alzaba una chopera festejada con puñados de hojas nuevas. Más adelante, flanquean las aguas unos álamos que, con la brisa, titileaban su vestidura gris y plata. Los maizales reventaban de panochas blancas y amarillas, y las huertas estaban minadas por calabazas grandes y redondas como piedras de molino. En las labores estivales colaboraban todos los miembros de cada familia: mientras las mujeres conducían los rebaños, padres e hijos trasquilaban las campas con acompasados movimientos de hoz mientras los abuelos preparaban los arreos de los bueyes. Desde el Pontón mostré a mis amigas la belleza de la trasera del convento de Santa Matilde, colgado como un mirador natural sobre los prados. El sol refulgía en las escotillas de los tejados bruñendo el tierno herbazal, que parecía la superficie de un lago acotado por una ribera de pinares.

Ander fue el primero en cargar la mochila, asida a sus hombros desde el caserío de la abuela. Según Matamoros, le convenía desfogar el ímpetu de alcanzar la cima a toda prisa.

—Así comprenderá que es necesario medir las fuerzas para subir a la cumbre. Prefiero que sienta el peso sobre el llano, pues en la cuesta no podría con la carga.

—Mira, Matamoros –señalé adelante–, me parece que los perros han comprendido hacia dónde nos dirigimos.

—No es listo el Iru ni nada, la madre que lo parió, que a cada paso que damos recula más y más hacia casa. A menos que me encabrite con él y le obligue a seguirnos, en cuanto escuche el rumor de la corriente del río se dará la media vuelta.

—¿Por qué? A los perros les gusta pasear campo a través –opinó Amaya–. Platero, el mastín del tío Bernardo, algunas noches se escapa y no regresa hasta tres o cuatro días después, con el pelo cubierto de barro, lo que demuestra que ha vagado por los montes.

—Tendrá una novia más allá del valle, en algún caserío perdido en la arboleda –le explicó Matamoros–, porque los perros son como algunos hombres: para ellos no existen barreras cuando se trata de salir en busca de una señorita.

—Matamoros... –protesté.

—El caso es que el Iru está viejo –continuó el jardinero dándose por enterado de mi corrección–, y no le gustan las escaladas. Y el Txo, como es un perro servil, imitará lo que haga mi terrier. Pero Rodrigo me acaba de recordar que nos acompañan las sobrinas del alcalde, así que no puedo elevar la voz ni pronunciar palabrotas, lo único que entiende el Iru.

El perro cumplió la premonición de su amo al pie de la letra. Antes de posar sus patas sobre el puente, se detuvo y volvió la cabeza para observarnos. Entonces, giró sobre sí mismo y describió una parábola a través de la plaza del Pontón, evitando ponerse al alcance de las manos de Matamoros.

—Será jodido –murmuró el chófer de mi abuela mientras el perro corría de regreso a casa como alma que lleva el diablo, a la par que el Txo seguía sus pasos.

Cruzamos el puente y, una vez dejamos atrás la tahona de Piolo, bajamos en fila india hasta un cañaveral por un terraplén marcado por hondas carrileras de tractor. Antes de que alcanzáramos la orilla, escuchamos el chapoteo de las ranas al sentir nuestras voces. De un talud brotaba una fuente cristalina a la que el jardinero dio un trago. Ander también tenía sed, y como se había formado un lodazal bajo el caño, Matamoros lo suspendió de las hebillas del pantalón para que bebiera sin mancharse los zapatos. En volandas, Ander buscaba el chorro con los labios.

—¡Más!, ¡más! –exigía en cuanto Matamoros hacía un amago de posarlo en el suelo.

—Jodido mocoso, que ya no eres una pluma –protestaba con las venas de los brazos dilatadas–. A ver, vosotras –se dirigió a las muchachas cuando terminó mi primo–, ¿deseáis un sorbo? Aprovechad que me tenéis metido en faena.

Las chicas se miraron entre sí con gesto de duda.

—Yo quiero –se adelantó Paloma–, pero no permitiré que me alces como una bala de paja.

El jardinero hundió su alpargata en el barro y le tendió la mano.

—Anda, pisa sin miedo sobre mi zapato, que ya no puede sumergirse más.

Ana no se atrevía, así que me adelanté y puse mi bota sobre el pie de Matamoros. Tomé una buchada y me volví al grupo estirando hacia delante el cuello, para no salpicarme con el agua que caía por mis labios.

—Te toca –le dije a mi amiga.

Ana bebió sin temor, y después se animaron Amaya y Paloma. Una vez nos refrescamos todos, Matamoros desprendió la mochila de los hombros de Ander y la cargó sobre los suyos.

—¿Veis aquellas tres piedras entre los juncos? –apuntó con el índice hacia el cañaveral–. Debéis pisarlas una detrás de otra para alcanzar el camino sin mojaros los pies.

Dio tres gráciles saltos sobre el ramaje, hasta la parte superior del terraplén.

—Vamos, el siguiente.

Ana pasó sin complicaciones, aunque en cada zancada emitió un grito por figurarse que no alcanzaría la siguiente piedra. Después cruzó Amaya y, de seguido, mi primo, cuyas piernas no abarcaban la distancia entre el segundo y el tercer mojón. Matamoros bajó del talud para ayudarle y lo cargó en brazos. Le tocó turno a Paloma, que llevaba una falda blanca de ancho vuelo. Trastabilló sobre la segunda de las piedras y, con un alarido, cayó sentada sobre los juncos, el agua y el barro.

—Mi vestido –gimoteó al sacar las manos manchadas de cieno de entre las cañas–. Mirad cómo me he puesto.

Salté hasta la roca en la que había perdido el equilibrio, me agaché y le tendí el brazo para ayudarla a ponerse en pie.

—Déjame. Estoy tan sucia que ya no me importa chapotear. Cruzaré por el barro.

Su imagen en mitad de la charca me despertó una mezcla de lástima y guasa, y bastaron los primeros temblores incontrolados de Ana para estallar en carcajadas, encendiendo la risa de nuestro guía.

—Pareces una croqueta rebozada –le dijo Amaya.

—Pues no puedes figurarte lo mal que huele este pan rallado –comentó Paloma con la boca torcida por el asco.

No permitió que sus compañeras le frotaran la falda con unas hojas; sólo le faltaba mancharse de verdín. Una vez se secó las manos, emprendimos la marcha. El camino estaba abovedado por las olorosas ramas de un bosque de abetos de altura extraordinaria, que disparaban, desde la tierra esponjosa, sus troncos de corteza naranja y resinosa. El suelo, a un lado y otro de la senda, estaba cubierto por agujas secas que crujían al pisarlas.

—¿Todos estos árboles son de tu abuela? –me preguntó Paloma mientras observaba las ramas más altas.

—Sí.

—¿Y sabe cuántos abetos tiene?

—Supongo que no tiene ni idea, porque cualquiera se pone a contarlos. En un jardín, cualquiera de estos pinos tendría entidad propia. Un niño o un jardinero conocerían hasta el dibujo de su corteza. Sin embargo, en este bosque no son más que futuros rollos de papel.

La floresta ocultaba la luminosidad del sol, extendiendo sombras azuladas que formaban una cámara tenebrosa a la que, en algún momento, se sumaba el ulular de un cárabo, invisible para nuestros ojos, o el picoteo del pájaro carpintero. De cuando en cuando bordeábamos el camino a causa de un árbol caído sobre una alfombra de helechos, brezos, retamas y ortigas.

No vimos el verdor luminoso de las campas hasta que llegamos al final del bosque. La travesía entre los prados estaba flanqueada por frondosos zarzales. Más allá pacían unas vacas junto a sus terneros.

No tardamos en adentrarnos en un nuevo pinar, apagándose la luz y el bullicio del campo abierto. El más leve de los susurros cobraba amplitud: las moscas que zumbaban sobre las boñigas, el aleteo de un mirlo o el zureo de una paloma solitaria, alguna piña que caía desde lo alto y hasta el frotar de nuestras pisadas sobre el mantillo. La vereda, que hasta entonces nos había resultando un agradable paseo, serpenteó sobre una pendiente por la que no resultaba sencillo avanzar.

A partir de entonces, necesitábamos descansar al final de cada repecho. Matamoros dejaba caer la mochila en los recodos y se limpiaba el sudor del cuello con un pañuelo. Llevaba la camisa empapada, pero cuando le decía que ya era momento para que me pasara el bulto, replicaba:

—Más adelante.

—Entonces cargaré el de mis amigas.

Era un macuto más ligero, a pesar de la tienda de campaña con su estructura de metal, pero demasiado pesado para Paloma, Ana o Amaya, que agradecieron aquel gesto.

En esas paradas, cada vez más necesarias, el jardinero desataba el cordel de una bota que iba prendida a los bajos de su equipaje y bebía un largo trago de vino. Después nos la pasaba, primero a las chicas. Paloma terminó de colorear su vestido blanco con las salpicaduras del mosto, pues nunca antes había apretado un cuero.

—No me la vaciéis, me ca en todos vuestros muertos, que tiene que durar hasta mañana.

—¡Matamoros! –le grité–, los caballeros no dicen palabrotas en presencia de señoritas.

—Vete a la mierda –concluyó cansado de guardar las formas.

Ander empezó a quejarse de agotamiento cuando surcábamos el segundo de los bosques. Se sentó sobre un tronco y amenazó con que de ahí nadie le movería.

—¡Serás jodido! –protestó el jardinero–. O te pones en pie o te mando de una patada en el culo hasta el caserío de tu abuela.

—Llévame un trecho en brazos –le rogó el niño.

—¿Tú estás loco o qué? Tu abuela nos aseguró que eras un hombrecito y..., mírate, cagao porque te duelen los pies.

—Yo no estoy cagao. Pero no puedo más y tengo hambre.

—Yo tampoco puedo con mis huesos –Paloma resopló mientras se sentaba al lado de mi primo–. Ana, ¿por qué no sacas los bocadillos?

Ana se acercó a la mochila que yo portaba y la abrió para tomar una bolsa de plástico que aromatizó el ambiente con olor a tortilla de patata. Matamoros no daba crédito a lo que estaba ocurriendo.

—Se me hace la boca agua –le comenté mientras le daba unas palmadas en el hombro–. Anda, siéntate tú también y danos el almuerzo que Carmen nos ha preparado.

—Me entra un coraje... –susurró el hombre mientras apoyaba el bulto contra el tronco–. Esto me pasa por confiarme a un atajo de meones.

Comimos los bocadillos alrededor del árbol caído y logramos relajar nuestros músculos, pero el jardinero no nos permitió ni un rato de sobremesa.

—Si nos quedamos aquí nos sorprenderá la noche antes de llegar al Viquirrio, y aún queda un buen trecho. Así que... ¡Andando! ¡todos en pie! Al próximo que se queje lo cuelgo de un pino. ¿Entendido? Matamoros os va a enseñar lo que es la disciplina.

Le obedecimos, aunque nos costó desperezarnos. A los pocos pasos, Ander sintió otra vez un agarrotamiento en los músculos de las piernas, y volvió con sus lamentos.

—¿Sabes lo que te digo?, que eres un maricón –le insultó Matamoros.

Como las muchachas rieron la palabra malsonante, el pequeño se puso colorado y las lágrimas se le agolparon sobre las cuencas de los ojos. De pronto, respiró hondo y se internó por la maleza para atajar hasta el siguiente recodo y llegar arriba antes que nosotros. Pero se le enredó el pie con un matojo y se precipitó contra el suelo, quedando oculto por las zarzas. Matamoros chasqueó la lengua antes de adentrarse en la espesura de helechos.

—Si no fuera por este corazón que tengo...

Al poco regresó a la vereda del bosque portando a Ander entre los brazos. El pequeño estaba magullado.

—¿Habéis visto la raposa que atrapé? Viene toda picada de ortigas.

Un surco de llanto marcaba el rostro del niño.

—Pobrecito –suspiró Amaya, y las tres chicas corrieron a recibirlos.

Mi primo, sin decir palabra, se remangó la camisa para mostrar los arañazos sobre su piel.

—Me he caído porque llevo sueltos los cordones de las zapatillas. Si no, ahora estaría en el Viquirrio.

Se agachó para anudarse el calzado y continuamos la excursión como si no hubiera sucedido nada.

—¿Te has fijado en las enredaderas? Trepan por los troncos de los abetos como si los abrazaran –me indicó Ana.

A medida que ascendíamos, las hierbas montaraces iban ocultando el sendero. Aquel lugar estaba poco transitado y, en algunos pasos, el vergel era tan profuso que las espinas nos pespunteaban la ropa y necesitábamos agachar la cabeza para defendernos los ojos. Matamoros abría paso, retirándonos las ramas más peligrosas. Había tramos en los que el verdor formaba galerías en las que los rayos de sol tan sólo se colaban formando diminutos haces de luz. La tierra exhalaba un olor a caracol, que se mezclaba con el de los piñones y las bellotas que habían descascarillado las ardillas y los pájaros. El jardinero nos mostró rastros de zorros y de jabalíes; le bastaba aspirar las hierbas aplastadas para adivinar el animal que se había encamado allí.

Hicimos una nueva parada donde antaño hubo una aldea, tres caseríos abandonados, devorados por la maleza y con el interior alfombrado de estiércol, señal de que los pastores los utilizaban como aprisco. Las estructuras de los aleros estaban podridas, y mal podían sostener las pocas tejas que aún permanecían sobre la argamasa y el pajizo que en su día aislaba las viviendas de la lluvia y el frío. Los mismos que habían robado las tejas viejas para reformar sus viviendas del pueblo, arrancaron las piedras talladas de jambas, dinteles y esquineras. Parecía como si una horda de bárbaros hubiese arrasado el poblado, y el único símbolo de resistencia fuese un crucero erguido en mitad de la plazoleta que formaban las construcciones.

—A esta aldea la llaman Isasi –explicó Matamoros mientras se sentaba con un bufido de agotamiento sobre las escalinatas de la cruz de piedra–. Según don Eustaquio, aquí nació el Beato Damián. Cosas de curas... Si trepáis la tapia de aquel corralón, descubriréis una bonita vista del valle. Si no os importa, os espero aquí mientras tanto, que tengo los riñones en carne viva.

Las zarzas habían desquebrajado el adobe del muro. Fui el primero en encaramarme y, desde arriba, fui tendiendo la mano a las muchachas, previniéndolas de que no se apoyaran allí donde el mortero estaba desmigado, pues con toda probabilidad el deshecho de barro y piedras se derrumbaría. Desde la tapia, el pueblo se dominaba a vista de águila. Pudimos acotar con claridad las diferentes barriadas: Ybarra, a lo lejos, donde se asomaba la espadaña de la ermita sobre las copas de los castaños. En la plaza, las casas nobles serpenteaban sobre la carretera. Señalé Salaberría y las campas del convento, el camino del río y el Pontón, donde flotaba una hebra de humo azul que difuminaba las almenas de la tahona de Piolo.

Ana era un poco miope, pero no utilizaba gafas porque creía que le afeaban, así que necesitó que Paloma le describiera las huertas donde ella sólo veía manchas. Su hermana hasta se atrevió a dar nombre a los labriegos que trabajaban entre los pimientos y las vainas, cuando desde aquella distancia no superaban el tamaño de una hormiga.

—¿Ves a alguien en casa del tío Bernardo?

—Los árboles del duque ocultan nuestro jardín –le explicó su hermana–, aunque distingo la piscina.

—Y en la plaza, ¿sabes quién está sentado en los bancos? A mí me parece que hay gente junto a la iglesia –afirmó Ana apretando las cejas.

No presté atención. Me fijé en la torre de la parroquia, y me sorprendió su belleza desde aquella perspectiva. Recorrí con los ojos el paseo de los tilos desde la portada del templo hasta la fuente del Sagrado Corazón, y me pareció entrever junto al quiosco de música unas figuras que lo mismo podían ser niños que adultos, pero preferí no picar la curiosidad de Ana ni de su hermana.

—Reconozco a la tía Concha que sale del estanco –se aventuró a decir Paloma en aquel momento.

Busqué los jardines del duque, para saltar de copa en copa de árbol hasta el parque del alcalde, tratando de hallar el roble que cobijaba la mesa de nuestros secretos. Antes de que las chicas pudieran sorprenderme con los ojos clavados en su casa, giré la cabeza.

—¿Qué miras? –me preguntó Amaya con aire impertinente.

—«Villa Habana» –se me ocurrió.

Los cuatro nos fijamos en el palacio del indiano. Delante de la fachada principal, el follaje creaba un ambiente umbrío, y detrás de la casona vimos el huerto en el que el viejo Arbaiza se entretuvo después de su aventura cubana.

—¿Te gustan los jardines del duque? –inquirió Amaya.

—Sí. Aquél es el laberinto por el que paseaba mi madre antes de morir –señalé con el brazo extendido–. Mi padre es amigo del duque, y los domingos bajaba con mi madre desde Salaberría para internarse con ella por las callejas de arbusto.

Adornaban la construcción victoriana, que tenía todas las contraventanas cerradas a cal y canto, no sólo el laberinto de líneas geométricas y sabor decadente, sino una colección de árboles de variadas especies, entre los que destacaban las araucarias y los cipreses, erguidos entre arriates de petunias rojas, azules y blancas que, desde la montaña, parecían los rosetones de una catedral.

Reanudamos la marcha durante el comienzo del ocaso. Con los rayos perpendiculares y más suaves, brotaron nubes de mosquitos que revoloteaban alrededor de nuestras cabezas. El cielo se fue esmaltando de malva y, de cuando en cuando, escuchábamos el campaneo de algún cencerro. En aquellas montañas había ganado salvaje, caballos montaraces, bravíos y peludos que sólo tienen provecho como bestias de tiro o como animales para el matadero. Camino adelante, sorprendimos a un potro mordisqueando la maleza al que su dueño había enmaromado las pezuñas entre sí. Nos observó con los ojos enmarcados por las crines antes de huir cabalgando a brincos, ya que la atadura no le permitía mover las patas. Con cada salto, el badajo delataba el rumbo de su huida.

Por fin alcanzamos el Viquirrio. El sol se había hundido, pero el cielo aún recibía su fulgor encarnado. Levantamos la tienda de las muchachas sobre una planicie, encima de la hierba mullida y tierna. Mientras juntábamos ramas y hojarasca para prender una hoguera, Ander divisó la Estrella Polar, lo que nos animó a concursar por ver quién descubría mayor número de luceros fugaces, a los que en silencio pedíamos deseos. Todos mis ruegos llevaban el nombre de Ana, aunque no caí en la cuenta del capricho de mi corazón hasta que Matamoros nos avisó de que estaban listas las patatas y los chorizos asados, y con el resplandor de las llamas descubrí un arrebol en la cara de mi amiga que me produjo un pellizco en las entrañas capaz de apagarme el apetito, y un hormigueo en las mandíbulas que me dificultaba masticar. Mi cabeza la ocupaba un único pensamiento: aquella noche iba a dormir a su lado, bajo la infinita negrura de una bóveda cargada de estrellas. Pero no era un sentimiento perverso, ni siquiera un impulso carnal, aunque me estremeciera su respiración entre el crepitar del fuego, desperezándome una inquietud nueva que me provocaba un calor diferente al de la hoguera. Era su cercanía, velar sus sueños, saberla dentro de la tienda de campaña mientras cumplía, con Matamoros y Ander, la antigua costumbre de montar guardia ante una princesa.

Mientras degustábamos las asaduras, el jardinero se relajó con ayuda del vino, que le desató la lengua para remontarse hasta aquella guerra en tierras moras, que nos sonaba a libro de Historia, a reconquista, a tiempo pretérito en el que nos parecía imposible que Matamoros hubiera vivido, el mismo Matamoros con el que habíamos ascendido hasta la cumbre, el que acababa de cocinar para nosotros unas sencillas viandas que, por comerlas en aquella excursión, nos resultaron bocado de dioses. Sus recuerdos aún conservaban la violencia de la contienda, el color de la sangre derramada en uno y otro bando, el nombre de los muertos a los que ya nadie lloraba, ni en el Rift ni en nuestra patria, jóvenes que sumaron con su sacrificio las cifras luctuosas de una triste época.

—Nuestro capitán nos encargó una misión suicida, hacer una ofensiva a pie más allá de nuestras trincheras. Los moros nos estaban acribillando con unos cañones alemanes, comprados de estraperlo a los perdedores de la Primera Guerra Mundial, ¡los muy perros...! Perdón –se excusó por la palabrota llevándose la mano a la boca–. Mi escuadrón tenía que destruirlos con una carga de dinamita, pero nos cogieron presos cerca del objetivo.

Cuando Matamoros callaba para dar un trago a la bota, se escuchaba el gorjeo del vino en su garganta, nuestra respiración, el chasquido del fuego y, detrás, el rumor del aire entre las ramas de los abetos. La hoguera producía sombras angulosas en el rostro del jardinero, y sus ojos brillaban como diminutas ascuas.

—Pensé que nos matarían a golpes. Después de desarmarnos, nos dieron tantos culatazos con sus fusiles que me abrieron la piel en varios sitios. Pero sus oficiales pensaron en un juicio sumarísimo y en una ejecución pública que animara a la población civil, cansada por la guerra. Así que nos encerraron en el calabozo de una fortificación, ¡mecacho!, donde las ratas se peleaban por las migajas de pan negro que caían de nuestras manos. Los chavales del comando se derrumbaron, pues nunca habían estado tan cerca de la muerte. Éramos jóvenes, yo tenía un par de años más que Rodrigo, y aunque había matado desde la trinchera hasta hartarme, nunca sentí la parca tan cerca. Cuando te ponen fecha y hora, parece que la muerte respira sobre tu nuca con un aliento helado, y esa obsesión te persigue y apenas de deja dormir. Había un chico de Almería, El Canesú le llamábamos porque tenía cara amariconada, que se había hecho célebre por rematar al enemigo a golpe de bayoneta, que no pudo reprimir las lágrimas porque decía estar arrepentido de sus pecados y entre los musulmanes era imposible encontrar un cura, joder, que le venció el terror y preguntaba a gritos si alguno sabía una oración, porque la mayoría éramos analfabetos, pero como la tía San Roque rezaba incluso por el jardín de Salaberría, yo recordaba la segunda parte del Avemaría y estuve repitiéndosela hasta el amanecer, por consolarle y que tuviese una muerte tranquila.

—No puedo creer que no sintieras miedo –Ana prendió un cigarrillo con una tea incandescente.

—¿Quién te ha dicho que no pasara miedo? Tanto como el que más. No soy hombre de rezos, pero tengo que reconocer que reflexioné sobre el sentido de las palabras de la oración y me invadió una paz por dentro, no sé, que es imposible explicar. De tanto repetirla se me secó la lengua.

—Serían los nervios –puntualizó Paloma.

—Dejadme que os siga contando... Al amanecer, los carceleros hablaban a voces, nerviosos, entre sí. Al poco, sentimos los primeros disparos de fusil y comprendimos que nuestro ejército venía a rescatarnos. Cuando encontraron los calabozos, me abracé a El Canesú convencido de que la Virgen María nos había escuchado, pues aún no me explico cómo ganaron los nuestros aquella posición fortificada. El teniente Monfragüe de Santos recibió una ristra de medallas por aquel asalto, y cada uno de los soldados que pelearon para liberarnos, la Cruz al valor, que también nos la concedieron a los presos. A pesar de haber caído prisioneros, fuimos reconocidos con honores en Tetuán de las Victorias. Si me guardáis el secreto –se encogió como si alguien pudiera escucharnos–, vendí la medalla a un quincallero de Ceuta para pagarme una borrachera en una de esas casas de mala reputación –me miró y le puse tal gesto que no se atrevió a describir el final de sus peripecias por tierras africanas.

Hacía un rato que notábamos el relente. Para cortar el frío, fumamos y bebimos de la bota de Matamoros. Apuré las últimas gotas del cuero antes de que las chicas entraran en la tienda de campaña para dormir. Una hora después, los ronquidos del chofer de mi abuela perturbaban la paz de la montaña. Me estuve mofando de aquel estertor con mi primo Ander, pero al niño le venció la fatiga y dormía acurrucado junto a mi cuerpo. Sin embargo, yo no podía cerrar los ojos tumbado frente a aquel espectáculo natural de las estrellas. No había luna y los luceros brillaban con un fulgor más intenso que otras noches del verano.

Otra vez me devoraba la sensación de que Ana dormía a pocos metros de mí. Tal vez ella tampoco podía conciliar el sueño y su pensamiento vagaba por las mismas razones. Deseaba que se eternizara aquel momento o que amaneciera de inmediato para volver a verla y escuchar de nuevo su risa, que con tanta facilidad se me hacía contagiosa.

Aunque durante la noche me desperté en alguna ocasión a causa de los movimientos de Ander, sólo los primeros rayos de sol fueron capaces de disipar mis sueños. Cuando me puse en pie, descubrí que el Viquirrio estaba cosido a un jirón de niebla que había empapado la hierba, los sacos de dormir y la lona de la tienda de campaña. El sol dañaba los ojos al reflejarse en la bruma, por lo que intuí que tendríamos un buen día para el descenso. Me asomé al valle, pero el pueblo estaba cubierto por un manto blanco de vapor, como tragado por una pastosa humareda.

Me acordé de Lola. Durante un invierno en el que estuve internado cerca de París, me enviaba con cada carta una rama de planta olorosa. Fui haciendo una colección de tomillo, jara, albahaca, lavanda, hierbabuena, menta, anís... De cuando en cuando me encerraba en mi cuarto y abría una caja para olerlas e imaginarme el paisaje en el que habían crecido. Me prometía entonces que de mayor viviría en el campo, lejos de la gran ciudad; construiría una granja para criar aves de corral, olvidándome de los conocimientos de Latín, Matemáticas, Literatura Clásica o Ciencias Sociales por los que mi padre me exiliaba en aquellos colegios.

CAPÍTULO VIII

El día de la Asunción de la Virgen celebraron en casa del alcalde el santo de la madre de Ana y Paloma. Me convidaron al postre, que lo cocinó la tía Concha. Carmen cortó unas rosas del jardín de Salaberría y me hizo un ramo para la homenajeada, mezclando las flores con ramas de boj y envolviéndolas en papel de aluminio. La abuela retiró aquel forro plateado que le recordaba a los bocadillos de los chavales de la escuela, y abrazó las flores con un celofán que guardaba en la alacena del mirador.

—No, no– protestó negando con la cabeza y con las manos cuando cogí el ramo–, ahora mismo te quitas ese vaquero de tres al cuarto y te peinas. Un Gárate no puede presentarse en casa ajena hecho un zarrapastroso. A ver esos oídos –me examinó al detalle–. No están mal, pero te aconsejo que te pases una cuchilla por encima de los labios; empiezas a parecer un hombre. Veamos... ¡Matamoros! ¿Dónde estará este gandul?

—Señora, sin faltar –gritó desde la verja del jardín, donde retiraba hierbajos de entre las losetas.

La abuela se asomó a la calle por el balcón de mi cuarto.

—Haz el favor de afeitar a Rodrigo.

—Abuela... –dije sorprendido.

—Tranquilo, también ha ejercido de barbero en tiempos de necesidad. No te hará daño.

Bajé con Matamoros hasta el cuartucho en el que guardaba sus herramientas. Me ordenó que me sentara en el sillón desvencijado de automóvil. Después me embadurnó con la espuma que había sacado de un jabón de barra y comenzó a pasarme la navaja con pericia, como hacen los limpiadores de cristales con sus escobillas de goma.

—Ahora sí que puedo sentirme orgullosa de mi nieto –determinó la abuela en el salón.

—¿Te vas a casar? –me preguntó Mariana con inocencia.

Me había cambiado el pantalón por uno de franela, y en vez de mi camiseta estampada llevaba una camisa de manga larga. Repeinado con la raya bien marcada en el lado izquierdo de la cabeza, perfumado con agua de colonia y las rosas en las manos, parecía un novio. Sin embargo, de camino a la plaza la cadena de la bicicleta se salió de sus rieles. Cuando la dejé caer contra un macizo de hortensias en el jardín de Bernardo Zabala, tenía las manos pringadas de grasa negra. Me arrodillé sobre los guijarros para tratar de colocar el engranaje de nuevo, pero cada vez que encajaba los eslabones sobre las estrías y accionaba el pedal, la cadena daba un chasquido y volvía a destensarse.

—Esto no va a ser fácil –pensé–, y como no consiga arreglarlo, Matamoros me arrancará la piel a tiras.

El hocico de Platero apareció frente a mis ojos.

—Quita, perro, me has asustado.

El mastín emitió dos estúpidos ladridos después de oliscarme. Trató de lamerme la cara, pero retiré su cabeza con el hombro. Apestaba.

—Perro idiota, me has llenado de babas.

Rodeé el palacio y subí por las escaleras hasta la terraza del primer piso. La puerta estaba abierta y se oía el murmullo de los comensales en una habitación lejana. Golpeé los cristales, y al instante escuché los pasos de Ana sobre la tarima de madera.

—Rodrigo –me saludó–, qué ilusión tiene mamá de que hayas venido. Pero ¿qué te ha pasado?

—La cadena de la bici y ese perro lanudo del jardín. Anda, llévame al cuarto de baño antes de que pueda manchar algo.

—Pobrecito –susurró mientras me conducía por un pasillo en sombras.

—¿Llego muy tarde? –le pregunté de camino al aseo.

—Hemos acabado el postre, pero aún están todos sentados a la mesa. La tía Concha no quiere que lleven el café hasta que pruebes su tarta, aunque te advierto que está llena de grumos. Por cierto, las flores son preciosas, no tendrías que haberte molestado.

—No sé si me podré quedar mucho tiempo con vosotras.

—¿Por qué?

—Es que no puedo entregarle a Matamoros su bicicleta en estas condiciones. Ya le conoces; es capaz de todo.

Ana volvió la cabeza y me sonrió.

—Yo pinché la mía esta mañana. A media tarde nos acercaremos al bicicletero.

—Pero hoy es día de fiesta y no abre el taller.

—Él vive allí, no te preocupes. Verás como las arregla esta misma tarde y podemos volver pedaleando a casa. Vamos –abrió una puerta–, lávate antes de entrar en el comedor.

—Sosténme las flores mientras tanto.

Me fijé que llevaba un pantalón nuevo, de coloridos estampados geométricos, que le dejaba al descubierto sus talones, finos y angulosos.

—Es muy bonito.

—¿Te gusta? Mamá siempre nos hace un regalo cuando celebra su santo. ¿No crees que me queda un poco justo? –se miró la pernera.

—Qué va. Bueno, espérame. No tardo.

El suelo del aseo era de alabastro, con losetas blancas y negras que dibujaban rombos. Sostenían la bañera unas patas de león de porcelana y los grifos eran de rosca, anchos y sin aristas. Todo el mobiliario evocaba otra época, también un ventanuco que se abría y cerraba como una guillotina. Ana llamó con los nudillos.

—Rodrigo, dice mi madre que mire si hay toallas limpias.

—No te preocupes, ya me he secado las manos –le aclaré después de descorrer el pestillo–. Este cuarto de baño es precioso, tiene un estilo que me encanta.

—Que no te oiga el tío Bernardo.

—¿Por qué?

—Ahora que se ha tomado alguna copita de más, podría agotar tu cabeza hablándote de sus añoranzas, porque le gusta conservar el palacio tal y como estaba hace cuarenta o cincuenta años –nos detuvimos junto a la entrada del comedor–. En el fondo, pienso igual que él, aunque yo no he conocido esas épocas. Creo que las casas de hoy tienen demasiados electrodomésticos, cuando con una nevera y un teléfono es más que suficiente. Figúrate, el teléfono del palacio es de esos negros del año de María Castaña, con un auricular que pesa tanto que parece de hierro.

—Los que añoran lo antiguo son gente romántica. A mí me gusta ese tipo de personas.

—Y a mí serlo, mientras no dejen.

—¿Por qué dices eso?

—Apoyo la forma de vivir del tío Bernardo sin ningún pero, y no sabes la de trifulcas que mantengo con mis padres y con Paloma a cuenta de esto, pues no hacen más que pedirle que compre un televisor en color. Y lo conseguirán, sin duda. No puedes figurarte lo tercos que son. Anda, toma el ramo.

El comedor estaba cargado con los aromas del almuerzo, y sobre los quince o dieciséis comensales flotaban las hebras deshechas del humo de los cigarros. Felicité a Begoña por su onomástica y le entregué las flores.

—Gárate, siéntate con nosotros –me invitó Bernardo mientras colocaba una silla entre la tía Concha y él.

Ana se acomodó al lado de la anciana, junto a Amaya y a Paloma. La tía Concha estaba arreglada con un vestido de seda estampada, un traje para las grandes ocasiones, a juzgar por la manera con que, a cada poco, se lo alisaba con la mano.

—Prueba, prueba –me insistió–. Te he guardado un poco de dulce antes de que estos glotones se lo zamparan todo.

Me sirvió dos buenos trozos de un bizcocho adornado con dibujos de nata y relleno de mermelada de melocotón. En cuanto se dio por satisfecha con mis alabanzas, hice un gesto a las chicas y les saqué la lengua, con cuidado de que ni Concha ni Bernardo me sorprendiesen, para que viesen los grumos de pasta sin cocer del dulce.

—¿Quieres una copa, Rodrigo? Estoy bebiendo un licor de arándano que te ayudará a bajar el postre –la anciana alzó un vaso con jarabe oscuro.

Se le habían encendido dos coloretes en la cara y charlaba locuaz con mis amigas y con el alcalde, resbalándosele la lengua más de la cuenta. Cada vez que se le escurría una palabra, yo miraba a mis amigas antes de estallar de risa.

—Podéis burlaros de mí lo que gustéis –dijo con una lucidez inesperada–. Un día es un día, y en la fiesta de la Virgen son bienvenidos estos excesos. Además, reconozco que me estoy poniendo un poco piripi... Ale, probar también vosotros este pacharán tan rico –juntó unas copas sobre la mesa y escanció un poco en cada una de ellas.

El alcohol animaba aún más su espíritu dicharachero. Antes de que nos diésemos cuenta, se había remontado a su juventud.

—Hoy celebramos la Virgen de Begoña con esta comida –hablaba para sí–, pero hace años los mozos y las mozas del pueblo peregrinábamos durante la noche hasta Su Basílica, en Bilbao. Por el camino, que se prolongaba durante más de cinco horas, cantábamos zorzicos.

—Vamos, Conchita, anímate –le sugirió el alcalde.

—¿Quieres que cante? Por Dios, Bernardo, todos los años me pones en el mismo aprieto –protestó divertida–. ¿Qué van a decir estos chicos? Pensarán que estoy loca, que soy una vieja de noventa y tantos que bebe un poco de licor y se pone a dar voces.

—Vamos, tía –corearon las jóvenes.

Se hizo un respetuoso silencio en el comedor durante la actuación de la anciana, que con voz temblorosa y débil entonó en euskera unos versos en honor de la *Andra Mari*. Un estruendo de aplausos y «bravos» festejaron su osadía, entre piropos a la Virgen y a su fiel devota. La sobremesa de los mayores se cerró con aquel canto. Unos se retiraron al jardín y otros se fueron a dormir la siesta, capitaneados por los bostezos de Bernardo.

—Guapo, ¿me sirves? –la tía Concha adelantó su copa hacia la botella de arándano.

Se la llené hasta el borde. Cuando se la acercaba a los labios, carraspeé para que no me dejaran solo con aquella mujer, que no parecía interesada en descansar.

—Gárate, cielo... ¿Cuál es tu nombre? Lo he olvidado.

—Rodrigo, tía Concha.

—A..., sí, como tu abuelo, mi primo, el que vino enfermo de Cuba. A veces me despisto. Tengo la cabeza en las nubes, pero no estoy suficientemente vieja como para que me encierren en un asilo.

—Qué vas a estar vieja, tía –le piropeó Amaya–. Se te ve joven y guapa.

—Tanto como joven... ¿Sabéis que no sé en qué año nací? En la guerra quemaron la sacristía con las partidas de bautismo, y como también bombardearon el Ayuntamiento, el fuego se llevó la verdad de mi secreto. Nadie sabe si el día de mi cumpleaños debo celebrar un año más o un año menos. Total, hasta que llegue al cielo no resolveré mi duda –se encogió de hombros–. Un día me pregunté a mí misma sobre mi edad, dudé y..., desde entonces no me aclaro si son noventa y siete o noventa y seis, y como de mi quinta sólo vive Edurne, la de Matías, que perdió la cabeza hace mucho tiempo, nadie puede ayudarme a averiguarlo, pues unos dicen un año y otros dicen otro. A fin de cuentas, no sé si soy la más vieja del valle o si me gana esta Edurne que os digo, aunque para mí no cuenta, que con la cabeza a pájaros no se puede representar al pueblo, pues, al fin y al cabo, para eso una se hace vieja, para servir de ejemplo a los demás, pero si estás senil como lo está la del difunto Matías, pues entonces ni servicio ni nada, que te conviertes en una niña pequeña a la que han de hacerle de todo. Yo, como estoy bien de aquí –se señaló la frente–, traigo en vilo a todo el mundo; temen que me vaya a dar un patatús en cualquier lugar, tan aficionada que soy a los paseos que hasta a don Eustaquio le fastidia que me vaya sola desde la plaza hasta el Pontón. Pero quién, sino yo, va a ir por levadura para mis bizcochos a la panadería de Piolo. Claro que Piolo se ofrece a traérmela a casa, pero le digo que si así lo hiciera yo no tendría con qué entretenerme y, además, caminar me viene muy bien para la circulación de las piernas. No te las voy a enseñar, Federico –me dijo–, porque soy una dama educada, pero mis piernas son como las de una muchacha. No te digo de la edad de estas chicas, pero casi... Donde tengo problemas de riego es en la cabeza. Me quedo dormida en cualquier lugar, hace poco en misa, que se armó un barullo..., porque pensaban que me había muerto. Menudo susto le di al pobre cura, que se desvive por mí, pues le doy las atenciones de una buena madre...

Dejé de prestar atención al monólogo de la anciana. Sin darme cuenta, estaba observando los rasgos de Ana, que sí parecía interesada en la retahíla de pequeñeces que hilvanaba la tía Concha. El movimiento de sus pestañas, largas y rizadas, me había hipnotizado, y desde ellas fui a sus ojos oscuros, almendrados, y hasta su nariz respingona cuajada de pecas, y a su frente despejada, y al cabello que le caía a horcajadas formándole graciosos bucles sobre los hombros, y después miré sus labios, que se distendían y apretaban levemente mientras seguía el curso de lo que estaba escuchando. Cuando retomé la narración, la tía había dado un salto en la memoria.

—Hoy están cerrados la mayoría de los palacios, basta con observar el del duque, a pocos metros de aquí. Será por la crisis o por ese barullo del terrorismo por lo que ha emigrado de esta tierra tanta gente, dejando que el polvo se coma el interior de las casonas con solera, pero lo cierto es que, cuando yo era joven, el valle era un lugar de elegante veraneo, donde las familias competían por ver quién deslumbraba más en sus agasajos. Daos cuenta de que entonces las vacaciones comenzaban hacia las hogueras de San Juan, y duraban hasta San Cosme. Venían familias escogidas de Bilbao, Vitoria y Madrid, que adornaban sus palacios para celebrar bailes inolvidables a los que llegaban invitados de toda España, de Francia, de Italia, de Inglaterra... La gente de la meseta anhelaba las fiestas que organizaban los indianos recién venidos de Cuba o de Argentina. Recuerdo que las tarjetas exigían: «caballeros de esmoquin y damas de traje largo», y había orquestas que sólo tocaban valses, y otras orquestas que se arrancaban por salsa, cumbias, boleros y tangos.

Tarareó una melodía con una mano sobre el pecho y la otra suspendida en el aire, como si estuviera bailando con un hombre.

—A finales de agosto, en Bilbao se celebraba la Semana Grande. No es como ahora, que escucho en la radio que los jóvenes bailan por las calles hasta el amanecer, y la policía tiene que obligar a que se duchen unos que no sé cómo los llaman, pero que se peinan con unas crestas teñidas de colores, como si fuesen gallinas, y que están llenos de piojos. En mis tiempos engalanábamos con borlones y con flores un tronco de caballos en el jardín de esta casa, porque vuestra bisabuela era una mujer de mucho dinero y disfrutaba de las mejores cuadras de la región, con carruajes fabricados en Sevilla. Escogíamos los bocados más bonitos, y a los cocheros les hacíamos vestirse como en la feria de Jerez, con su chaquetilla y su bonete. Atábamos claveles en el arnés durante toda una mañana, preparando el coche para que fuese el más bonito de los que se lucían en Bilbao, y al mediodía salíamos rumbo a los toros. Un año viajé con la bisabuela y con Juana de Arbaiza, los mozos de blusón de estreno y nosotras engalanadas con mantilla. A las cuatro y media arribamos en el viejo coso, que ya no existe, y allí éramos la comidilla de todos esos pomposos de la ciudad. ¡Ay! cómo me gustaban los toros. Había, chicas, un torero muy valiente y apuesto, Joselito se llamaba, pero le apodaban «El Gallo», muy famoso porque nadie era capaz de jugar con los morlacos como él lo hacía, incluso de rodillas... Juana de Arbaiza nos invitó a barrera, una osadía en aquella época en la que las mujeres sólo íbamos al palco –bajó el tono de voz, como si nos estuviera haciendo una confidencia–, pero es que se había enamorado de otro matador. Aquella tarde torearon juntos, pero fue Joselito el que se llevó las más grandes ovaciones. Aún recuerdo el cartel, seis toros del Marqués de Villagodio, un excéntrico aristócrata de Bilbao, que asustaban sólo con verlos, y Joselito allí parado, «¡ele!», los citaba, y un pase, y luego otro, y nosotras deshaciéndonos las manos de ovacionarle. No me sorprendí cuando en el parte escuché la fatal noticia de Talavera –el semblante de la anciana se entristeció–. Un toro le había empitonado y murió en la enfermería de esa plaza castellana. Pensar que sólo era un chaval, como nosotras... En Vista Alegre se jugó la vida en el tercio de banderillas, correteando entre los pitones como si aquello fuese baladí. Se lo comenté durante una fiesta que Juana celebró en su honor aquella noche en los jardines de «Villa Habana». «Señor, disculpe», le dije venciendo mi timidez –movió la mano como si llamara a alguien, representando para nosotros aquella escena–. «Estuve esta tarde en la plaza, pero no resistí verle torear y me tapé los ojos. ¿No le dan miedo esos bicharracos? Para mí quisiera ese valor, pues hasta me asustan las vacas lecheras del pueblo». «El Gallo» soltó una carcajada, me besó la mano con galantería y después me dijo con esa jerga andaluza que soy incapaz de imitar, «tiene razón, señorita, eran bicharracos de los malos, pero no tema por mí, que sabré cuidarme para poder verla cuando toree en Bilbao de nuevo».

—Qué galante –comentó Ana.

—Se corrió por el pueblo el rumor de que el torero había estado muy interesado por mí durante aquella velada, y mi madre me encerró en casa hasta que terminaron las corridas, porque para ella era una profesión de hambrientos y de locos que tentaban a Dios al exponer la vida cada tarde. Así que pagué el escándalo que se había formado con los amores de Juana de Arbaiza con ese otro matador del que antes os hablé, porque la Arbaiza estaba curada de espanto e hizo oídos sordos, que me pregunto si yo no debería haber hecho lo mismo, aunque, claro, era tan apuesto que nunca me hubiese recuperado del golpe de Talavera. Quiero que sepáis que si el marido de Juana donó un capote de seda para el manto de la Virgen del pueblo, Joselito se ofreció esa misma noche a torear en beneficio de los afectados por la riada del Cadagua. Pero luego pasó lo que pasó, cosas de Dios, y no he vuelto a los toros.

—Hablas de él con tanto arrebato, tía, que se diría que estuviste enamorada –opinó Paloma.

—Tanto como enamorada... La verdad es que era muy guapo. Incluso la coleta le daba un aspecto diferente, cargado de bohemia. La tarde siguiente a la fiesta –hilvanó–, cuando estaba confinada en casa, triunfó en el segundo de sus toros y al final de la corrida le llevaron en hombros por las calles de Bilbao hasta el hotel donde se alojaba. Durante la corrida, se acercó a la barrera de Juana y le entregó un abanico con una dedicatoria para mí. La Arbaiza me aseguró que, antes de entregárselo, «El Gallo» lo besó y se lo introdujo unos instantes dentro de la chaquetilla de luces, junto al corazón.

—Vamos, dinos, tía, ¿qué escribió en el abanico? –Amaya se mordía los pellejos de los dedos de la mano.

—Me voy a ruborizar... Han pasado tantos años –suspiró–. Si llego a saber que me ibais a tirar de la lengua, no hubiese probado una gota de licor, os lo prometo. Hacía mucho tiempo que no hablaba con nadie de esta historia.

—No te hagas de rogar, nos tienes en suspenso.

—Está bien, Ana. Escribió algo muy bonito: «A Conchita. Con el recuerdo de nuestro encuentro. Con el recuerdo de su gentil belleza. José».

Paloma suspiró.

—Es una historia preciosa.

—Es verdad, reconozco que es muy romántica –afirmó la mujer.

—¿Cómo era el torero de Juana de Arbaiza? –le pregunté.

—Hace mucho que nadie lo recuerda en el valle, aunque si en su día los periódicos hablaron de este pueblo, fue gracias a él. Me llama la atención que te interese saberlo, Ricardo.

—Rodrigo –se inmiscuyó Ana–. Se llama Rodrigo, tía.

—Perdona, Rodrigo. El torero aquel era arrogante y famoso, aunque no tanto como Joselito. Cuando se casó con Juana se cortó la coleta –terminó el licor de un trago–, dicen que por ruego de su mujer. Pensaban vivir en Sevilla, un clima que le sentaba bien a Juana, acostumbrada al calor húmedo del trópico, pero el pobre hombre enfermó durante un viaje a Cuba y murió. Juana le amaba de verdad; nunca volvió a fijarse en otro hombre.

Aunque me mordía la curiosidad, no me atreví a preguntarle si acaso ella había mirado a otro después del fatídico suceso de Talavera. El humo y los olores de la comida se habían disipado con la corriente que entraba por una ventana, que traía olor a tormenta. Amaya se levantó para cerrarla.

—El cielo se está poniendo negro –nos anunció–. Tía, es mejor que te acerque a casa antes de que empiece a llover.

—No es mala idea –afirmó la anciana–. Tengo la cabeza algo pesada con tanta charla. He bebido demasiado y ahora he que subir un montón de escalones. Paloma, ¿por qué no nos acompañas? A lo mejor tienes que ayudar a tu prima; peso demasiado para ella sola.

Entre las dos la cogieron por los brazos y salieron de la habitación. Ana y yo nos quedamos en silencio, frente a frente. Ella jugueteaba con las migas del mantel.

—A veces nos da un poco de lata, porque no hay quien la calle –comentó–, pero la queremos como si fuese de nuestra familia, y eso que han pasado un montón de años desde que murió mi bisabuela.

—Me han parecido muy interesantes sus recuerdos. Son tiempos que no podremos conocer, y que sólo perviven en la memoria de gente como la tía Concha. Cuando muera, se llevará todas esas vivencias. Pero tienes razón, o se levanta Amaya a cerrar la ventana o nos quedamos sin bicicletero.

—¡Lo había olvidado! –Ana se incorporó arrastrando la silla con su impulso.

Caminamos hacia el taller a paso rápido, con las bicicletas junto a la cintura. De cuando en cuando, un relámpago cortaba con un destello la pesadez de la muralla de nubes, electrificando el valle de un fogonazo, y bramaba un trueno ensordecedor. Las primeras gotas, al chocar contra el asfalto, eran tan anchas como monedas de diez duros y desprendían de la tierra una nube de polvo casi imperceptible.

Mientras el bicicletero arreglaba el pinchazo y ajustaba mi cadena, nos asomamos al portal de su cobertizo. Desde el taller, que corona un altozano, dominábamos el pueblo. La tormenta sobre el valle era un hermoso teatro natural, un espectáculo en el que los jirones de niebla escondían las cumbres de los montes azules, y el olor fresco de las campas renovaba el de la goma y el pegamento. La lluvia rabiosa golpeaba con saña sobre las tejas mientras nuestra respiración se reflejaba en un tenue vaho.

—El tío Bernardo dice que quien no teme a las tormentas no teme a Dios –comentó Ana con la vista perdida en la panza de las nubes.

Estaba apoyada en el dintel del portal con los brazos abrazados al torso. Su cuerpo descansaba sobre una sola pierna y la luz pálida del cielo difuminaba su perfil, que refulgía misterioso con los relámpagos.

—Será porque las tormentas son señal de Su poder.

—Será...

En nuestras palabras flotaba una suave melancolía.

—Mi padre, cuando era pequeño –le conté–, vio cómo un rayo mataba a un leñador en los pinares del Viquirrio.

—Qué horror.

Guardamos silencio.

—En invierno no son tan bonitas.

—¿El qué? –le pregunté.

No nos mirábamos, observábamos el paisaje.

—Las tormentas. En los meses de frío no se aprecia este espectáculo. Además, en invierno siempre estoy en la ciudad, y desde la ventana de mi habitación sólo puedo ver las ventanas de un edificio.

—A mí tampoco me gustan las tormentas del invierno. Si me asomo al patio, estoy solo, porque mis compañeros de colegio se quedan en la biblioteca o juegan al balón en un porche –le expliqué–. A veces hay apagones de luz, saltan los plomos y, como en Inglaterra oscurece tan temprano, cuando llueve parece que no ha salido el sol.

—¡Mira! –Ana señaló con la mano hacia el pueblo–, a Marieli le ha sorprendido la lluvia fuera de casa.

La mujer empujaba su carrito por el jardín de «Villa Habana», pero no podía con su propio peso.

—Voy a ayudarla. Tiene que estar empapada.

—No, Rodrigo, tardarías demasiado tiempo en llegar. Espera, alguien está cruzando los setos.

Una vecina del palacio acababa de entrar con un jersey sobre la cabeza. Corrió hasta la silla de ruedas y empujó a Marieli hacia el porche, donde quedaron a cobijo del agua. La mujer se puso a buscar algo por el soportal, pero como no lo encontrase, tomó su jersey y lo echó sobre Marieli para secarle el pelo. La hija de Juana de Arbaiza se agitó en el carricoche, protestando por la rudeza.

—Esa vieja es un animal –comentó el bicicletero a nuestra espalda–. Mira si no hay otras formas de ayudar a la pobre.

La aldeana sacudió el jersey con malos modos, dando a entender que se sentía ofendida. Después se marchó, cruzando los mismos setos por los que había llegado.

—¿No crees que, bajo la lluvia, «Villa Habana» tiene otro encanto? –comenté–. A Marieli le tiene que recordar a Cuba.

—¿Qué tiene que ver el valle con el Caribe?

—El agua que cae entre las hojas de las palmeras se parece a las tormentas del trópico. Mi abuela me ha dicho que los salones de aquella casa están plagados de recuerdos de Cuba, por eso pienso que allí dentro te debe dar la impresión de estar en un palacio de la isla.

—Tienes razón.

—Me sorprende la relación de este pueblo con Cuba. Te he contado que mi abuela canta habaneras algunas noches desde su mirador, y la tía Concha esta tarde ha hablado de mi abuelo, el que enfermó por el clima del Caribe.

—Además, «Villa Habana» ha estado presente a lo largo de todo el día, no sólo cuando la tía Concha nos relató aquella fiesta junto al torero –Ana me miró con sorpresa, como si se acabara de dar cuenta–, pues el tío Bernardo contó durante el almuerzo que al palacio acudían los personajes de moda de la época, un pintor que se apellidaba Zuloaga, o algo así, novelistas, actrices de teatro y un tal Xabier Cugat, un catalán que hizo dinero en Hollywood durante la época en la que se filmaban tantos musicales. Por lo visto, vino a «Villa Habana» acompañado por Ava Gardner y a la actriz que interpretó «Gilda». ¿Te imaginas a Gilda quitándose el guante frente a Julio, el cartero? Supongo que por la valla del jardín se asomaría la cabeza de Matamoros, que no podría resistir la oportunidad de soltar un silbido ante las bellezas americanas –emitió una carcajada al aire húmedo.

—Gilda... Ava Gardner... Me parece un sueño que toda esa gente haya estado aquí.

—Chicos –nos avisó el bicicletero–, las bicicletas están listas. ¿Tenéis dinero para pagarme o lo apunto a la cuenta del alcalde?

No permití que Ana dispusiera de su tío para el arreglo de la cadena. Pagamos y esperamos a que escampara, pues se adivinaban los destellos del sol. Cuando el arco iris acompañó la salida del astro, que doró las piedras mojadas de los edificios hasta conferirles un brillo cegador, bajamos pedaleando hasta la plaza, donde Amaya y Paloma descascarillaban una bolsa de pipas bajo el pórtico de la iglesia.

—¿Por qué no vamos a la fonda? –propuso Paloma–. Aún nos quedan restos de la paga.

Las paredes del bar estaban decoradas con fotografías antiguas, en las que descubrí lo poco que había cambiado el pueblo, y con reliquias que el posadero había adquirido en México: un sombrero de mariachi drapeado con lentejuelas, un poncho de vicuña y el cargador de una metralleta que utilizaron los rebeldes de Pancho Villa. La barra, enclaustrada por unos artísticos azulejos, la guardaban varios hombres que charlaban entre sí con la compañía de sus vasos de vino, salvo el Cosaco, que en una esquina dormitaba una nueva borrachera. Aún llevaba en la frente los puntos de la herida que se hizo durante la poda del árbol de Salaberría.

Después de pagar unos mostos, no nos quedaban monedas suficientes para echar una partida de billar, así que jugamos a la rana. Comenzó Amaya, que lanzó las fichas de hierro desde tres metros de distancia. Pero carecía de pericia, así que no logró introducir ninguna de las piezas ni por la boca del anfibio de metal ni por las diferentes ranuras, arcos y molinetes del tablero. Tan sólo Paloma coló una moneda en el batracio. Lo de los agujeros y las norias era más sencillo, aunque cuando agrandamos la distancia del tiro, las ficha volaban por encima de la mesa hasta rebotar en la pared de la fonda.

A las nueve me despedí de mis amigas y subí al caserío. En el garaje estaba el automóvil de tío Antonio y de tía Mayte. Acababan de llegar de sus vacaciones en el sur para ultimar los preparativos de la comunión de Ander. Mariana me lo anunció cuando abrí el portón del zaguán.

—Rodrigo, mamá y papá han vuelto llenos de regalos. También traen algo para ti.

Estaban en el salón con la abuela y con sus hijos.

—Mi niño, qué contenta está la abuela contigo –tía Mayte se puso en pie para besarme–. Lo ves, madre, tiene el físico de Julián y el porte de Isabelita. Ten, te hemos traído un detalle de Málaga. Ábrelo, a ver si te gusta.

Era una caja de acuarelas.

Tío Antonio no se confió de la misma forma. Habían transcurrido muchos años desde nuestro último y único encuentro, durante su viaje de boda, cuando pasaron por Madrid. Me saludó con un distante apretón de manos y se interesó, con curiosidad algo forzada, por mis estudios y por mi padre. Ni siquiera me miró cuando le respondía.

—Asco de tormentas –se quejó en la cena–. Durante estos días de vacaciones me había olvidado de lo perro que es el clima en este lugar.

Sentía el valle como algo mío y el desprecio de su lluvia me pareció un agravio, así que me acosté en cuanto terminamos la fruta. La abuela había dado permiso a Ander y a Mariana para que, por aquella noche, durmieran con sus padres.

Un relámpago me despertó de madrugada. Con la bombilla del farol de la calle pude ver las gotas que se deslizaban sobre la ventana. Retiré las sábanas y fui hasta el cristal. Aunque el aire sacudía con violencia las ramas de la magnolia, escuché a la abuela como otras noches. Cantaba en el mirador. La habanera relataba los amores de una mulata con un capitán de barco norteamericano, una pasión rota por el final de la guerra. Supuse que mi abuela ponía su cara en el rostro de la protagonista de la copla, y la del abuelo en el del marinero. Aún le añoraba, hasta el punto de buscarle noche tras noche al cobijo de la oscuridad. No sólo echaba de menos a aquel hombre, sino a los niños y a su juventud; a todo lo que tuvo. Comprendí que su dolor era más razonable que mi orgullo y perdoné la antipatía del tío Antonio.

CAPÍTULO IX

Cuando me desperté no quedaba rastro de la tormenta. Sobre la mesilla estaba mi libro de Azorín marcado por la última página que leí de madrugada, después de que la abuela se retirase del mirador, junto con un revoltijo de papeles pintarrajeados y una carta. Tras escuchar la habanera me invadió una actividad febril y, como el primer sueño me había descansado, compuse con total frescura unos versos que reflejaban en paisaje del valle. Tenía la intención de mandárselos por correo a mi padre esa misma mañana junto con unos dibujos, unos garabatos manchados de acuarela que pretendían reflejar las montañas y el río, donde una muchacha se mojaba los pies. Era Ana.

Antes de bajar a desayunar, rompí las cuartillas en las que ensayé el poema. Cuando salí de la habitación, me encontré a mis primos y a tía Mayte bajando por la escalera.

—Nos vamos a Bilbao –me anunció Ander con ojos muy vivos–, a elegir mi bici de primera comunión.

—¡Qué suerte tienes! –le pellizqué en el carrillo–. Ahora podremos echar carreras. A ver si eres capaz de ganarme.

—¿Te apetece acompañarnos? –me invitó su madre, que cuando sonreía mostraba unos dientes casi perfectos.

—Gracias, pero tengo que hacer unos recados en el pueblo.

—Tiene tres novias, mamá –me acusó Ander.

La tía volvió a sonreír ante la ocurrencia de su hijo.

—He oído que has hecho muy buenas migas con las sobrinas de Bernardo. Es gente estupenda.

—¿Qué quieres decir? –le pregunté interesado, porque me incumbía todo lo relacionado con Ana.

—Cómo te explico... Es un tema de fondo; esa familia ha mamado la misma educación que nosotros –alzó la mano y se frotó repetidamente el dedo gordo con el índice–, y al mismo tiempo ha sabido acomodarse a las estrecheces.

—¿Te refieres al dinero? –resumí con un mohín de desacuerdo.

—No es sólo el dinero, aunque debemos reconocer que juega en favor de la gente bien educada. Ten en cuenta que no es lo mismo una persona que ha disfrutado de una fortuna, que un pastor de vacas.

—Ellas no son como tú piensas, tía. Bernardo tampoco. En la fonda no pone peros a la hora de beber con cualquier tipo de gente, ricos o pobres.

—No seas impertinente, Rodrigo. Cuando crezcas entenderás a qué diferencias me refiero –concluyó malhumorada, dando por zanjado el asunto.

Le pedí que me comprara un sello para la carta de papá, y que la echase en correos. Cuando salieron por el zaguán, me dirigí al comedor, donde la abuela escribía sus cuentas en un cuadernillo de espiral.

—Ayer te dormiste tarde, supongo... Es cerca de mediodía.

—Sí, abuela. Me entretuve con las pinturas que me regalaron los tíos y se me fue el santo al cielo. Desayunaré rápido; le prometí al Txo que daríamos un paseo.

—No te demores. Hace un día precioso. ¿Por qué no te sirves el desayuno en una bandeja y sales conmigo para tomarlo en la galería de la parra?

Estaba radiante. Me confesó que hacía años que no se sentía tan acompañada: los tíos, Ander, Mariana y yo. Además, aguardaba con ilusión la comunión de mi primo, pues tío Rodrigo vendría desde Barcelona a visitarnos.

—¿Sabes que el periódico vuelve a hablar de tu padre? –me anunció–. Hacen público su nombramiento como gerente de la compañía, y se refieren a su nueva vida en París.

En ese momento apareció el tío Antonio, de regreso de su paseo por el jardín. Traía una bolsa repleta de pimientos verdes en una mano, y en la otra, un saco de vainas.

—Si no te importa –le dijo a mi abuela–, me llevaré estas verduras a Bilbao. Ni tú ni el servicio de esta casa podréis comeros todo lo que produce la huerta, y es una pena que estos manjares terminen en el estómago de Matamoros.

Me bebí de un trago el Cola-Cao antes de ponerme en pie.

—¿En pijama todavía, chico?

—Ahora subo a vestirme.

—Haces bien –opinó mientras se sentaba en el sitio que había dejado libre, junto a la abuela–. Hazme el favor de llevar estas bolsas a la cocina, pero antes indícale a Carmen que son mías, que si quiere verduras que se las pida al jardinero, así no holgazaneará tanto el hombre, que además de beberse todo el vino de esta casa se pasa la mitad de la jornada tumbado a la sombra.

Hacía calor, así que me cambié con las ventanas del balcón abiertas de par en par. De esa forma, sin proponérmelo, pude escuchar la conversación que mantuvieron la abuela y el tío en el paseo de la parra. Cambiaron impresiones sobre algunos detalles de la fiesta que estaban organizando para Ander, y después hablaron de papá.

—Te quejas porque no le ves, pero deberías estar orgullosa de Julián –razonaba tío Antonio–. No sé si es listo o consigue esos ascensos con otras mañas, que no todo el monte es orégano en el mundo de los negocios.

—Siempre estáis sospechando de él.

—Ya sabes que las relaciones entre Julián y Mayte no están en un buen momento, pero me quito el sombrero ante su carrera profesional.

La abuela afirmó aquellos comentarios con un monosílabo repetitivo y desapasionado, hasta que el tío volvió a hablar.

—Mira, te confieso que yo apenas puedo con la óptica, mientras Julián se pasa el día en avión y trata de tú a tú a los grandes magnates del tabaco. Y, ahora, este ascenso, París... He escuchado que en esa ciudad se vive muy bien cuando tienes dinero. No va a echar de menos España, te lo aseguro.

—Si ese tipo de vida le satisficiera...

—Ya estás tú con esos cuentos de la felicidad –le interrumpió–. La felicidad no existe. A lo máximo que podemos aspirar es a vivir lo mejor posible los años que nos quedan. Y qué mejor que el dinero para pasarlo bien.

—Eres un escéptico, Antonio. ¿Quién te ha dicho que no se puede ser feliz?

—No, no se puede. El mundo es demasiado competitivo. Tú no conoces lo que es vivir ahogado por las letras, porque Julián te pasa todos los meses una cantidad sustanciosa. Pero, si yo te contara... Los niños sólo producen gastos. Además, cuando llegas a casa molido por el día en la tienda, no hacen otra cosa que pelearse y gritar entre ellos.

—No te quejes de esa manera. Deberías estar orgulloso de tu mujer y de tus hijos, y no dejarte arrastrar por la amargura del día a día. A fin de cuentas, no vivís con tantas apreturas si podéis permitiros las vacaciones en el sur, o ese coto de caza donde te marchas los fines de semana para pegar tiros.

—No te inmiscuyas en mi vida, te lo ruego. Yo te hablaba de Julián, del lujo con el que vive. Qué más quisiera yo que disponer de una chequera a mi antojo.

—Te equivocas –la abuela hizo una pausa–. Julián debería trabajar a otro ritmo; es momento de que se ocupe de Rodrigo, que está a dos pasos de transformarse en un hombre y aún no le conoce de verdad.

Me acerqué con sigilo a la balconada y agudicé el oído.

—Aunque protestes, Antonio, tienes la ocasión de ver crecer a tus hijos. Puede que aún no te agradezcan los esfuerzos que haces por sacarles adelante, pero tu familia es afortunada –el tío asintió con un murmullo–. Prueba, si así lo deseas, la educación a distancia que Julián practica con Rodrigo: envía a Ander y a Mariana muy lejos de Mayte y de ti, un año tras otro. Convive con ellos solamente durante unas semanas de vacaciones, y un día descubrirás que tus hijos te hacen falta, pero no habrá lazos que os unan.

—¿Rodrigo no quiere a su padre?

—¡Claro que le quiere! Pero no le conoce, porque Julián sigue encadenado a sus miedos del pasado. Rodrigo no sabe cómo era Isabelita, por ejemplo, porque Julián no tiene valor para hablarle de ella, ni de los que le acompañamos durante la terrible enfermedad. Nos ha borrado de su memoria, para él ya no soy su madre, sino una sombra incómoda que le evoca los últimos meses de su mujer. Por esa razón ha eliminado esta casa, y sólo viene a verme en la cita de Nochevieja obligado por un compromiso que le molesta. Ha perdido el orden de sus preferencias, porque lleva años escapando de sí mismo ayudándose con el trabajo en la compañía, y ahora no sabe distinguir el valor de un hijo frente a un ascenso.

—Pero qué cosas dices –el tío Antonio se rió con socarronería–. En París va a vivir junto a Rodrigo.

—Julián buscará mil excusas para no pasar mucho tiempo seguido en su nueva casa y, más adelante, animará al niño a que estudie en Estados Unidos, en Australia o en el polo Norte, para justificar que le quiere en la medida del dinero que se gasta en su educación. Y cuando al fin se convenza de que necesita la compañía del muchacho, será demasiado tarde, pues Rodrigo entonces no querrá pasar demasiado tiempo con un hombre tan distante.

—Siempre ha sido reservado; creo que se debe a la prudencia a la que le obliga la multinacional. Los años al frente de responsabilidades laborales de tanta envergadura le han enseñado a ser cauto.

—¿En su casa? ¿Crees de verdad lo que estás diciendo?

—¿Por qué no? Al fin y al cabo, Rodrigo es hijo único, y si Julián no hubiese marcado las distancias con claridad entre él y el niño, hoy sería un chico mimado y consentido.

—Te equivocas otra vez, Antonio. La empresa es una vía de escape en su azarosa vida. Estoy segura de que detrás de esa capa de frialdad aún permanece una sombra de aquel chaval vital y optimista, que le hace sufrir al recordarle que no cumple con sus obligaciones afectivas. El tiempo se venga de estas actitudes, Antonio, y me temo que sea demasiado tarde para él, en el caso de que se decidiera a dar marcha atrás. Y, mientras tanto, mi nieto vive como una maleta, cada año en un país y en un colegio diferente.

—Te estás poniendo trágica... Por lo que le has contado a Mayte, no es tan difícil entenderse con el niño. No ha pasado un mes desde que os conocéis..., quiero decir, desde que le has vuelto a ver y, sin embargo, te adora.

—Hemos hecho buenas migas –la abuela me hizo sonreír en mi habitación–, pero ni yo soy su padre ni Salaberría es su hogar en Madrid, París o donde quiera que Julián se lo lleve a vivir. Pero debo reconocerte que habían pasado muchos años desde que compartiera con alguien mis álbumes de fotos. Durante lustros nadie se interesó por mi marido o por tía San Roque, salvo esa comidilla de viejas que me vienen a visitar de cuando en cuando. Te sorprendería descubrir la atención que pone Rodrigo cuando descubre alguna referencia sobre el pasado de su padre, es algo conmovedor.

—No me gusta... Vas a crear en el chico algún complejo. Ya sabes a lo que me refiero: de esos descubrimientos surgen después los reproches.

—No sabes cómo es Rodrigo. Salaberría es otra casa desde que llegó. Juega con tus hijos, charla con Matamoros...

—A eso me refiero. ¿Crees que puede sacar algo bueno de lo que le pueda contar ese borracho sobre Julián?

—No te permito que hables así de la gente que trabaja en mi casa.

Me encorajiné. De buena gana le hubiera dicho dos palabras desde el balcón.

—No quiero que te incomodes, pero cada vez estoy más convencido de que debes controlar al muchacho, no vaya a ser que Julián se encuentre con otro chico distinto al que te envió. Sé que anda medio enamoriscado con las sobrinas del alcalde. No sé..., Bernardo fue muy amigo de Julián.

—¿Tampoco te gusta que se divierta con chicas de su edad?, ¿o te asusta que Zabala pueda descubrirle algún rasgo desconocido de su padre? –le preguntó la abuela con distancia–. Rodrigo no es malicioso, te lo aseguro. Aunque le interesa el pasado, como es normal, no va hurgando en busca de las semblanzas más oscuras de su gente. Le gustan las cosas sencillas, incluso aprender a bailar de la mano de su abuela.

—¿Bailáis juntos?

La primera vez que la abuela encendió el tocadiscos –ella lo llamaba *pick-up*–, las paredes del zaguán hicieron eco de los compases de un vals que devolvió al caserío la música del pasado. Los primos estaban componiendo un puzzle en el salón cuando la aguja reprodujo las primeras notas, impuras a causa de la vetusta grabación. Yo estaba sentado junto a ellos, siguiendo las viñetas de un cómic, y cruzamos una mirada sorprendida cuando escuchamos el repique de unos tacones. Abandonamos lo que teníamos entre manos para asomarnos al descansillo vencidos por la curiosidad. La abuela daba vueltas al ritmo de la pieza. Marcaba el compás con sus zapatos, y el vuelo de su falta rozaba los muebles.

—Es una princesa –comentó Mariana, que se quedó con la boca abierta.

Tenía razón, porque sólo las princesas bailan de aquella forma, elegante y armoniosa.

Cuando el cabezal del *pick-up* se levantó sobre el vinilo, la abuela dio la vuelta al disco y se acercó a mí. Antes de que me lo propusiera, le extendí el brazo procurando mantener un porte serio, como los actores de las películas de época. La anciana me hizo una ligera reverencia y me entregó su mano fría.

—¡Así! –exclamó mientras giraba arrastrando mi cuerpo–. Un, dos..., tres. Un, dos..., tres.

Me daba reparo pisarla, o que su cuerpo de cristal se quebrara. Sentía la fragilidad de sus huesos y la curvatura de su espalda cansada.

—No te distraigas, Rodrigo –me conminó–, y no mires al suelo. Debes contemplar la cara de la mujer a la que sacas a bailar, no lo olvides.

Carmen bajó las escaleras desde la buhardilla, al reclamo de la música, asustada de que los niños hubiesen hecho una trastada con el viejo tocadiscos. Se frotó los ojos en el rellano, pues no se podía creer lo que estaba viendo. A cada vuelta que dábamos, me conmovía la sorpresa del rostro de aquella mujer fiel, a la que se iban humedeciendo los pómulos.

—Desde que el señorito Rodrigo se marchó a Barcelona –me confió más tarde–, no habíamos tenido música en el caserío.

La abuela y tío Antonio aún charlaban en el banco del emparrado cuando me anudé los zapatos, pero ya no trataban sobre mí ni sobre papá. El tío se refería otra vez a la comunión, y explicaba los números de una familia de payasos y malabaristas que había contratado para después del banquete.

Bajé al garaje y liberé al Txo. El perro me puso las manos en el pecho, tirándome lametones con su larga y temblorosa lengua. Aunque había cumplido con la obligación de llenarle la escudilla, Ander se olvidó de soltarle. Desde la tarde anterior, el lobo permanecía encerrado en su caseta.

—Vámonos de paseo al río.

Pasamos por delante de la abuela y del tío al cruzar la galería de la parra. Nos despedimos de ellos, yo con un saludo y el perro con nuevos lametazos que no alegraron al padre de mis primos.

El Txo orinaba sobre casi todos los árboles y los macizos de flores del jardín para tapar el olor que, de la misma forma, había dejado el chucho de Matamoros que, en aquel momento, escarbaba sobre un montón de abono junto a la huerta mientras su dueño sulfataba los tomates. En cuanto el Iru nos advirtió, se arrancó al galope para intimidar al perro lobo.

—¡Iru, jodida rata, vuelve!– voceó Matamoros desde las tomateras.

El chucho, con las patas manchadas de estiércol, gimoteó mientras se detenía a pocos metros del Txo, que ya se había agazapado hundiendo las orejas entre su pelaje. Cuando Matamoros tuvo a tiro al perro lanudo, le arreó un puntapié en las ancas. El animal se escondió detrás de las calabazas con un gruñido cargado de ira.

—Ese perro te va a atacar un día –le advertí.

—Que lo intente. Me basta un amén para deshuesarlo. Por cierto, el marido de Mayte, me ca en su sombra, por no saber coger los pimientos me ha arrancado unas cuantas cepas. Le tengo dicho que si quiere algo de aquí que me lo diga, que ya le prepararé lo que desee, que no es por cantidad, pero na, ni caso. Me ha desbaratado la siembra por esa manía de hacer las cosas sin avisar, y me pongo de un humor...

Matamoros cargaba con la bombona de insecticida sobre la espalda desnuda, por la que le caían goterones de sudor, pero no daba muestras de cansancio.

—Menudo día precioso que hace –comentó señalando el cielo–. ¿Qué, te apetece un trago?

Nos sentamos a la sombra del chamizo de sus herramientas. Primero bebí yo, y después él terminó de un soplo casi media botella de chacolí. Se pasó el antebrazo tatuado por los labios y escupió.

—Tu padre y yo nos hemos cogido buenas cogorzas cuando aprendíamos a beber –arrancó una hierba y comenzó a mascarla–. Las mejores las enganchábamos cuando subíamos al monte a por leña. Era una tarea dura. Más fácil le hubiera resultado a tu abuela comprarla a los leñadores, como hace ahora, pero siendo suyos todos estos bosques, qué sentido tenía pagarla cuando contaba con brazos fuertes como los nuestros. Pasábamos lo menos dos días en las cumbres, hasta que lográbamos llenar la carreta que empujaba el Zar, un potro precioso, todo nervio, azul de tan negro que era. El sudor se le hacía espuma sobre la piel en el mismo establo, en cuanto escuchaba el campaneo de los arreos. Bendita la sangre del jodido caballo, fuerte como un buey. Había sido regalo de la bisabuela de tus amigas, que tenía en su casa una de las mejores cuadras de estos valles.

—Lo sé. Me lo contó la tía Concha.

—El Zar subía todos los repechos, incluso con el carro cargado de leños. Pero no dejaba que le manejara cualquiera, pues si no tenías temple con las riendas, despídete, volcaba la carreta, tiraba maderas y jinetes, y remontaba las cumbres arrastrando el carromato. Luego no había santo capaz de atraparlo –se rió–. Aquellas noches de septiembre las pasábamos en los caseríos del Beato Isasi, esa aldea abandonada que visitamos en la ascensión al Viquirrio. Aprovechábamos las corraletas de las ovejas para guardar al Zar y, macho –me golpeó con su manaza–, tu padre no se cagaba en los pantalones con los sonidos del bosque, ni siquiera si nos sorprendía una tormenta o las nubes tapaban la luz de la luna. Allí sacábamos las botellas de vino y el tabaco, porque yo le enseñé a beber y a fumar. Eso es curtir a un hombre, que no entiendo tanta leche que os meten en la escuela desde que sois recién paridos. Tienes que ver a mis nietos... No distinguen el paso de la raposa del de un jabato, ni diferencian el vuelo del pardal con el de la malvís. Eso sí, de sumar saben mucho los jodidos. Pero ninguno me hace una buena lazada ni sabe ocultar una trampa. Y digo yo, para qué queréis saber tanto de *anglés* y francés y *alamán,* si lo importante en la vida son otras cosas, encararse un rifle y que no se te escape un pájaro que esté a tiro, o prender una hoguera que no se apague durante toda la noche. Todas esas mariconadas de los ríos y los cabos que recitan mis nietos, pues bien, que no está de más que sepan que Italia es la capital de Roma, pero de ahí a que me digan que con esos conocimientos no pasarán hambre en el futuro...

—No te preocupes, Matamoros. Mientras tengan la suerte de contar con un abuelo como tú, les veo con el plato de sopa asegurado.

—Ay, bribón –me raspó la barbilla con una caricia.

—Te prometo que esta tarde echaremos un nuevo trago. Ahora quiero ir con el Txo de paseo por el río.

En cuanto salimos por la huerta al camino, el perro comenzó a corretear a su aire, oliscando los abrojos y las esquinas de los caseríos, y mordisqueando las puntas de hierba para aligerar el vientre. De repente se giraba y volvía con un trotecito hasta mí, pero avanzaba unos metros más allá, en dirección contraria, sin quitar la vista a una mariposa que aleteaba casi a ras del suelo, para después volver a adelantarme en busca de las ovejas que pacían a cada lado del camino. Los gatos de Julio, el cartero, le traían loco, pues no sabía a cuál de ellos perseguir, y, cuando al fin se decidió por uno negro y blanco, el minino había trepado al cobijo de un árbol.

Me senté bajo la alameda, cerca del puente del Pontón donde los chicos del pueblo se lanzaban al agua. En la otra orilla del río, también a la sombra de unos árboles, una familia de gitanos disfrutaba del buen tiempo cerca de su camioneta. Mientras la mujer encendía un fuego y preparaba los avíos del almuerzo, su marido sesteaba en una tumbona. Estaba observándolos de refilón, por temor a que descubriesen mi curiosidad, cuando el Txo me empujó con el hocico.

—No me dejas ni unos segundos de descanso. Ahora voy.

El lobo no quitó su mirada de mis ojos. Movía el rabo con frenesí, como si me anunciara que tenía ganas de jugar. Arrancó una carrera alrededor del banco y se frenó en seco para sostenerme de nuevo la mirada.

—¿Qué quieres? Si me acerco al puente, echarás a correr rumbo a Salaberría como hiciste el día de la excursión al Viquirrio, y aún no me apetece volver a casa.

Entonces ladró. El Txo casi nunca ladraba; cualquier extraño que viniese a visitar a la abuela podía marcharse del caserío con la sensación de que era un perro mudo.

—¿Qué te pasa? –cada vez me sentía más intrigado.

Se internó por la hierba y bajó hasta la orilla del río. Allí emitió otro ladrido y permaneció apostado, dándome a entender que debía aventurarme a través del verde.

Me acerqué unos metros y me dio un vuelco el corazón. Entre las patas del perro había una bota sin cordones, y un hombre estaba tendido boca abajo un poco más allá, cerca del agua. Distinguí entre los matojos su pie descalzo, las piernas vestidas con un pantalón sucio de sangre y la espalda y la cabeza, medio ocultas por las breñas. No me moví, y aún desde aquella distancia apestaba a vómito.

—Txo, bonito, ¿cómo se te ocurre descubrir estas cosas? –me lamenté–. Espero que ahora me digas qué debo hacer.

Oí una conversación, la de dos mujeres que paseaban por el camino en distraída charla. Una de ellas era la modista.

—¡Eh! –las llamé.

La modista me saludó con la mano.

—¡Necesito ayuda! –grité–. ¿Puedes acercarte hasta aquí?

A la mujer le picó la curiosidad y soltó el brazo de su acompañante.

—¿Has encontrado algo?, Rodrigo. Me da un poco de repelús caminar entre la hierba –añadió mientras avanzaba, paso a paso, con cuidado de dónde posaba los zapatos–. Calzo sandalias, hijo, y sin medias me asusta pisar una culebra. Ya sabes, cerca del río es fácil hallar cualquier porquería.

Guardando un torpe equilibrio se encaramó sobre una roca desde la que se asomó a la orilla. En cuanto distinguió el cuerpo que con tanto celo vigilaba el Txo, no esperó a hacer más preguntas, palideció en un instante y regresó hasta el camino todo lo rápido que le permitían sus tacones de esparto, mientras chillaba:

—¡Un muerto, Felisa! ¡Han asesinado a un hombre y lo han escondido en los juncos del río! A mí me da un síncope.

La tal Felisa echó a correr con pasitos cortos camino adelante, sin esperar a la modista, embargada por la misma emoción.

—¡Pero Felisa! –protestó la modista, aún en la campa–. ¿Adónde vas?

—A dar parte en el ayuntamiento para que avisen a la policía.

—¡Socorro! –gimió a la zaga de su compañera–. ¿Es que nadie está dispuesto a ayudarnos?

Desaparecieron por la alameda, a saltos sobre sus zapatos, y en lo que resta del camino del río hasta la plaza dieron a conocer el suceso a todo aquel con el que se encontraron. Mientras tanto, yo seguía en el mismo lugar, sin valor para acercarme al hombre tendido en la hierba. El gitano se había despertado con el alboroto de las mujeres, y desde la otra orilla me preguntó qué ocurría. Al señalarle el cuerpo, afiló la vista y aseguró distinguir unos rasgos familiares en aquel rostro, vuelto hacia el río. Me asusté entonces de que aquello pudiera ser el fruto de una reyerta calé.

En unos minutos aparecieron en la campa las primeras cuadrillas de niños, de mozos, de labriegos, de mujeres y de ancianos; la noticia se había extendido por todo el valle gracias a Felisa y a la modista. Se organizó un tumulto a mi alrededor, porque no había quién se atreviera a acercarse al hombre, justificados unos y otros por el vozarrón de Julio, el cartero, que avanzaba por el camino advirtiendo que nadie lo tocara hasta que llegase la policía, con el fin de no destruir las pruebas que delataran al asesino. El Txo observaba aquel gentío con desconfianza, sin separarse ni un milímetro de la bota sin cordones, que aún permanecía entre sus patas.

—No vayan a pensarse que el chico lo ha peinado –comentó en alta voz el gitano, con un deje divertido. Incluso me pareció advertir que me guiñaba un ojo–. Llevo toda la mañana sentado en la otra ribera, junto a mi señora, y este tipo –señaló al cuerpo–, estaba aquí antes que nosotros tres.

—Eso habrá que verlo –inquirió el cartero–. Dejadme paso. Voy a tocar las piernas del muerto, pues su temperatura nos advertirá cuándo fue el crimen.

Se escuchó un murmullo de inquietud que se transformó en un silencio morboso mientras Julio palpaba los tobillos.

—Lo han asesinado hace poco. Aún está caliente. Y este olor a vómito... –comentó arrugando la nariz–. ¡Que se lleven a este animal!

El Txo había curioseado entre los brazos del cartero durante el análisis del cuerpo.

—Se parece al Cosaco –dijo un aldeano.

Los murmullos lo aseveraron y la multitud dio un paso al frente.

—¡Atrás!, ¡atrás...! –exclamó Julio abriendo los brazos en cruz–. ¿No os dais cuenta de que, si pisáis la hierba de alrededor, vamos a borrar las huellas?

Las cuadrillas de niños, de mozos, de labriegos, de mujeres y de ancianos retrocedieron.

—Ése está tan muerto como yo –murmuró el gitano.

El cartero se aproximó al Cosaco y se agachó para palpar algún signo de vida.

—¡Respira!

El murmullo de la gente se transformó en una madeja de conversaciones ansiosas.

El cartero zarandeó al Cosaco, pero era tal la borrachera que éste no volvía en sí. Le golpeó en los hombros –nunca en la cara, que la tenía sucia de sangre y vómito–, le llamó a voces, le subió las piernas para desentumecerle la circulación..., pero nada, seguía sin sentido, dormido como un bendito.

—Que alguien avise al médico. Debió de tropezar y se ha roto una ceja; me temo que esté en coma.

—Gracias al cielo no cayó al agua –comentó el carpintero a mi espalda.

En ese momento, la gitana entregó de soslayo un barreño a su marido, que se acercó hasta el río, lo llenó de agua, se acercó al grupo que trataba sin éxito de reanimar al Cosaco y lo vertió por encima de sus cabezas.

El borracho se agitó como si hubiese recibido una descarga eléctrica.

—Ya les dije que estaba tan muerto como yo –el gitano silbó una risa con sorna, con la que se marchó hacia el puente en compañía de su mujer.

—La madre que te trajo al mundo... –protestó el cartero, empapado.

Me acerqué al Cosaco para ayudarle a ponerse en pie. En ese momento, la modista regresaba casi sin fuelle junto a Felisa y don Eustaquio. El cura se hizo cargo del herido, le limpió la cara con su propio pañuelo y se lo llevó a la consulta del médico apoyado contra su cuerpo. Les seguía un grupo de mujeres que acompañaba a la modista, que por unos instantes había perdido el sentido a causa de la impresión de ver a un resucitado.

A los diez minutos, sólo quedábamos en el lugar el Txo y yo. Los demás se habían marchado, defraudados de que un suceso que prometía ciertas emociones se hubiese saldado con una de las habituales cogorzas a las que el Cosaco tenía acostumbrado al pueblo. El perro lobo se adentró en el matorral para descubrir una botella de vino. Estaba vacía. La tomé y la lancé al agua.

—Matamoros piensa que eres un perro inútil. Si hubiese visto lo que yo... –le consolé acariciándole los ijares.

A las siete me invitó Bernardo Zabala a tomar el té en la piscina del palacio, en compañía de sus sobrinas. Mojamos el agua hervida con pastas de pueblo. El alcalde conocía todo lo acontecido aquella mañana, pero insistió en escuchar mi versión.

—Este Cosaco... Me temo que, un día, sus descalabros no tendrán solución. Es tan miserable que su caserío parece una pocilga, ya que no emplea el dinero que gana en otra cosa que en beber. Se alimenta gracias a la caridad de sus vecinos, que le guardan un resto de los alimentos que cocinan, pero sé que hay días en los que no prueba bocado, ya que el vino le impide siquiera ponerse en pie. Por más que lo hemos intentado, no se deja ayudar.

—La actuación del gitano ha sido muy divertida –opinó Ana–. Me hubiera gustado ver la cara de aquella gente.

—Sobre todo la de Julio –añadió Bernardo, que me pidió que le repitiera los pasos dados por el cartero. Cuando le gesticulaba los esfuerzos de aquel hombre por reanimar al Cosaco, el alcalde doblaba su bastón de caña con una sonrisa que parecía un corte bajo su acicalado bigote–. Julio anda viejo, se nos jubila en octubre. El Ayuntamiento le va a conceder el título honorífico de «Hijo predilecto del valle», ya que lleva casi cincuenta años en el servicio público como repartidor de correos y, desde que lo sabe, media en todos los conflictos. Está convencido de que el nombramiento le carga de responsabilidades.

—Pues, antes que nada, debería resolver el problema de sus gatos.

—¿Por qué lo dices? –me preguntó el alcalde.

—Porque se extienden como una plaga, pariendo en todos los rincones, incluso en el garaje de Salaberría.

—Tu abuela puede presentar una queja en el ayuntamiento.

—No parece que tenga intención de hacerlo. Ha prohibido a Matamoros que mate a los recién nacidos. Según ella, son animales más limpios y útiles que el Txo y el Iru, pues ni entran en el caserío ni dejan pasar a los ratones.

La tía Concha apareció en el umbral de la puerta del jardín. Bernardo le ofreció una taza de té que la mujer aceptó encantada. Al rato, los jóvenes nos levantamos.

—Nos vamos a la pesquera, tío –le explicó Amaya–. Queremos que Rodrigo conozca los cangrejos.

La pesquera estaba detrás de la piscina, al fondo de unas campas más allá de la huerta y de los zarzales que cultivaban las madres de mis amigas para fabricar compota de mora, junto a la tapia de los jardines del duque. Por una escalinata de piedra se bajaba a las pozas. Era un antiguo criadero de peces, ahora descuidado y triste, comido por el musgo y las malas hierbas que levantaban las losas que separaban cada una de las bañeras, rebosantes de un agua cristalina que permitía apreciar el fondo rocoso tapizado de verdín, en el que se escondía un puñado de cangrejos de río. Nos sentamos en la escalinata después de inspeccionar cada uno de los viveros. Ana me pidió que imaginara en voz alta cómo sería aquel lugar en la época de su bisabuela. Dibujé una construcción impoluta, rodeada por avenidas de tierra por las que paseaban sus antepasados, con bancos de madera en los que sentarse a descansar, desde los que era posible asomarse al agua transparente de las pozas, por aquel entonces repletas de truchas y nenúfares, sin ranas ni hierbajos.

CAPÍTULO X

A la mañana siguiente bajé a la plaza con unas cartas de la abuela y una lista de recados de Carmen y del tío Antonio. Mi abuela era muy aficionada a la correspondencia; había días en los que enviaba más de cinco sobres. Se escribía con amigas a las que no había vuelto a ver desde la guerra y, también, con unos parientes lejanos que se habían establecido en Argentina. Según ella, que guardaba clasificadas en cajas todas las misivas que había recibido desde antes de casarse, cuando sospechara la cercanía de la muerte prendería una fogata de papel en el jardín, y contemplaría sin emoción alguna cómo las llamas y el humo reducían a nada aquellos pliegos, amarillentos a causa de los años.

Carmen compraba el queso y las conservas en un caserío enfrente del bicicletero. A veces pasaba por aquella tienda antes de subir a Salaberría a preparar los desayunos, pero aquella mañana me sorprendió nada más levantarme con un papel en el que había apuntado –con letra redondeada e insegura– un buen número de alimentos que yo debía ir a buscar. En la plazoleta empedrada que formaban el taller de las bicis, el colmado y otra vivienda, flotaba un olor mezcla de hierba, cuajo amargo y boñiga de vaca que anunciaba la venta de queso y de leche del día. Dos pacíficas bestias suizas rumiaban en la trasera del caserío, en donde sus dueños almacenaban la leche y fermentaban el queso. Aún en la oscuridad y al abrigo del establo, zumbaban algunas moscas residentes en aquel quieto paraíso de estiércol y madera. Por las tardes, la abuela del propietario cargaba sobre una borrica dos cántaros con la segunda remesa, y subía hasta el Pontón haciendo repiquetear un cencerro para que las mujeres salieran al portal de las casas con una jarra y el monedero.

Aquella tienda apenas si tenía dos ventanucos en la fachada principal, y los víveres estaban dispuestos a lo largo de una nave mal iluminada, hasta la entrada del establo. El suelo era de cemento, y en el segundo piso había un almacén de paja y heno que mitigaba los ruidos de la calle, acorazando aquella vivienda con la penumbra y el silencio de un cubil. La tendera escuchaba en la radio un programa matinal que parecía llevar años sintonizado en aquel transistor, y en vez de caja registradora utilizaba los cajones de una mesa para recibir los billetes y cambiar las monedas que le entregaban sus clientes.

El tabaco de tío Antonio y los sellos para las cartas de la abuela sólo los vendían en el estanco de Rosario, en la plaza, que a unas decenas de metros del bicicletero era la competencia de muchos de los productos que se exponían en la tienda de la leche. Me asombró la delicadeza con que la estanquera dobló los sellos, poniendo tanto mimo en plisarlos por el troquelado, que se podía pensar que el Rey y ella fuesen viejos amigos. Mientras sumaba la cuenta sobre unos papeles viejos, se interesó por el suceso del río.

—Sé que la modista estuvo a punto de solicitar la presencia de Protección Civil –apuntó con un deje de malicia–. Me temo que, durante años, va a ser recordada la escandalera que formó a causa del Cosaco.

—¿Has hablado con ella?

—No. Hace días que no sale de casa. Sabe que es la comidilla del pueblo, e imagina la de chascarrillos que se andan contando. Le viene bien, por metomentodo. Si en vez de liarse a chillar por los caminos con esa Felisa, se hubiese cerciorado de que no había otro muerto que el borracho de siempre, ahora no se verían en la obligación de solicitar disculpas a Julio.

—¿Se ha enfadado el cartero?

—Tiene mal perder, pero se le pasará. No te quepa duda.

Pegué los sellos con una esponja humedecida y salí a la plaza para echar las cartas en el buzón del ayuntamiento. Monté en la bicicleta y subí a Salaberría con el tabaco y las latas de conservas. Cuando entré en la cocina, Carmen preparaba la masa de unas croquetas al son de la «Zarzamora», de la que sólo conocía el estribillo, que repetía una y otra vez sin aburrirse. Escuchamos a la abuela, que bajaba las escaleras preguntando por mí.

—Estoy aquí –le dije asomándome al zaguán.

—¡Acaba de llegar esta tarjeta de tu padre! –exclamó con voz temblorosa a la vez que agitaba en la mano una postal que mostraba una vista panorámica de un lujoso hotel–. Dice que se acuerda mucho de todos nosotros.

—¿También de mí? –preguntó Carmen con candidez.

—Por supuesto, tonta –le respondió mi abuela–. Felicita a Ander por la primera comunión y te manda un beso. ¡Qué emoción! No sé los años que han pasado desde su última carta.

—Este Julián... Si a fuerza ha de tener un corazón enorme –Carmen se apretó el pecho con las manos–. Se lo digo a usted muchas veces, señora: de los hijos nunca se sabe. ¿Verdad que merece la pena esperar?

—Calla, calla –le espetó la abuela–. Lo que me sorprende es que se haya acordado del cumpleaños de la niña.

—Fui yo –anuncié–. Se lo dije la última vez que hablamos por teléfono.

Mariana aguardaba su cumpleaños con mucha ilusión. Todas las noches arrastraba una banqueta hasta la pared del teléfono, junto al que colgaba un almanaque, y arrancaba la hoja del día que estaba a punto se pasar. Entonces contaba las que aún quedaban hasta la fecha de su aniversario. Carmen le solicitaba la hoja vieja para leer unos consejos caseros que venían escritos en el envés del calendario, y en los que la cocinera creía a pies juntillas.

Los tíos querían regalar a mi prima una casa de muñecas para el jardín. Una noche en la que los niños ya estaban acostados, tío Antonio me enseñó los planos de un caserío vasco-francés en miniatura: el tejado a dos aguas y, a la vista, un entramado de vigas verdes sobre la fachada enjalbegada, con las contraventanas y la puertas pintadas del mismo color.

—El carpintero ha cortado, lijado y pintado las piezas –me explicó–, y espero que mañana me ayudes a recogerlas y a cargarlas sobre mi coche. Prefiero que Matamoros no se inmiscuya en el asunto, porque estoy convencido de que lo desbarataría. Necesito brazos fuertes, como los tuyos, en la carpintería, y que después pases sobre las maderas una mano de barniz.

Me divertía el plan, aunque la autoridad del tío me resultara antipática, así que al día siguiente me monté con él en el coche y nos acercamos a la carpintería, al otro lado del convento de Santa Matilde. Era una vivienda gris de tres plantas con un portalón frente a la carretera. El carpintero nos tendió la mano, albardada en serrín.

—Te conozco –me dijo–, tú eres el que descubrió al Cosaco junto a la alameda.

—No me hables –intervino tío Antonio–, ¡qué vergüenza! A partir de ahora va a tener que ir acompañado siempre de un adulto, porque no hace otra cosa que meterse en problemas. Este chico nos va a convertir en el hazmerreír del pueblo.

Me irritó aquel cinismo, hasta el punto que, si no hubiese controlado mi respiración, los ojos se me hubieran poblado de lágrimas. Me distraje con un muchacho y un viejo que, entre tablones y troqueles, aserraban unas maderas. En el otro extremo de la espaciosa habitación, otro chico encolaba y claveteaba puntas en las piezas de un mueble tosco. El firme de la carpintería estaba alfombrado de virutas rizadas y olorosas que se amontonaban en las esquinas. ¡Qué mezcla de perfumes nobles flotaba en aquel taller! Era como una bodega de vinos añejos, cada madera con un aroma y un tono de color diferente.

El carpintero señaló una pared en la que se amontonaban las piezas del caserío en miniatura. No sé si por humillarme, tío Antonio no permitió que ayudase a los dos mozos, al viejo y al carpintero, que siguieron sus órdenes para cargar aquellos tablones en el coche. Después, entregando una propina a los chicos, se aseguró de que nos esperarían en la puerta de Salaberría para ayudarnos a descargar y a montar la casita de muñecas a escondidas de Mariana, que había acompañado a la tía Mayte a la peluquería.

La abuela observó desde el mirador cómo levantaban las paredes y colocaban el techo del juguete, algo molesta porque los tíos no le habían pedido permiso para ocupar aquel trozo del jardín, aunque por Mariana lo cedía con gusto, pues le embelesaba aquella infancia sin límites que sabía ocupar todo el día con la imaginación, sin aburrirse. Mariana, cuando se cansaba de jugar con Ander, tomaba una cesta de mimbre y buscaba a la abuela para salir a por moras. Otras veces pedía en la cocina un mendrugo de pan. Con este tesoro, escondido entre los pliegues de su vestido, bajaba hasta el chamizo de Matamoros, que había formado una pequeña charca alrededor de una bomba de agua y había echado tres peces rojos. Allí la niña desmigaba el pan mientras charlaba con las carpas. Haciéndome el distraído con los frutos de la huerta, escuchaba la conversación fluida de mi prima, en la que abundaba un torrente de preguntas a los animales que ella misma contestaba en su interior.

Cumplió sus primeros cinco años con dulce inocencia. Para ella fue tan sencillo como agregar un dedo más cuando le preguntaban por su edad, abriendo completamente la palma de la mano. Conversé con la abuela aquel día. Me confesó que le irritaban los malos modos del marido de tía Mayte.

—Pero ¿qué puedo hacer? –se consolaba–. Me da miedo quejarme de sus faltas constantes de educación, porque es un tirano que podría convencer a mi hija para no venir nunca más a Salaberría y, la verdad, prefiero comerme el amor propio y aguantarle. A fin de cuentas, los que me importan son Mayte y los niños. Fíjate en Mariana, cinco años que le parecen un mundo porque son toda su vida. Tiene derecho a sentirlo así, incluso a no recordar su aniversario del año pasado, en el que le organizamos una fiesta preciosa, porque la división del tiempo, para ella, es aún un misterio que se asemeja bastante a la eternidad. No sé si me explico... Mariana no tiene otra referencia de medida más que su infancia, en la que los días se le borran con la llegada de otros nuevos. Apenas tiene recuerdos y, ten por seguro, Rodrigo, que cuando se marche a Bilbao se olvidará de mí y de ti. Si para ella el tiempo es un lento avanzar, los lustros de mi vida han pasado como un suspiro, y si pienso en hace cinco años, cuando nació Mariana, tengo la sensación de que fue ayer. Para mí, cinco años son nada..., o todo..., mi último capítulo.

—No digas esas cosas, abuela –le rogué.

—Eres joven, hijo, y supones que la muerte aún no existe, como si fueses eterno. Yo sentía lo mismo que tú a los quince años, y cuando alguien me hablaba del final de la vida, me agobiaba el miedo a lo desconocido. Pero con mi edad he perdido todo el temor. Nos creemos indispensables en el girar del mundo y, sin embargo, basta observar la Historia Universal como si contempláramos un cuadro para darnos cuenta de que somos, nada más, un chispazo de luz, una pincelada insignificante en la inmensidad de un lienzo. Antes que tú y que yo, nacieron, vivieron y murieron millones de personas sobre este mundo, gente que respiró el mismo oxígeno, que recibió el calor de este mismo sol y que ya no existe. ¿Es que sólo fueron un instante en el devenir? ¿Es que no dejaron siquiera una semblanza para ser recordados? Ellos también se creyeron inmortales, decisivos e indispensables y, sin embargo, ¿quién nota hoy su ausencia? En esta vida todo es perecedero, Rodrigo. No sólo nuestra existencia, sino las mismas cosas que anhelamos: todo se acaba, como se acabará este verano, como se acabará mi vida, y como, un día lejano, se acabará la tuya.

Sentí un escalofrío.

—Lo que importa es disfrutar cada instante –prosiguió con una vitalidad nueva–, sacar de cada día el máximo provecho, exprimir hasta la última gota el amor hacia los que nos rodean, pues el amor es lo único que no se pudre. Mira a Mariana –la niña jugaba junto a la piscina–. En ella brillan la verdad y la inocencia, que son los componentes puros del amor. Es una lástima que su infancia, al igual que nos ha ocurrido a ti y a mí, se vaya a perder en su memoria cuando le llegue la adolescencia. La niebla que difumina el pasado se hace más densa sobre los niños.

El día de su cumpleaños, Mariana se despertó muy temprano y llenó el caserío con sus voces emocionadas. Coincidí con ella en la cocina, pero no la felicité, pues había pactado con Carmen que sería ella la primera en darle un tirón de orejas. Mariana estaba en camisón, con el cabello desordenado y los ojos perlados de legañas. Revolvió el cacao mientras balanceaba sus piernas, suspendidas en un taburete a medio metro del suelo. Entonces, Carmen puso sobre la mesa de alabastro un paquete envuelto en celofán de colores.

—Feliz cumpleaños, mi vida.

Le estampó un beso apretándola contra su cuerpo, del que mi prima trataba de zafarse para arrancar el papel del regalo. Cuando al fin se vio libre, descubrió una muñeca de plástico. Sin esperar mi felicitación, abrazó a la muñeca y subió las escaleras hasta el segundo piso.

—¡Mamá! ¡Papá! Mirad lo que me ha regalado Carmen –gritaba.

La abuela abrió la puerta de su habitación todavía en bata y descalza. Era otra mujer con el cabello suelto y los pliegues de las sábanas sobre su rostro. Portaba un regalo, y Mariana le tiró del camisón para que se agachara a la altura de sus labios. La niña le besó con tanta fuerza que la anciana estuvo a punto de perder el equilibrio. Pero el tío Antonio no esperó a que Mariana abriera aquel nuevo presente, una caja de lápices de colores. La alzó del suelo y le preguntó:

—¿Has visto nuestro regalo? Vamos, asómate por el mirador.

Abandonó los lápices y la muñeca encima de una silla y corrió hasta la cristalera, retiró un visillo y contempló el caserío vasco-francés, donde le esperaban su madre y Ander.

Acompañé a la abuela de visita a la casa de muñecas. Mariana estaba arrodillada en una de las dos habitaciones, donde mezclaba tréboles y margaritas en una cacerola de juguete.

—Os invito a comer –nos dijo a través de una contraventana adornada con el retrato de los enanos de Blancanieves.

—No cabemos ahí dentro –objetó la abuela con buen humor–. Será mejor que tus amiguitas coman por Rodrigo y por mí.

Mi prima había colocado contra la pared a todos sus muñecos, entre los que destacaba Peto, el payaso de trapo.

Reservó su fiesta de cumpleaños para el mismo día en el que Ander convidó por su primera comunión, a la que fueron invitados casi todos los personajes del valle. Entre la abuela y Carmen adornaron la capilla de Salaberría; compraron cirios nuevos y mandaron almidonar en el convento paños y manteles sagrados. Decoraron el altar con jarrones de los que surgían ampulosas hortensias en tonos malva, y cuidaron de que el terciopelo de los asientos para mis tíos y para el niño estuviese tan cepillado como el de los reclinatorios. Celebró la misa don Eustaquio, revestido con las viejas casullas de guitarra que se utilizaban en tiempos de tía San Roque.

Ander estaba muy guapo con el uniforme de marinero que le había arreglado la modista. A pesar de que era el mismo que había utilizado mi padre, parecía nuevo de tan blanco y bien planchado. Antes de que comenzara la ceremonia, subió al garaje para que el Txo festejara con unos dulces aquel día memorable, y el lobo le posó las patas sobre la pechera inmaculada, motivo por el que mi primo recibió dos bofetadas de su padre que le hicieron llorar, y hasta a tía Mayte se le escaparon las lágrimas, con lo que le había costado el arreglo del uniforme. Pero a medida que llegaban los invitados, tío Antonio consoló a su mujer y a su hijo con la promesa de una jornada plagada de regalos.

—No hay quien entienda a la gente mayor –pensé.

He de reconocer que, incluso con las huellas del Txo, lució el trabajo de la modista, con la que compartí mesa durante el almuerzo junto con Matamoros, que tras las primeras copas de vino la ruborizó con sus comentarios subidos de tono. También Carmen comió con nosotros, y por vez primera desde que llegué al valle la vi beber alcohol, aunque a hurtadillas de la abuela, que presidía la mesa principal junto con mis tíos, los niños y el tío Rodrigo, recién llegado de Barcelona. Las sobrinas del alcalde se sentaron con nosotros, sin otras galas en Ana más que aquel pantalón de dibujos geométricos, porque no traían en su equipaje de verano ropa para este tipo de ocasiones. Acompañaba a tío Rodrigo una mujer que ningún familiar conocía y que despertó las más ávidas miradas de la modista. El tío dijo que era una compañera de trabajo, pero me dio la impresión de que se miraban como si fuesen novios, aunque el jardinero me había contado que tío Rodrigo no era constante con las mujeres, y que se apostaba el cuello a que nunca se casaría. No durmieron en el caserío: llegaron antes del medio día y se marcharon al anochecer con un rumbo que no desearon desvelarnos. El tío se parecía tanto a mi padre que me acordé de él durante toda la fiesta. La abuela también le echó en falta, pues Carmen la sorprendió llorando en el mirador. Por una vez había logrado reunir a la familia en un día diferente al de Nochevieja, pero faltaba Julián, el hijo huido para el que no existía reclamo capaz de conducirle al valle.

—Me pregunto, Carmen –le confió la abuela, desconsolada–, si vendrá cuando me muera.

Carmen gimoteaba al relatarme aquella escena. Necesitó varios sorbos de vino para apaciguarse y, poco a poco, le subieron los colores, y un brillo melancólico empapó sus ojos.

En la capilla sólo hubo espacio para Ander, para sus padres, la abuela, tío Rodrigo y también para mí y para la cocinera, que parecía otra mujer con un elegante vestido color café con leche. Detrás de la puerta de metal, por el pasillo y por el zaguán de la casa, se acomodaron los demás invitados: Marieli en su carro de ruedas, el Cosaco, ataviado con una corbata vieja cubierta de lamparones, de pie al lado opuesto a Matamoros, que junto a su mujer y a sus hijos aún le miraba de malos modos. Por un día, el jardinero calzaba mocasines y lucía una camisa limpia. También estaba Bernardo junto a sus tres sobrinas, el del colmado con su hijo, aquel al que golpeé en el partido de frontón, la modista, la tía Concha con el mismo vestido del día de la Virgen, Rosario, el panadero y el médico, además de un puñado de chavales.

Sirvieron la comida los de la fonda, un almuerzo un poco serio, de confites y cremas según recetas que el encargado del restaurante había aprendido en Francia. Matamoros refunfuñó mientras desmenuzaba un pescado envuelto en tiras de puerro y zanahoria, bañado por salsas de colores.

—¿Y a esta mariconada le llaman merluza? Si da asco de sólo mirarla, una salsa roja y otra verde... Con razón oí decir que en la fonda se habían acabado los buenos tiempos de las alubias y el chuletón.

—Tú come y calla –le espetó su señora.

Ana me dio una patada por debajo de la mesa para que me fijara en la modista, que entre bocado y bocado no quitaba ojo a cada uno de los comensales que ocupábamos el porche de la piscina, como si quisiera archivar aquellas imágenes para sacarlas a examen en su casa.

La tarde anterior, llegó a Salaberría la familia de cómicos que había contratado el tío Antonio. Matamoros los condujo hasta un rincón del parque, donde levantaron el telón sujeto a un marco de madera alegremente pintado con rayas de todos los colores y decorado con estrellas de purpurina. Detrás del escenario dispusieron los baúles de sus *atrezzos*.

La función dio comienzo después de que la abuela brindara con champán por la felicidad de su nieto. Nos levantamos los invitados y seguimos a mis tíos, que caminaron hasta el teatrillo a través del parque. El jardinero había dispuesto unos sillones de mimbre frente al escenario, para que se acomodaran las personas mayores. Marieli me rogó que acercara su carrito hasta el lugar en el que se habían sentado los niños del pueblo, junto al listón curvo que delimitaba la pista.

Me fijé que allí donde se juntaban los dos cortinones del telón, se asomaban unos ojos que decidieron el momento para dar comienzo a la función: sonó un redoble de tambores grabado en una casete, y los artistas desfilaron al compás de un piano electrónico que manejaba con maestría una mujer grotescamente maquillada, que vestía un corsé plateado dejando a la vista sus flácidos muslos, mal disimulados bajo una malla. La melodía era conocida, la emitían todas las radios como la «canción del verano», así que el público no tardó en palmotear el ritmo feriante de aquella pianola. Los artistas saludaban con sus manos y sus sonrisas. Formaban la *troupe* un hombre cincuentón de blusa negra y pantalones y chaleco dorado, dos payasos calvos y llorones, y un chico de mi edad que tiraba de una cabra de mirada impasible que, cuando no sentía la tensión de la correa, agachaba su cabeza triangular para mordisquear la hierba. La mujer cerró el desfile dando una carrera de lado para recoger el aplauso del público.

La primera actuación fue la del hombre del blusón negro, que en un instante se había embutido un mono de lentejuelas con las perneras acampanadas. La mujer apretó un botón de su piano y comenzó a sonar una nueva melodía, a cuyo ritmo el malabarista caminaba para atrás y para delante mientras lanzaba y recogía cinco, seis y hasta ocho aros que después entregó a la mujer para hacer lo mismo con unos bolos de colores y, más tarde, con un juego de pelotas de tenis. No siempre atinaba al manejar tantos cachivaches a la vez, y los objetos caían al suelo. Pero entonces les daba una patada con el tacón de sus zapatos, y recomponía en el aire aquella lluvia luminosa.

El espectáculo de la cabra me recordó a los titiriteros que deambulan por las calles de Madrid y se detienen en las esquinas para hacer bailar al animal al son de una trompeta. En esta ocasión, el domador era el muchacho, que había añadido a su indumentaria una capa grana rematada por tiras de falso armiño. Colocó una banqueta en mitad de la pista y la cabra trepó sobre ella para hacer equilibrios encima de una tabla y de un rodillo. El malabarista apareció en escena, esta vez con pajarita y smoking rojo, para tocar varias canciones con un saxofón mientras el animal se tumbaba y rodaba según las órdenes del chico. A Marieli y a los pequeños del pueblo les hacía mucha gracia la cara enrojecida del concertista, que apretaba la barbilla contra el cuello para conseguir fuelle, pero reían por reír, porque se sentían en su papel de espectadores de circo.

Las carcajadas se multiplicaron con los payasos. Con sus batas largas y sus zapatos desproporcionados se daban tropezones por el parque. También chillaban, lanzando escupitajos sin querer y forzando las carótidas, que se les hinchaban cuando prorrumpían en un triste llanto que provocaba una ruidosa algarabía.

Como aquella actuación se alargaba, me levanté y bordeé la carpa. Al otro lado del escenario, el domador, sentado sobre una caja, se estaba maquillando el rostro con una barra blanca. La mujer sostenía un espejo de mano para que el chico se trazara bien los contornos de la cara, mientras fumaba manchando la boquilla con el exagerado carmín de sus labios. Ya no llevaba el corsé plateado, sino un quimono que dejaba a la vista buena parte de sus senos.

—¿Os importa si miro?

—Na –contestó tras observarme con los ojos perfilados por una línea azul y temblorosa.

En cuanto el domador terminó de embadurnarse de cera, ella abrió un cajón. Con el pitillo en un extremo de la boca, me dio la espalda y se puso unos pantalones bombachos y un chaquetón. De una caja sacó una nariz roja que no alegró su amargo aspecto, y un mostacho peludo aún más agraz, que poco ayudaron a darle simpatía. Salieron al escenario e imaginé sus jornadas de acá para allá tratando de vender un poco de ilusión, con las cajas de malabares, los baúles de disfraces y aquella cabra. Sentí lástima, hasta que, desde el otro lado de la pista, me llegó la risa cálida de Ana.

CAPÍTULO XI

A mi abuela, aunque aparentara estar conforme con las circunstancias de su vida, le gustaban las manifestaciones revolucionarias. No sólo su colección de libros censurados eran muestra de ese talante arriesgado, sino su decisión de no abandonar el caserío de Salaberría hasta el momento de su muerte, y eso que los tíos y mi padre le habían animado a vivir en una residencia de ancianos junto al mar, donde disfrutaría de comodidades ajenas a la vieja construcción del valle, que sufría año tras año el rigor del invierno: goteras y corrientes de aire. Pero ni siquiera la promesa de la compañía humana animaba a mi abuela a cambiar de decisión, porque en el pueblo se sentía dueña de su libertad, a pesar de tantas horas que pasaba sola.

Los tíos y Mariana se marcharon a Bilbao al día siguiente de la primera comunión. Ander se quedó unos días más, hasta que empezaron las clases en su colegio, que por seguir el sistema escolar británico comenzaban a principios de septiembre. Sin la niña y, sobre todo, sin la presencia escrutadora de tía Mayte y de tío Antonio, la abuela permitía que le acompañáramos a su habitación mientras repasaba los libros de cuentas. Incluso nos dejó fisgar en alguno de sus armarios, en donde encontramos una colección de discos de América del Sur, verdaderos alegatos contra las dictaduras militares del continente al son de milongas, zambas, chacareras, tangos, valses peruanos y cuecas. Bajamos al salón con aquellos cuyas portadas nos resultaron más atractivas, y entre ellos preferimos un álbum argentino en el que un gaucho entonaba una canción muy hermosa que narraba la amistad de un chiquillo con un canario que le deleitaba con su trinar, hasta que una mañana se lo encontró muerto en la jaula y comprendió que el canto era un lamento por no poder volar sobre cielos y paisajes. El entierro del ave eran los versos que más nos gustaban del poema, pues el niño metía al canario en una caja de lápices de colores y después lo enterraba en el jardín, junto a las raíces de un nogal. Ander y yo nos imaginábamos la escena en el parque de Salaberría, y suponíamos que la caja de los lápices era la misma que la abuela le había regalado a Mariana por su cumpleaños. Ander puso el disco una y otra vez, hasta que se aprendió la letra de la canción.

—Abuela, ¿por qué el niño había enjaulado al canario? –le preguntó durante el almuerzo–. ¿No sabía que se le podía morir?

La abuela le miró con ternura.

—No. No podía imaginarse que le estuviese matando la soledad, y suponía que aquel trino tan melodioso se debía a la alegría del pájaro por la llegada de la primavera.

—Pero, si no era feliz, ¿por qué cantaba?

—Supongo que desde la jaula veía los árboles y las montañas, que le traían el recuerdo de cuando volaba libre. Cantando, le agradecía a Dios por la belleza del mundo.

—Entonces, si el chico lo había enjaulado, es imposible que lo quisiera y llorara de pena durante su entierro.

—Claro que lo quería, porque los colores del canario alegraban aquella casa, que sin el ave era silenciosa y triste. Un poco como Salaberría el día que os marchéis. Echaré de menos el ruido de vuestros pasos y vuestra conversación.

En ese momento, el Iru entró en el comedor con las patas ennegrecidas de barro, pues afuera llovía.

—A éste sí que no lo echaré de menos –comentó la abuela, diluyendo su melancolía–. Es tan golfo que de seguro no le canta al cielo ni le agradece a Dios por haber creado el mundo sobre el que se restriega las pulgas. El día que muera no verteré una sola lágrima en su honor.

—Ni tendrás una caja de lápices de su tamaño –concluyó Ander.

—Ni permitiré que lo entierren bajo ninguno de los nogales del parque. Es capaz de fastidiar hasta después de muerto, y sólo nos falta que envenene las nueces.

El perro lanudo alzó la cabeza y las orejas, con los ojos clavados en los platos. Matamoros chilló su nombre desde la calle, pero el Iru se acercó con cierta prevención hasta mi primo, por si conseguía algunos restos. El jardinero volvió a chillar, añadiendo un taco a su voz grave. El can dudó unos momentos, aún con el hocico apuntando hacia el niño, pero se marchó, arañando las tablas del suelo con sus garras.

Cuando la abuela bebía su infusión después del postre, golpearon la aldaba de la puerta. Era Piolo, que traía una hogaza rellena con chorizos y huevos cocidos, como presente de agradecimiento por la fiesta en honor a Ander. No fue el único de los invitados en sorprendernos con alguna golosina: Rosario envolvió con papel de Tabacalera unas latas de piña en almíbar, y Marieli envió a uno de los niños que solían acompañarla, con una caja de pastas de la más prestigiosa pastelería de Bilbao. La modista se despachó con unos dulces de coco que ni siquiera le apetecieron a Carmen, y que terminaron en la escudilla del Txo, que sólo hizo ascos a un salchichón que trajo el Cosaco y que, por rehusarlo, la cocinera tiró a la basura.

Bernardo y sus sobrinas nos hicieron una visita a media tarde, con una bolsa de albaricoques maduros. El alcalde besó con galantería la mano de mi abuela. Les dejamos charlar mientras Ander, Amaya, Ana, Paloma y yo investigábamos en la pradera donde habían estado instalados los artistas, por si habían olvidado algún cachivache entre la hierba mojada.

Los primeros días de septiembre nos reuníamos por las noches en la piscina del palacio del alcalde, o en las escaleras de la pesquera, que a la luz de la luna resultaba aún más evocadora de la gloria que en años pasados se había disfrutado en el valle. Bernardo nos acompañaba durante un rato. Se divertía con la narración de mis peripecias en los colegios de Francia e Inglaterra. Sobre todo, disfrutaba con los apellidos de mis compañeros, pues le atraía la aristocracia y el dinero, viniesen de donde viniesen. Aunque traté de desmitificarle a los hijos de los millonarios indios, mexicanos, persas o turcos, veneraba esos apellidos como si de ellos se desprendiera algo mágico, y me quitaba la palabra para imaginarse en voz alta cómo sería la vida de los padres de esos muchachos.

—Si les trataras, alcalde –le contradije–, descubrirías que no son tan felices como parece. Sufren como nosotros y, cuando les toca morir, se mueren.

—Me pregunto, querido Gárate, por qué te vienen a la cabeza aseveraciones tan luctuosas.

—A mí no me importaría que mi padre fuese el inventor de la Coca-Cola –Paloma le quitó la palabra a su tío.

—Pues yo estoy con Rodrigo –intervino Amaya–. En las revistas sólo lees que los multimillonarios se divorcian y se vuelven a divorciar. Y, claro, por muchas sonrisas que pongan delante de las cámaras, un divorcio es un fracaso importante para una persona.

—Yo no me cambio por ninguna estrella –añadió Ana, tajante.

—Bueno, dejadme hablar, trío de cotorras –Bernardo elevó la voz–. Le decía a Rodrigo que no entiendo por qué hace esos comentarios tan luctuosos sobre la muerte de sus compañeros; ni que fueran chinches. Y aunque yo tampoco cambiaría esta casa destartalada por una mansión en las colinas de Hollywood, me gusta soñar, y de vez en cuando sueño con un palacio de mármol en un oasis. Pero, vamos, Gárate, explícate.

—Sabéis que mi padre me mandó a estudiar a un internado cerca de Burdeos, un colegio selecto por el que han pasado los hijos de importantes políticos y artistas. Por los alrededores abundan policías secretos y guardaespaldas que pueden solicitar la documentación a todo aquel al que encuentren sospechoso de rondar el internado con malas intenciones. Más de una vez he asistido a la caza y captura de un fotógrafo indiscreto dispuesto a retratar a un mal estudiante de ilustres apellidos.

—Interesante –murmuró el alcalde.

—Durante unos meses compartí mi dormitorio con el hijo del Primer Ministro de Honduras, un gordito mimado que no sabía administrarse la paga quincenal que le mandaban desde su casa, y se veía en la necesidad de pedir prestado para comprarse sus caprichos. En la habitación de al lado dormía el hijo de Julie Morton.

—¿La actriz inglesa?

—En efecto, Bernardo. Soy incapaz de llevar la cuenta de las veces que su madre se ha casado, pero sé que nunca se molestó en hacer una visita a su hijo, ni mucho menos le escribió una carta. Se justificaba con un giro semanal de dinero, mucho dinero, con el que el chico prestaba al gordito de honduras para cobrarse intereses más adelante. Presumía de fumar marihuana los domingos, y sé que inició en el vicio a más de un compañero de clase. Con él vivía un chaval árabe, el más rico de aquella colección de millonarios. Una mañana nos despertamos con los gritos del inglés, que pedía socorro, pues su vecino de cama había amanecido muerto. Corrí a verlo con cierta ansiedad, pues nunca había estado delante de un cadáver, y lo descubrí medio tapado por las sábanas, con la boca y los ojos abiertos. ¿Sabéis lo que me vino a la cabeza?, que Talvir se había muerto como un día me moriré yo, como nos moriremos todos. Mira que presumía de su situación, del lujo de estrenar todos los días ropa interior y camisas nuevas, de tener el reproductor de música más grande de todo el colegio, y de volar a su país en *jet* privado muchos fines de semana mientras los demás permanecíamos encerrados entre los muros del internado. Estoy seguro de que ni él ni su padre habían contado jamás con la fatalidad que se avecinaba, y eso que sufría una diabetes. Y sí, volvió a los Emiratos en el avión de la familia, pero dentro de una caja de aluminio.

—Uf –suspiró Paloma–, se me ha puesto la piel de gallina. No hables de esos asuntos de noche.

—¿Crees que cambian las cosas bajo la luna? –le preguntó Ana–. El muchacho murió pese a creerse el rey del mundo, eso es lo que importa.

—Bueno, queridas sobrinas –terció Bernardo–, reconocedme que, al menos, un enterramiento entre alfombras persas y arena fina tiene su encanto.

Le observé con asombro.

—Es una broma, no te enfades, joven Gárate. En el fondo, el dinero no me atrae. Lo que me parece romántico es la decadencia de las fortunas, como la mía, pues mantengo las fachadas –señaló al palacio sumido en la oscuridad– gracias a los esparadrapos que sostienen las paredes del interior. Ojalá fuera rico, pero un millonario elegante que no necesitara aviones, porque esas parafernalias son propias del mal gusto, de toda esa gente que vive en el mañana, con prisas, sin detenerse a disfrutar del momento. Si de pronto dispusiera de unos millones, antes que nada restauraría esta casa, aunque cuando muera mis herederos la venderán, y sería el nuevo comprador el que disfrute mi inversión. Pero el palacio posee mucho encanto, y recobraría el esplendor de su personalidad si contara con los medios de hace treinta o cuarenta años: doncellas de servicio, jardineros diplomados en París, mozos para las cuadras, animales, coches de tiro...

Bernardo tenía razón, aquel lugar era el escenario ideal para una novela de corte romántico, un episodio barojiano en el que se mezclasen el amor y la aventura montaraz. Yo sería un militar huido del frente, refugiado en el Viquirrio, y Ana mi amada, la sobrina del alcalde, a la que habrían prohibido encontrarse conmigo. Sólo por la noche, saltando el muro de la pesquera, podría cruzar el parque sin ser descubierto, y en la mesa de piedra, al abrigo de las hojas del roble, nos encontraríamos para besarnos e intercambiarnos palabras de amor.

Unas tardes antes, mientras jugaba al croquet con mis amigas junto a los árboles de la pesquera, descubrí que Amaya había grabado con una navaja, sobre la corteza de un melocotonero, el nombre de un zagal del valle. Se puso como un fresón cuando advertí el hallazgo, jurando y perjurando que escribió aquel nombre el verano anterior y que hacía muchos meses que lo había borrado de su memoria.

—Le ha salido un bigote horrible, una pelusa como de pescadero, y durante este invierno se le ha llenado la cara de granos –argumentaba frente a Paloma y Ana–. Os lo regalo.

Mientras las chicas se acicalaban en el palacio antes de salir a la fonda, palpé con los ojos, centímetro a centímetro, cada tronco del bosque de frutales, por si encontraba alguna inscripción de Ana. Allí estaba, en el árbol más apartado, pero alguien había raspado el nombre con nuevas cortaduras, y se encontraba ilegible. Supuse que rechazaba un antiguo amor, y me sentí lleno de gozo. Más arriba había otros nombres, secos y confundidos con las dobleces de la madera. Eran los que las madres de Ana, Paloma y Amaya habían confiado a los melocotones veinte años atrás.

En Salaberría, con una emoción que no lograba controlar, puncé la corteza y la madera húmeda de un ciruelo junto a la tapia del convento, para inmortalizar el nombre de mi amada a hurtadillas de Matamoros que, de descubrirme, podría haberme sesgado el corazón. Durante las noches en el jardín de mis amigas, amparado por la oscuridad, no había ojos capaces de delatar mis miradas a Ana. Cada vez me gustaban más sus pestañas rizadas, su nariz diminuta y la vitalidad de su risa.

En una de aquellas tertulias nocturnas sólo hablamos del miedo, porque ETA acababa de asesinar en el valle a uno de sus secuestrados. En el momento del rapto, ocurrido en Vitoria unas semanas antes, no intercambiamos ningún comentario, ya que ese tipo de violencia formaba parte de la monotonía del país. Lola me había descubierto, en una de sus largas cartas, que cuando aún vivíamos con la abuela, la banda terrorista había asesinado a un amigo de mi padre. Desde que llegué al valle sospechaba que aquel amigo fue alguien del pueblo. Lo intuí cuando la abuela me explicó que mamá descansaba de los tratamientos hospitalarios en los jardines del duque, junto a la plaza.

El duque, por boca de la abuela, de Bernardo Zabala, de Matamoros, de Carmen, de las sobrinas del alcalde, estaba muerto, misteriosamente muerto. Entonces supe que lo asesinaron y que aquel crimen sucedió semanas antes de que mi madre muriese. Desde entonces, su palacio permanecía cerrado a cal y canto, a pesar de que el jardín fuera uno de los mejor cuidados de la región.

El último secuestro de ETA se resolvió en las montañas. Un pastor de ovejas descubrió a la víctima, un empresario, con un disparo en la nuca y maniatado a un árbol en las praderas del Viquirrio. Un charco de sangre seca había alertado al ovejero, aunque todo se supo por declaración de la policía, ya que el pastor prefirió no aparecer ante los periodistas por miedo a represalias de la banda. Los habitantes del pueblo quedaron cohibidos durante una semana por el terrible suceso, y casi nadie se atrevió a responder a los reporteros que husmeaban en busca de información. La tarde del descubrimiento del cuerpo del empresario, las calles estaban vacías, como si acabara de pasar el Ángel Exterminador.

—No tenemos ni idea –sentenció Bernardo aquella noche en las escaleras de la pesquera, golpeándose la punta de los zapatos con la cabeza de su bastón–. No tenemos ni idea. Pasarán los crímenes, los atentados, las intimidaciones a la gente de bien, y aún no sabremos cómo reaccionar. El terrorismo es un corcho que un día lanzamos al mar para que se lo tragasen las mareas, pero las olas nos lo devuelven, como hoy. La reacción en el valle ha sido parecida al día que encontraron el cuerpo del duque. Entonces comprendí que había empezado una lucha a sangre, una lucha sin vencedores ni final. Al duque también le abandonaron en el monte, con la misma ropa que llevaba el día en que desapareció, ¡dos meses antes! La mañana del secuestro me lo encontré en la fonda, pues teníamos por costumbre citarnos allí los sábados al medio día para tomar un aperitivo. Tu padre y tu tío Rodrigo nos acompañaban en aquella copa matinal, hasta que Isabel enfermó.

Ana apoyó su mano en mi hombro.

—En la barra del bar organizábamos la partida de cartas para la tarde. Durante el invierno, jugábamos en el caserío de Salaberría, donde tu abuela había dispuesto una mesa con tapete en el mirador, mas en cuanto llegaba el buen tiempo nos citábamos en el palacio del duque o en la mesa de piedra de este jardín; no sé si se la habéis enseñado a Rodrigo... Aquel sábado, tu padre no podía jugar porque Isabelita presentaba algunas molestias y necesitaba atención constante, así que suspendimos la partida y el duque me convidó a visitarle después de las cinco, pues tenía interés en que yo viera unas flores que había cultivado en su invernadero. Bajamos juntos desde la fonda hasta nuestras casas, charlando de lo divino y lo humano, como de costumbre. Nadie sabe cuándo ni dónde le apresaron –guardó un instante de silencio y escuchamos chapotear a una rana en una de las pozas–. Uno de sus hijos vino a casa a la hora de la siesta, y aporreó la puerta hasta que me quité la manta de encima y me levanté del sofá. Estaba preocupado porque su padre no había acudido a almorzar, un comportamiento extraño en el duque, pues era un hombre metódico. Aunque le aseguré de que nos habíamos despedido en la puerta del jardín de su palacio, pensamos que podría habérsele ocurrido dar una vuelta por el camino de los manzanos hasta el río, donde pudo haber trastabillado y golpearse la cabeza con una piedra; conjeturas que nos hacíamos con tal de no aceptar la más probable de las razones. Unas horas después recibieron la llamada de los terroristas exigiendo un rescate que la familia no podía reunir. Sus hijos me pidieron ayuda, porque por entonces yo andaba enredando en la política que me ha conducido hasta este ayuntamiento, y juntos buscamos por la casa algún indicio de extorsión que el duque les hubiese escondido para no atemorizarles. Aparecieron unas cartas de amenaza en uno de los cajones secretos de la mesa de su despacho. Esas misivas respondían a la manera habitual con que ETA se comunica para exigir un chantaje económico. El duque fue un tío valiente, según entendimos por los escritos de los terroristas, pues ni les pagó un duro ni huyó de estas tierras, consciente de que no hemos nacido para doblegarnos ante la amenaza. Durante los meses del secuestro, realizó una última gallardía al enviar a su familia un mensaje que desde entonces me acompaña como ejemplo de lo que es un hombre cabal. «Queridos hijos –comenzó a recitar de memoria, entornando los ojos–, me encuentro muy fortalecido en el espíritu, ya que la adversidad me ha unido más a Dios. Le doy gracias por ello y acepto plenamente cuanto pueda disponer respecto a mí. No pensemos sólo en prolongar por unos pocos años más nuestra vida perecedera. Con tanta soledad me refugio en la oración, y recibo paz desde el cielo. No os preocupéis por mí, que estoy en las manos del Padre. Perdono a los que me ofendieron y pido perdón a cuantos pude ofender».

Bernardo prendió un cigarro y la llama del encendedor le iluminó el rostro, provocándole ángulos cortantes de sombra.

—Apareció en un arroyo, medio oculto por los helechos. Fue la venganza de sus asesinos por no haber satisfecho su demanda, una ristra de millones con los que continuar matando. Tuve que reconocer el cadáver, un mal trago porque la bala le había destrozado la cabeza de tal manera que, cuando preparamos la capilla ardiente en la biblioteca del palacio, sus hijos exigieron que el féretro estuviese tapado. Después de aquella atrocidad pensé abandonar el valle, irme al sur con mi hermana, lejos de la pesadilla en la que acabábamos de entrar. Incluso tu padre, Rodrigo, después de lo de la pobre Isabel, me animaba a cambiar de aires y me ofreció su ayuda económica para lo que precisara. Pero cuando resolvía marcharme, paseaba por este parque o por los pasillos de mi casa, y venían a mi cabeza las generaciones de Zabalas que vivieron entre los mismos muros, y pensaba en el futuro, en mis sobrinas. La ira me quemaba de solo imaginar que el palacio pudiera estropearse a causa del abandono, herido de humedad. Entonces decidí quedarme pasara lo que pasara, resuelto a no aceptar ni el más pequeño de los chantajes, y aquí estoy, sin un duro pero con el consuelo de servir al pueblo desde el ayuntamiento. Con el tiempo me he convertido en un viejo solitario; nueve meses del año vivo con la única compañía de Platero, el mastín. Me entretengo entonces con el cuidado de los árboles y de los parterres, enterrando las semillas que en el verano lucirán en esplendorosas flores. Dentro de unas semanas, cuando vosotras os marchéis a la ciudad, prepararé la casa para el frío, chapucillas aquí y allá, que en este casón nunca faltan. Ordenaré el camarote, como todos los años por estas fechas, y taparé alguna gotera. Dios me dispone la mejor vejez que podría soñar, porque me gusta el pueblo, aunque sienta una punzante melancolía al ver cómo se va quedando sin parroquianos. Todo en la Historia se acaba, y el valle es mi historia.

Cuando terminó de hablar, sentí tristeza por Julián Gárate, mi padre. El alcalde había expuesto la sencillez de su vida, por encima de la angustia y de los desgarros. En cambio, papá era un fugitivo que huía, desde hacía muchos años, de todo aquello que le hizo daño.

CAPÍTULO XII

Paloma nos propuso jugar al escondite en el cementerio cuando rayaba el atardecer. El camposanto está retirado del pueblo unos cientos de metros, y se llega hasta allí por el camino de la ermita de la Virgen de Isasi, que parte de la trasera del frontón y surca unos campos de zarzales en los que nadie recolecta moras, por un temor inmemorial a que las plantas se alimenten de las secreciones de los muertos. Es un cementerio pequeño y cuadrado, rodeado por una tapia de piedras oscuras, al que se entra a través de un portón flanqueado por dos ángeles que, de rodillas, saludan con gesto compungido a los nuevos féretros que pasan a formar parte de su guarida. Una cadena anudada a un portón de hierro impedía el paso fuera de las horas de visita.

Cuando salté la tapia de la pequeña necrópolis sentí un hormigueo helado por las piernas, efecto de la emoción de haber entrado en un lugar prohibido. Ayudé a bajar a las chicas. Una vez todos estuvimos dentro, tanteamos con los ojos aquel solitario lugar. Amaya protestó:

—Paloma, menudas ocurrencias tienes..., jugar en el cementerio. Si nos descubre Simón, el enterrador, no tardará en saberlo todo el pueblo, y el tío Bernardo se llevaría un disgusto; ya sabes lo que dice...

—«... que tenemos que ser ejemplares, porque representamos al ayuntamiento» –declamó Paloma con aire de desprecio–. Cierra la boca, agorera.

—Qué pesada te pones, Amaya –añadió Ana mientras se ataba los cordones de sus sandalias–. ¿Cuántas veces le has oído a la tía Concha decir que Simón está mal de los huesos, y que en cuanto cae la tarde se encierra en su casa para calentarse junto a una estufa? Al enterrador, lo último que le apetece es venir a pasear entre estas tumbas a la hora que sube la humedad del río.

—¿La gente viene de paseo al cementerio? –preguntó Paloma con inocencia.

—Otra que no se entera ni de que hoy es domingo. ¿Cómo se va a venir de paseo a este lugar tan triste? Simón lo hace porque es su trabajo, cuando tiene que limpiar los panteones o se muere alguien del pueblo.

—¿Quién ha muerto? –se interesó Amaya.

—Vais a acabar con mi paciencia. ¿Has visto, Rodrigo, qué desperdicio de neuronas?

Ana me hizo reír.

—Bueno, no hace falta que te pongas así –se justificó su prima–, un despiste lo tiene cualquiera, doña sabelotodo.

Ana fue la primera que tuvo que encontrarnos. Contaba en voz alta y con los ojos cerrados contra la tapia, mientras los demás buscábamos un escondite. Había algunos huecos vacíos entre los nichos, pero me repelía refugiarme en el lugar que algún día ocuparía un ataúd. Además, muchas de las tumbas de alrededor estaban adornadas con chapas que reproducían la fotografía del difunto, cuya mirada parecía vigilar mis intenciones. Así, mientras seleccionaba un escondite que no molestase demasiado a los muertos, descubrí que todas las familias de abolengo tenían su enterramiento particular en una ancha avenida, apartada de las calles dedicadas al resto de los habitantes del pueblo. El de los Zabala reproducía, a pequeña escala, un templo gótico con su torre ribeteada con cresterías que asemejaban llamas, coronado por un tejado en forma de capirote, con sus arcos ojivales, los contrafuertes que sujetan las paredes rosáceas tapizadas –en algunos lugares–, por manchas de musgo negro, y la sucesión de delicadas columnas que reforzaban la fachada. Me asomé a la reja del portal, labrada con filigranas, y vi las losas de alabastro que sellaban las tumbas, donde me pareció adivinar los nombres de los bisabuelos y los abuelos de mis amigas.

El cuerpo de Ana estaría allí algún día, ahogado bajo los bloques de piedra. Escuché entonces su voz, que rompía el sacrosanto silencio de aquel lugar mientras terminaba de contar a gritos hasta el número cien. Observé el panteón, cuyo arco de entrada estaba galoneado por una cinta de piedra sobre el que cincelaron un mensaje evangélico de esperanza, y me sentí como un personaje de novela, un caballero de la antigüedad que ha surcado mil peligros para encontrar a su amada, sufriendo guerras y traiciones, naufragios y robos, sostenido por la esperanza de un abrazo, de un beso que le compensará todos sus dolores. Pero al llegar a la aldea en la que, antes de partir a la conquista, había amado a la doncella, descubre que su reina es un cuerpo que se pudre bajo la tierra. Y dispuesto a seguir una tradición del medievo, el soldado posa su espada sobre el túmulo que encierra la totalidad de sus sueños, y se presta a velar en oración junto a la tumba días, semanas, meses, años..., toda una vida, hasta que el capricho de la muerte se decida a unirlos por siempre en el cielo.

—... ¡Cien! –gritó Ana–, ¡voy a buscaros!

Estaba embelesado con mis pensamientos, los ojos perdidos en la penumbra de aquel pudridero. Mis manos apretaban los barrotes que un día separarían a Ana de la vida. Su risa, la juventud que tanto ardor me provocaba, todo su yo se perdería bajo la tierra. Pensé que algunas personas no pueden morir, que mi abuela, mi padre, Matamoros, Bernardo, mis amigas, Lola..., deberían ser eternas. Ana no tenía sitio en aquel panteón gótico que sus antepasados construyeron para esconder los huesos de la familia.

—Rodrigo, ¡te encontré!

Me fijé en su rostro, encendido de vida.

—¿Qué te ocurre?

Aquel portón de hierro al que me agarraba era mentira, la más grotesca de las mentiras de nuestros quince años.

—Nada. Aún no he encontrado un escondite.

Como fui el primero en ser descubierto, me tocó jugar a policía en el siguiente turno. Conté hasta cien y comencé a pasear entre las calles y los cipreses, bajo las sombras y las luces de penumbra de aquella hora. Encontré a Paloma apostada tras la escultura de un arcángel.

—¿Te has fijado? –le advertí–, éste es el panteón de mis antepasados.

La muchacha se turbó al leer los nombres de la lápida: el de mi abuelo Rodrigo, al que llevó a la tumba una enfermedad tropical, el de tía San Roque, enterrada con aquel beato apodo, y el de Isabel, mi madre.

—Hacía muchos años que no me encontraba tan cerca de mamá –comenté.

—No sabes cuánto siento este descuido –balbuceó Paloma con lágrimas en los ojos.

—Vamos, no seas tonta. Sólo faltaba que, además de encontrar un buen escondite, tengas que elegir los muertos entre los que te ocultas.

—Es tu madre, Rodrigo. No está bien que nos divirtamos aquí –cruzó los brazos y encogió los hombros como si tuviera frío.

—Tienes razón –reconocí–. Tampoco es agradable caminar solo por el cementerio en vuestra búsqueda. Además, la noche está cayendo. Te propongo otro plan, por qué no aprovechamos los últimos rayos del sol para hacer una excursión arqueológica; así sabremos quién está enterrado en cada tumba.

—Con una condición –objetó Paloma.

—Tú dirás.

—Que recemos un Padrenuestro cada vez que nos detengamos a curiosear un nombre.

—De acuerdo. ¡Amaya!, ¡Ana!, se terminó el juego del escondite.

La luna ganó al sol y el contorno azul de los montes quedó recortado por los rayos de septiembre. Con la llama de un mechero fuimos iluminando los lugares donde habían sido enterrados los habitantes del pueblo. Además de descubrir los nombres y apellidos de los padres y abuelos de buena parte de los personajes que a diario saludábamos, pasamos frente a los huecos que aguardaban los despojos del farmacéutico, del panadero, del dueño de la fonda..., y me pregunté qué sentirían al tener la tumba preparada, conscientes de que serían inhumados en uno de aquellos agujeros. El panteón más suntuoso era el de Juana de Arbaiza, con representaciones en piedra de indios del Nuevo Mundo, plantas y flores carnosas. Al rato, cansados de pasear y rezar, nos sentamos en la tapia del camposanto para fumar unos cigarrillos.

Unos días después de aquel juego por la necrópolis, llegaron los gitanos a la plaza. Traían un tiovivo, casetas de tiro, remolques en los que freían buñuelos, churros y rosquillas, y una tómbola repleta de juguetes baratos y peluches; se celebraban las fiestas del Beato Damián de Isasi.

Los gitanos instalaron las barracas en los lugares que les iba señalando la corporación de fiestas, presidida por Bernardo Zabala y compuesta por Manolo Matamoros, Julio, el cartero, el médico y Antolín, uno de los jardineros del duque. La comisión debía asistir a cada uno de los eventos de aquellos días, prender los fuegos artificiales de media noche y velar por el orden público.

Se organizaron peleas de carneros en las campas del Pontón, donde los ganaderos del valle lucieron los ejemplares con mejor planta de sus rebaños. Según Matamoros, para apostar a favor de un borrego había que examinar primero cada ejemplar, en especial los cuernos, que debían ser recogidos y apretados para que los golpes fuesen contundentes. Jugó por el macho que traía un pastor del pueblo vecino, un animal corpulento de rizados vellones, con patas recias y pezuñas endurecidas de subir y bajar las cumbres de pedrisca.

—Es un asesino –me explicó mientras se frotaba las manos pensando el dinero que estaba a punto de ganar–, se le ve en los ojos. No hace tres meses que en Durango mató a dos carneros más grandes que él, y se llevó la medalla de la Diputación.

Me fijé en la mirada del animal, tan acuosa y estúpida como la del resto de su especie. Su dueño le había atado una cuerda al testuz para sujetarle, pues cada vez que vislumbraba otro carnero alzaba el cuerpo a empellones, resoplando y llenándosele la boca de espumarajos.

Las campas del otro lado del río estaban atestadas de público llegado de varias provincias limítrofes. En una mesa rodeada de bocazas y representantes del ganado, se inscribían y se pagaban las apuestas. Los jueces examinaron a los animales antes de ordenar a la gente que despejara el herbazal en el que tendría lugar el combate. Cada pastor sostenía su borrego a ocho metros de las otras bestias que competían por la escarapela verde y roja del pueblo.

Un disparo señaló el comienzo de la primera lucha, y en la multitud se hizo un expectante silencio hasta que chocaron las cuernas de los animales en un golpe seco que resonó por todo el valle, subiendo por las laderas de las montañas. Bastaron doce envites para que el borrego del pueblo vecino descordara a su contrincante, que se agitó sobre la hierba moviendo las patas con los espasmos de un electrocutado. Me acerqué con Matamoros, ufano por el éxito de su apuesta, para felicitar al triunfador, que lucía la vitola sobre la lana esponjosa. Tenía desprendido un trozo de cuerna por el que brotaban unas gotas de sangre, gordas y densas.

A la tarde, en las mismas campas, hubo una competición de soga-tira entre los mozos de las diferentes barriadas del pueblo. Los de Salaberría nos enfrentamos a los de Zaldu, que tenían un muchacho alto y gordo al que colocaron en último lugar de la maroma y que fue capaz de tirar de su equipo y del mío, arrastrándonos sobre la hierba hasta que pisamos la línea que dividía el campo. También se celebraron carreras de sacos y un concurso gastronómico en una jornada al aire libre en la que mis amigas y yo tuvimos ocasión de mostrar nuestra falta de pericia para voltear una tortilla de patata sobre la sartén. Medio plato se derramó por el suelo, y a toda prisa tuvimos que componerlo, pues los miembros del jurado se acercaban de puchero en puchero hacia nuestra hoguera. Nos descalificaron por no freír las patatas antes de echar el huevo sobre el aceite caliente. Nunca había visto gestos tan graciosos en Matamoros, que escupió el bocado al sentir la presencia de la arena.

—La corporación de fiestas, aunque arbitra la mayoría de los festejos, es una excusa para vigilar a los gitanos de la plaza –aseguró Paloma mientras caminábamos a su casa a través de los manzanos del duque.

—El año pasado, los gitanos le robaron tres gallinas a Rosario –me explicó Ana–, y desbarataron la huerta de nuestro tío, que se puso como una fiera al descubrir las huellas de unos niños, los hijos de los feriantes con toda seguridad. Aunque no tenía pruebas, acusó a los gitanos, exigiéndoles que recogieran sus barracas y se largasen del pueblo.

—No me imagino a vuestro tío de semejante talante.

—Es su punto flaco, Rodrigo –intervino Amaya–. No soporta los robos. Una noche atracaron el banco, y los ladrones se llevaron sobre los hombros la caja fuerte para abrirla en un descampado, cerca del río. No puedes imaginarte la de indagaciones que pudo hacer, a pesar de que la policía se había encargado del caso.

—Aprovechando la hora de la siesta se acercó al río con un metro, para medir todas las huellas marcadas en el barro. Después, en cuanto se cruzaba con alguien lo primero que hacía era mirarle los zapatos –me contó Paloma.

La mañana en la que los gitanos instalaron las casetas junto a la iglesia, bajé con la abuela hasta la plaza. Me agradeció aquel paseo, pues tía Mayte acababa de recoger a Ander, que al día siguiente comenzaba las clases, y se sentía triste. Como no era frecuente que mi abuela paseara por el pueblo más allá de sus salidas a misa, desde el caserío hasta la fonda y desde la fonda hasta la plaza tuvimos que detenernos en numerosas ocasiones para recibir el saludo de unos y otros. En uno de tantos saludos, le anudaron un pañuelo azul al cuello, con el escudo del valle y una leyenda en euskera, símbolo de la desinhibición de aquellos días en los que abundaban los sombreros de cartón y las pelucas de colores sobre las cabezas de los paisanos.

Nos sentamos a la sombra en el pórtico de la iglesia, donde Marieli, la modista, tía Concha, Rosario y don Eustaquio seguían el movimiento de las charangas, que formaban cadenetas por la plaza al son de las bandas de aficionados. El ayuntamiento había instalado una caseta a modo de bar, donde se agolpaba la gente en aquella hora del aperitivo, fieles al reclamo del jugoso aroma de los chorizos fritos, del queso y de la morcilla de Burgos. Desde allí se acercó Matamoros hasta la iglesia, con una jarra de sangría y unos vasos.

—Invita la casa –anunció mientras repartía la bebida.

—Gracias, mono –a la tía Concha le chispearon los ojos.

—Ándate con tiento, Matamoros –le advirtió mi abuela–, que ya se te notan las copas que llevas encima.

El jardinero, encargado de la instalación del tendido eléctrico, que alumbraba no sólo la caseta del bar, sino un escenario para la verbena de la noche y el quiosco de música, chasqueó la lengua contra el paladar.

—Señora, entiéndalo... Sólo puedo resistir este calor si de cuando en cuando me refresco la garganta. Además, estamos de fiesta. ¡Que no se diga!

Animado por la música de la chirigota, alzó los brazos y dio unos pasos de jota delante de las mujeres, recorriendo el pórtico con aire de chufla.

—¡Ele!, ¡ele! –le animaba la tía Concha.

Se detuvo frente a la modista, a la que guiñó un ojo. Ésta hizo un mohín de desagrado que provocó en el hombretón una carcajada, sonora y grave, que reverberó por toda la arcada.

—¿No baila un poquito conmigo?

—Estás borracho –denunció la modista mientras giraba la cara–, y deberías ser un poco más respetuoso con tu esposa.

—Vámonos de aquí, que en vez de fiesta están de funeral.

El jardinero salió del porche y se acercó al quiosco, aún con los brazos en alto. Subió las escaleras de la pérgola y tomó una ristra de cables que pasó a través de la barandilla. Bajó las escaleras y se los llevó hacia la fuente del Sagrado Corazón en busca de una toma de luz.

Un grupo de niños gitanos llegaron hasta el pórtico para solicitarle al cura un puñado de tachuelas con las que grapar una lona.

—¿Por qué al cura? –le pregunté con discreción a mi abuela.

—Porque estas familias de feriantes llevan varios años viniendo a las fiestas, y saben que don Eustaquio es de los únicos que no les niegan nada. Él se surte unos días antes con algunas baratijas que siempre necesitan los gitanos.

Me levanté del banco de piedra para observar a los niños, que acababan de entrar en el templo junto al sacerdote. Sumergieron las manos sucias en un pilón de agua bendita, con forma de concha de Santiago, y se persignaron en una graciosa pirueta.

Las mujeres del escaño charlaban animadamente con mi abuela sobre las fiestas. Ella se remontó a las celebraciones de antes y después de la guerra, cuando los caminos no estaban asfaltados y no podían acercarse al pueblo tantos curiosos como ahora, llegados de las poblaciones de alrededor. Los gitanos, mientras tanto, abrieron sus atracciones, llenándose el ambiente con el bullicio de la tómbola, donde un hombre con voz cascada anunciaba a gritos los números y los regalos con los que tentar la suerte. En el remolque de los churros crecía una empalagosa humareda que olía a aceite y a manzana. También sonaban los golpes secos de los balines en la caseta de tiro. Al mismo tiempo, el Cosaco, que conocía cuál era el premio para quien echase una mano a la corporación de fiestas, engalanaba el paseo de los plátanos colgando de los árboles banderitas y guirnaldas de colores, con impaciencia por beberse el vino prometido a juzgar por la desigualdad de los adornos, que en unas ramas se apretaban unos contra otros, quedando las demás medio desnudas.

—¡Qué tonos los de la falda de esa gitana! –exclamó la abuela, que desde hacía un rato no quitaba ojo al tráfago de los buhoneros–. Me acuerdo bien de ella; se llama Raquel.

Quizá por herencia de tía San Roque, a la abuela le atraían las personas exóticas. Por lo que comentaban Marieli y la modista, me enteré de que el año anterior se preocupó de que los hijos de los feriantes comieran bien durante los días que permanecieron en el pueblo, permitiéndoles que se llevaran algunos frutos de la huerta de Salaberría. Los nómadas recordaban aquella generosidad y una chiquilla entró en el atrio para entregarle dos naranjas. La abuela le correspondió con unas monedas, y al poco nos rodeaba toda la chiquillería calé. Rosario se levantó del banco de piedra con el monedero asido con fuerza.

—Señora, yo que usted mediría la confianza con esos pequeños. Son unos zorros que no entienden de propiedad, y mañana puede llevarse un disgusto en su casa porque, como las culebras, se cuelan por todos los huecos.

—Por favor, Rosario, si son encantadores –la abuela besó a un pequeño sucio de mocos.

La estanquera frunció las cejas.

—Sé quién eres, granuja –le acusó señalándole con el dedo enfermo de artritis–. No se imagina a quién tiene al lado, señora. ¡Valiente golfo! Su hermana también es una ladrona, que el año pasado me quitó dos gallinas preciosas.

—Recuerde que no lo pudo demostrar.

—No me provoque, señora. No había en esos días de fiesta nadie tan pequeño como este mocoso, que una noche agujereó la portezuela del gato y entró en el estanco, desbaratándome el local hasta que dio con los cigarrillos, para después abrir la puerta a su hermana. Que lo sabré yo, señora; entre los dos me robaron los pollos.

—Y tú, ¿qué dices?

El muchacho miró a mi abuela con indiferencia, pero en cuanto se dio cuenta de que Rosario pretendía aleccionarle con un tirón de orejas, echó a correr entre los demás niños, que cerraron el paso a la estanquera.

Matamoros divisó la escena desde lo alto de un poste eléctrico. Entregó los cables al panadero, descendió, se quitó los guantes y llegó a la parroquia en dos zancadas.

—Largo de aquí, ¡ladrones! –voceó al cruzar el umbral del pórtico mientras espantaba a la chiquillería con el movimiento de sus brazos–. Esta vez os quiero lejos de mi señora y de mi jardín.

—Muy bien hecho, Matamoros –intervino la estanquera–. Yo que tú, empezaba a soltar estopa.

—Manolo –protestó la abuela–, haz el favor de estarte quieto.

El jardinero tomó aire en una larga bocanada hasta que se le amorató el rostro.

—Me lleva el demonio, señora –dijo con cajas destempladas–, que para un día que usted baja a la plaza, tiene que ser cuando estos desgraciados husmean dónde robar lo que los demás nos ganamos con el sudor de la frente. Hace mal en dejarse llevar por su buena fe, que no me desriñono en la huerta todo el jodido año para que unos pillos, venidos Dios sabe de dónde, me la malogren en tres jornadas gracias a su permiso.

—Cuide de esa lengua –exigió la modista poniéndose en pie–, que estamos en la iglesia.

—Usted, a callar, papagalla –le respondió el jardinero–. La iglesia, que yo sepa, ocupa del muro para adentro.

—No son malos chicos –opinó Marieli mientras se colocaba con el carrito entre mi abuela y Matamoros–. Dios los habrá hecho gitanos para que nos roben lo que deberíamos darles en justicia.

—Ustedes siempre arreglan las cosas mentando a Dios y, claro, como estamos tan cerca de Su casa, se sienten amparadas.

—¡Matamoros! –le espetó la abuela.

—Disculpe, señora, pero no comparto esa manía de alimentar a los vagos y a los maleantes a costa de mi esfuerzo. Se saldrá con la suya, sin darse cuenta de que les da la mano y ellos no sólo le arrancan el brazo, sino las calabazas y los pepinos más hermosos. ¡Me ca en mis antepasados!

—Por unos días que practiques la caridad no creo que se vaya a terminar el mundo.

—Si usted opina que trabajando en balde uno se gana menos infierno... Ojalá Dios le escuche.

—¿No va a hacer nada contra estos niños? –indagó Rosario un tanto decepcionada al ver que se apagaba la soflama del jardinero.

—Váyase a paseo o, mejor, contrate un guardia para sus gallinas. Yo me voy a beber un trago a la salud de todas ustedes. Rodrigo, ¿me acompañas?

—Ahora no –decliné por no dar a entender que estaba de su lado.

Se marchó enfurecido, y a punto estuvo de que el Cosaco perdiera el equilibrio.

—Sin avasallar, Matamoros –protestó el borracho mientras procuraba mantenerse en pie.

A las doce, después de las campanadas del ángelus, se congregaron en la plaza, enfrente del balcón del ayuntamiento, casi todos los habitantes del pueblo. Un muchacho ataviado con blusón y pantalones blancos, boina y faja encarnada, bailó un aurresku en honor al Beato. Después, Bernardo leyó el pregón pero, como no habían conectado los altavoces, apenas percibimos el rumor de su voz esforzada. Julio, el cartero, encendió la mecha del cohete que anunciaba el comienzo de las fiestas y la banda municipal rompió a tocar en el quiosco de música rivalizando con las charangas, que pretendían meter más ruido gracias a la fuerza de sus percusionistas. Cuando la comisión de fiestas consiguió acallar a las comparsas, la banda ofreció varios pasodobles. Bernardo fue el encargado de romper el fuego, pues sacó a bailar a una concejal del partido de la oposición, lo que fue celebrado con una lluvia de aplausos. La modista bailó con su amiga Felisa y Piolo invitó a su mujer. Se animaron otras parejas de hombres y mujeres, de mujeres solas y de niños. La abuela se deleitaba con la música y los bailarines, o eso me decían sus pies, que marcaban el ritmo del pasodoble.

—¿Quieres bailar conmigo? –le pregunté.

Dudó unos instantes, qué van a decir de mí, pero enseguida me ofreció su mano pecosa y descarnada. Nos acercamos a la pérgola y nos abrimos un hueco entre la gente. No tardaron en darse cuenta de nuestra presencia, y comenzaron a lanzarnos claveles a los pies. Algunas voces femeninas no mostraban rubor al festejar con piropos la audacia de la abuela, bailando después de tantos años y a los ojos de todo el mundo.

—No les escuches, Rodrigo. Sólo debes seguir la música. Vamos, así, muy bien... Uno, chan, dos, chan, tres, chan... –canturreaba para no perder el compás.

De nuevo sentí los huesos pronunciados de su espalda, la caja de sus costillas y la agilidad inesperada de sus piernas, que avanzaban como si en los pies tuviese ruedas. Terminó la pieza musical, pero no nos soltamos. Esperamos a que el maestro comenzara otro pasodoble. La abuela se estremeció al escuchar los primeros compases.

—Dios mío –susurró–, «Suspiros de España». ¿Te das cuenta, Rodrigo? Si tu abuelo viviese...

Separé mi cuerpo del suyo y vi cómo en sus párpados cerrados afloraban las lágrimas al tiempo que tarareaba la melodía.

—Ta-ra-ra-ra..., ta-ra-ra-ra..., ta-ra..., ta-ra-ra-ra-ra-ra-ra-ra...

—¿Por qué lloras?

—Por favor, no digas nada... ¡vamos!, cógeme otra vez... Ta-ra-ra...

Recorrimos la pista de adoquines de un lado al otro entre las parejas, que en vez de concentrarse en el baile se detenían a observarnos. Los pensamientos bullían en mi cerebro. Deseé por unos instantes ser el abuelo Gárate, besarla mientras bailábamos, decirle que aún la quería, aunque en mi conciencia pendía la duda de si aquel afán era bueno o malo.

Mi corazón sentía el gozo inconmensurable de poseer toda una vida para amar a Ana. Sin embargo, mi abuela apenas había disfrutado de su primer y único amor durante un puñado de años, porque la muerte había atajado esa pasión con el frío de un catafalco, con la humildad de doce paladas de tierra capaces de enterrar para siempre el rostro amado, con la enfermedad maldita, el tifus del trópico que, además de sesgar una vida, desgarró el alma de la abuela para siempre.

En el último acorde, Bernardo me cogió del hombro para que le permitiera bailar con la abuela el siguiente pasodoble, pues había ordenado al director de la banda que no cesara de tocar. Los ojos del alcalde estaban encendidos por la emoción, como los de Matamoros, al que no había visto llorar hasta ese momento; le caían unos lagrimones gordos como cuentas de rosario, pero que no compungían un ápice su gesto sereno, iluminado por el vino. Estaba en la primera fila del público, y en la mano le temblaba un vaso de chacolí.

—No seas jodido, niño –me rogó con un hilo de voz–, no digas nada. Al ver así a tu abuela el corazón se me encoge, Dios, como una patata dura.

Le agarré de su fornido brazo y contemplamos juntos los bailes de la abuela, que después de Bernardo fue invitada por Julio, el cartero, a un nuevo pasodoble.

Entonces descubrí que Ana estaba al otro lado del corro. Al tratar de sonreírme, le tembló la barbilla. Cruzó la pista y permanecimos apretados a Matamoros, sin decir palabra, hasta que el director clausuró la actuación de la banda con un fuerte golpe de timbal.

La abuela apenas probó bocado, y se retiró al mirador después de dar un par de sorbos a su manzanilla. No habló desde que subimos a Salaberría, y almorzó con la vista perdida más allá de los ventanales del comedor. Pensé que no deseaba que le preguntase acerca de las lágrimas de la plaza, porque aún le quedaba nostalgia a puñados en el corazón. Mientras subía las escaleras, supuse que había cumplido uno de sus más ansiados sueños: recuperar por unos momentos la intensidad de su juventud. Si mi padre, si tía Mayte o tío Rodrigo supieran lo que había sucedido aquella mañana...

Contagiado por la melancolía de mi abuela salí al jardín para distraerme. Pero la algarabía de la plaza se escuchaba también en Salaberría, y a cada sonido, a cada música, me venían a la cabeza las emociones del baile.

Bajé al palacio del alcalde en la bicicleta de Matamoros y pasé con Ana aquella tarde, escondidos en la mesa de piedra, ocultos por las ramas del roble centenario, que rozaban con sus hojas el suelo empedrado. Fue la primera vez que hablamos del final del verano, aunque despojamos nuestra conversación de todo sentimentalismo. Ana me describió a sus profesoras y compañeras de clase. Me habló de sus asignaturas preferidas y de su sueño de estudiar teatro.

Al caer la noche subimos al caserón para recoger a Paloma y Amaya. Nos acompañaron al ferial, donde comimos unos churros recién fritos. Nos reímos en las escaleras del quiosco, porque los cuatro nos habíamos quemado el paladar con el primero de los mordiscos. Al poco se nos acercó la gitanilla que había regalado las naranjas a mi abuela. Nos había visto bailar los pasodobles, y aseguraba que la abuela tenía «ángel», una gracia especial para moverse. Era una niña fea, de piel oscura, cejas espesas y sombra de bigote sobre los labios, pero sus ojos refulgían con un brillo de fiereza que limaba todos sus defectos.

—¿*Ande* vivís? –preguntó.

Paloma no se atrevió a señalar el palacio de su tío, y se inventó una casa fantasiosa en un pueblo vecino.

—Sé que mientes. Mal viento os acompañe.

Se levantó y se sacudió la falda antes de correr hacia la caseta de tiro.

—Me siento mal –confesó Amaya con un tono de voz lastimoso–. Pobre gente. Con saber que son gitanos les negamos la confianza.

—Es que tienen algo distinto –Paloma se golpeó la sien con el índice extendido–, pero es ingenuo pensar que, por mucha corporación de fiestas que el tío Bernardo haya organizado, los gitanos vayan a pasar por el pueblo sin birlarnos unas gallinas o unas docenas de peras. Por eso no me he atrevido a decirle la verdad.

—¿Qué queréis?, ¿permitirles cometer todos los hurtos que se les antojen? –les reprendió Ana–. Recordad cómo quedó la huerta el año pasado; se llevaron hasta el rastrillo.

—Y mi bolsa de pinturas, que la dejé olvidada en la piscina –añadió Paloma.

Me fui a cenar a Salaberría y quedé con mis amigas a las once, antes de que empezara la verbena. En la subida me crucé con mucha gente de los pueblos vecinos, las señoras arregladas como de domingo y los hombres recién afeitados, todos de camino hacia la fonda, que había ampliado su terraza con mesas alargadas y bancos corridos. Las comparsas de los jóvenes hacían congas por la carretera.

Al pasar por el bar vi a Matamoros apurando unos vinos con su cuadrilla. A su lado, un paisano tocaba el acordeón mientras cantaba. El Cosaco dormía la mona en el otro extremo de la terraza, los pantalones y la camisa sucios por el vino derramado. Me senté con el jardinero, que me hizo brindar para que Dios dispensara larga vida a la abuela y por mi padre que, según él, debería venir pronto al valle. Entre la sangría y los aperitivos, se me pasó la hora de la cena. La abuela no me esperaba, pues suponía que me iba a enredar con los festejos, así que me levanté de la fonda, un poco mareado, y regresé a la plaza.

El alumbrado hacía refulgir la fuente del Sagrado Corazón. Me senté en el borde de la tapia del duque, uno de los pocos lugares sombríos en la plaza aquella noche de cohetes y bombillas de colores. Un perfume a boj y a rosal me embriagó tanto como el alcohol. Cerré los ojos y pensé en Ana.

Me quedé dormido. Al despertarme, sorprendí a mis amigas al otro lado de la carretera. No se habían dado cuenta de mi presencia y, como el baile para los jóvenes había comenzado, Ana, Paloma y Amaya se divertían bajo las guirnaldas, bailando los ritmos modernos que una banda de guitarristas tocaba en el escenario. Los mozos del pueblo, envalentonados aquella noche de farra, se les acercaban con aire seductor. No me moví, permanecí sentado mientras observaba con orgullo cómo Ana les rechazaba con desdén.

CAPÍTULO XIII

Un aire misterioso, un espíritu invisible, anunciaba la llegada de mis últimos días en el valle. Las fiestas aún no habían terminado, pero la abuela decidió organizar su propia verbena, un homenaje al verano, como agradecimiento nostálgico por la felicidad de aquellas semanas. Pasó toda una tarde en el mirador preparando las invitaciones. Había comprado unos tarjetones de color crema, y con pulso tembloroso fue escribiendo el nombre de cada invitado junto a la fecha y la hora de la cita. Como el cartero tomó vacaciones hasta pasados los días del Beato Damián, le pidió a Matamoros que se acercara a Bilbao para depositar uno de los sobres en el buzón de mis tíos. El reparto del resto de las cartas me lo encargó a mí, que aproveché la mañana siguiente para distribuirlas por las alquerías y las casonas del pueblo.

Más que en ningún otro momento, ahora que podía contar con los dedos de las manos los días que me quedaban para volar a París, pasaba mucho tiempo con la abuela, incluso sacrificando una nueva excursión al Viquirrio, idea de Amaya para finalizar las vacaciones allí donde habíamos intimado.

En el mirador terminé el libro de Azorín al balanceo de una mecedora. Aquel ensayo cargado de soledad, que refleja la poquedad de la vida, me provocaba una dulce tristeza. Con el libro aprendí a apreciar las pequeñas cosas que en la gran ciudad me pasaban inadvertidas. Había descubierto la belleza de un jarrón de flores, de la luz de la mañana velada por una cortina o reflejada sobre la loza.

Mientras leía, la abuela escuchaba un canal de música clásica. La radio emitía solos para piano que lograban estremecerme, pues la magia de la música dibujaba sobre la pared el rostro y la sonrisa de Ana. Me dolía el pecho sólo de pensar en la distancia que, de ahora en adelante, nos iba a separar. Aquel verano había sido irrepetible, y a cada segundo me aumentaba la obsesión de que nunca más volvería a pasar mis vacaciones en el valle.

Durante las mañanas bajaba un rato a la huerta. Me divertía presenciar a Matamoros rastreando planta por planta en busca de algún indicio que delatara a los gitanos. Era la señal que aguardaba para armar la de San Quintín y sugerir al alcalde un bando con el que cerrar las barracas de la plaza. El Txo me acompañaba en los paseos, aunque seguía manteniéndose a distancia del Iru, siempre arisco junto a la pernera de su amo.

A pesar de que buscaba distracciones, dedicaba la mayor parte del tiempo a grabar en mi mirada cada rincón del caserío de Salaberría, donde había sido tan feliz. Pero el pensamiento se me escapaba sin remisión al palacio de Bernardo, porque todo me evocaba a Ana, desde la paz que se respiraba en la cocina cuando Carmen trajinaba con sus guisos, hasta el aroma que exhalaba el campo durante la noche, cuando abría de par en par la balconada para aspirar desde mi cama la mixtura de la hierba y de la tierra húmeda.

Una mañana Carmen me pidió que le comprara unas medicinas en la farmacia. Cuando estaba a punto de pagarlas, alguien a mi espalda habló de las sobrinas del alcalde.

—Anita tiene los ojos más bonitos del valle –opinó el farmacéutico.

Enrojecí sin quererlo, conmovido por esa confesión que me hubiera gustado proclamar a gritos, aprovechando los micrófonos del escenario donde por las noches tocaban los grupos musicales contratados para las fiestas. Aquel piropo que escuché al azar se me quedó grabado a fuego, y cada vez que me cruzaba con una moza le miraba a los ojos para confirmar en mis adentros:

—Los de Ana son mil veces más bonitos.

Pero había llegado el momento de despedirme de ella, al menos por un año, y esa realidad me retenía en Salaberría porque me asustaba escuchar de sus labios la palabra «adiós». La última tarde que la vi nos intercambiamos en la mesa de piedra nuestras direcciones. Papá acababa de llamar desde Francia para anunciarme que el encuentro de Florida había terminado y que se marchaba a tomar posesión de nuestra nueva casa, muy cerca del Sena.

—No puedes esconderte –dijo mi abuela.

Me quedé sorprendido.

—¿Perdona?

—Sí, Rodrigo. El verano está a punto de terminarse y Ana se va a ir en cualquier momento. Y, mientras, tú pasas los días leyendo en este mirador.

Nunca le había hablado de mis preferencias por Ana.

—¿No crees que te arrepentirás si permites que parta sin haberla visto de nuevo? –no le contesté–. Espero que no seas tan insensato como para quedarte aquí, acompañando a esta vieja momia. Las agujas del reloj de la vida siempre están pasando, no lo olvides, y para la mayoría de las cosas importantes no hay una segunda oportunidad.

—¿Sabes una cosa, abuela?

Me sonrió con expresión de curiosidad.

—Eres mi momia preferida.

Me levanté y le di un beso antes de salir corriendo hacia el garaje para coger la bicicleta.

De camino a la plaza me fijé una vez más en la belleza del valle: tan verde, tan cercano y tan inabarcable a la vez, con sus montes ondulados sembrados de pinos, robles y castaños y, a lo lejos, las grandes cumbres rocosas, moles de piedra asentadas desde una eternidad como vigías del pueblo.

Posé la bici contra un macizo de hortensias del palacio, en el que las arañas tejían de flor en flor arquitectónicas trampas de seda, y crucé el jardín, internándome por una vereda hasta la penumbra de nuestro escondite, donde mis amigas resolvían un crucigrama.

—¡Rodrigo! –se sorprendió Amaya–. No sabíamos si te íbamos a volver a ver.

—Aquí estoy –comenté con esfuerzo, porque no me venían las palabras a la boca.

Ana me miró en silencio, un poco seria, y Paloma se levantó para hacerme un sitio y me cargó las manos de pipas.

—¿Sabes cuál es la capital de Ecuador?

—Quito.

Se apresuró a escribir el nombre de la ciudad sobre la revista de pasatiempos.

Ana comía las semillas a un ritmo veloz, amontonando las cáscaras en un rincón de la mesa.

—¿Vais a ir esta noche a la verbena?

—¿No te has enterado? –dijo Amaya–. El tío Bernardo ha descubierto el trato que teníamos con Rosario para comprar tabaco y nos ha castigado a no salir de casa hasta que nos marchemos a Bilbao.

—Estoy harta de andar del palacio a la piscina y de la piscina a la pesquera –protestó Paloma–. Ni que fumar fuese un delito.

—Anda que yo... –añadió Amaya–. Conozco vuestras caras mejor que la tabla del cinco. ¿Cuántos crucigramas hemos rellenado? ¿Quince...? Sabéis lo que os digo, que como el tío no nos levante el castigo esta noche, me escapo.

—¿Y te llevarás en el bolsillo la dirección y el teléfono del tío Bernardo por si te pierdes? –le preguntó Ana con desdén–. No sabes la suerte que tienes, Rodrigo, de vivir solo.

Se mordió el labio inferior y tiró al suelo, de un manotazo, el montoncito de cáscaras.

—Mirad –anunció Paloma–, viene la tía Concha.

La anciana avanzaba por el camino hacia las escaleras de la fachada de atrás.

—Amaya, el tío Bernardo está echando la siesta. Sólo nos falta que la tía le despierte con ganas de palique. ¿Por qué no me acompañas y la entretenemos en la piscina?

—Está bien, vamos.

Cada día anochecía antes. El sol no calentaba con la misma intensidad que a finales de julio. Ni siquiera las chicharras chirriaban en la copa de los pinos, ni los moscones zumbaban alrededor de los higos maduros. Sólo los caracoles y las babosas, que abrillantaban los caminos con su rastro, permanecían fieles al universo de los invertebrados del valle. Las hojas de las hayas se veían un poco más oscuras, pero en nuestro escondite se mantenía la misma atmósfera verde y gris.

—Tenía muchas ganas de verte –me dijo Ana cuando nos quedamos solos. Jugaba con una pipa, arrastrándola sobre el granito–. Desde la primera noche de verbena no habíamos vuelto a saber de ti. Gracias a la modista me enteré de que aún sigues en Salaberría, porque presentía que te habías marchado a Francia con tu padre.

—Menuda mujer cotilla... No hay quien pueda guardar un secreto en este pueblo.

—¿Qué quieres decir? ¿No tenías pensado despedirte? –retiró los brazos de encima de la mesa y los cruzó bajo su pecho.

—No es eso, tonta. Es que la abuela está preparando una fiesta y me he quedado en casa para ayudarla. Además, creo que los últimos días en el valle debo pasarlos con ella.

—Tal vez tengas razón. Anda, vamos al palacio.

—¿Te aburres conmigo?

—¿Por qué me preguntas eso? –indagó Ana.

—Estaba convencido de que este rincón era nuestro lugar. No sé por qué tenemos que subir a tu casa ahora que, por unos momentos, podemos estar solos.

—Pensé que te apetecería merendar algo. Unos amigos de mi tío le han regalado mantequilla de Soria; está riquísima.

—En ese caso –le sonreí con la mitad de los labios.

Entramos en el caserón por la puerta de la balconada. Nada más poner un pie en el zaguán me dejé llevar por un olor a cera y a humedad, tan característico de aquella estancia. Como el asesino de novela que coleccionaba la esencia de sus víctimas en tarritos de perfume, el mejor recuerdo que me hubiese podido llevar a París hubiese sido una colección de los aromas de aquel verano, entre los que estaría el vetusto olor del palacio de los Zabala que, con el tiempo, es la remembranza que me hacer ver con mayor nitidez aquellos días, al igual que el halo de los arbustos de boj reproduce en mi memoria las jornadas en las que jugábamos al croquet.

Llegamos a la cocina, que por la ordenada disposición de cada cacharro debía de ser una de las habitaciones preferidas de Bernardo. De las paredes, forradas con planchas de azulejo blanco, pendían sartenes y cazos de cobre, colgados de más grande a más pequeño. Los travesaños de madera del techo estaban adornados, sin intención, por racimos de pimientos secos y por ristras de ajo y de hierbas aromáticas. Habían enclaustrado el fogón en un saliente de alabastro que servía como mesa de cocina, con sus tarros de barro cocido, en los que se leía: «azúcar», «sal», «garbanzos», «alubias» y «lentejas». La nevera, un modelo de mitad de siglo, estaba en una esquina para que no molestase a la vista, y detrás de una cortina ocultaban el carbón que utilizaban para encender el horno. Sólo un ventanuco ventilaba la cocina, un vano abierto sobre los jardines del duque. Sobre el alféizar canturreaba un periquito verde limón.

—Es un perico viejo –Ana, se acercó a la jaula y el lorito brincó desde el columpio hasta los barrotes para que su dueña le acariciara el plumón del pescuezo–. Me lo regalaron mis padres cuando cumplí diez años.

Levantó en vilo la jaula para cerrar la ventana, abrió la portezuela y el pájaro voló alrededor de la cocina hasta que se posó sobre uno de lo travesaños, donde picoteó un pimiento. Tras un silbido de Ana, levantó de nuevo el vuelo y realizó una cabriola en el aire antes de regresar a su prisión.

—¡Lo has amaestrado como a un perrito de feria!

—Qué va. Es muy listo; aprendió solo –acercó de nuevo el dedo hasta los barrotes y el periquito gorjeó mientras se dejaba mimar–. Sólo se fía de las mujeres.

—¿Qué quieres decir?

—Intenta acariciarle como yo lo hago.

En cuanto vio que me acercaba, el ave saltó otra vez al balancín para contonearse de lado a lado de la percha, alzando el pico con intención de intimidarme.

—Este loro tiene sangre latina; le pierden los celos.

Junto a la puerta había un escaño de madera, en cuya mitad colgaba un tablero que hacía las veces de mesa. Ana lo abrió, desplegando una pata que lo afirmó en el suelo.

—¿Te apetece uno?

Acababa de sacar dos cigarrillos del bolsillo de su camisa.

—No escarmientas. Si aparece tu tío, no sé qué puede hacerte.

Volvió los ojos a la puerta, pero noté que no estaba asustada.

—Contigo es distinto, Rodrigo. Si viene, le dices que el tabaco es tuyo. Además, ya estoy castigada, así que por este verano no podrá ensañarse. Anda, abre la ventana.

Prendí una cerilla de la caja de fósforos del fogón. Las hebras de humo se entrelazaban en el techo, desvaneciéndose con la brisa que entraba por el ventanuco. Paloma entró a la cocina con un frasco de esmalte y se sentó en el alféizar, junto a la jaula, para pintarse las uñas.

—Dame una calada –le solicitó a su hermana.

Tragó el humo con los ojos cerrados, simulando un gran placer. De pronto sentimos los pasos y la voz de Bernardo, que se aproximaba por el pasillo canturreando una melodía.

—¡Vamos, Paloma! –ordenó Ana–. Agita el frasco de laca para confundir los olores. Rodrigo, lanza tu pitillo por la ventana y mueve los brazos para disipar esta humareda.

—Joven Gárate, cuántos días sin verte –me saludó el alcalde apenas pasó a la habitación–. Por cierto, no puedes figurarte lo extraño que me resulta este olor a tabaco, porque mis sobrinas dejaron de fumar hace un tiempo. Claro que, con la de porquerías que echan ahora a las huertas, no es de extrañar que este nuevo aroma provenga de los ajos –nos guiñó un ojo–. ¿Cómo está tu abuela?

—Triste, Bernardo, porque estoy a punto de marcharme a Francia con mi padre.

—Así es la vida, joven; siempre estamos diciendo adiós. El verano ha pasado y el otoño se acerca sin que nos demos cuenta –comentó mientras cortaba un pedazo del bizcocho–. Pagaría por ver la cara de tu padre el día que le expliques con calma todos los amigos que has hecho en el valle. Estoy más que seguro de que le remorderá la conciencia por haber abandonado a sus viejos colegas de póker.

—Hablando de cartas, mi abuela os invita a Salaberría. Ha organizado una fiesta para despedir las vacaciones.

—Lo sé –inidicó el alcalde dando un mordisco al dulce–. Ayer me encontré su nota en una de las ventanas del primer piso. Alguien la dejó allí sin avisar. ¿Sabes quién las ha repartido?

—No tengo la menor idea –mentí.

—En todo caso, transmítele nuestro agradecimiento, pues tenemos intención de visitaros.

—Pero tus sobrinas están castigadas a no salir del palacio.

—Bueno, en una ocasión tan especial...

Le miré fijamente a los ojos, dándole a entender que aquella amnistía resultaba insuficiente.

—Gárate, Gárate..., me comes la moral.

Levantó el confinamiento de mis amigas. Paloma introdujo el pincel del esmalte en el bote, abrazó la cabeza de su tío y abandonó la cocina a la carrera mientras gritaba:

—¡Amaya! ¡Amaya! ¡Nos ha perdonado el castigo!

—Bueno –comentó Bernardo después de limpiarse el bigote con una servilleta–, he de acompañar a la tía Concha antes de que se duerma en una silla del jardín.

Ana tomó el frasco de pintauñas, esperó a que Bernardo saliera de la cocina y me besó en la mejilla muy despacio. Nunca antes lo había hecho así, y sentí que un rubor emborrachaba mi rostro.

—¿Me acompañas a la pesquera? Quiero ponerme guapa para esta noche.

Los frutales que rodeaban la pesquera estaban sembrados de albaricoques pasados y picoteados por los pájaros. Ya casi no quedaban amapolas ni dientes de león y, de camino a las escaleras, rompí de una patada el túnel que había abierto un topo bajo el pasto. Mientras Ana se acicalaba las manos y los pies, no cruzamos palabra. Se oían los altavoces de la plaza, que radiaban un concurso infantil. Aunque el locutor introducía chistes y aleluyas, simulamos no escucharle.

Bajé a las pozas. Las paredes de los estanques estaban reverdecidas por unas algas que semejaban terciopelo. Al paso de mi sombra, los cangrejos se ocultaban bajo las piedras rebozadas de verdín, dejando a la vista el filo de sus desproporcionadas pinzas. Un rumor delicado me descubrió el diminuto manantial del que se alimentaban aquellas viejas piscinas. El agua surgía transparente de debajo de la tierra, agitando con un temblor unas hierbas ahogadas en la fuente. Los nenúfares portaban diminutas gotas, redondas como lágrimas de cristal, prueba de que las ranas acababan de zambullirse al sentir nuestros pasos sobre las breñas. Las arañas de agua –zapateros les llamaba Matamoros– patinaban sobre la superficie sin apenas rozar el agua mansa.

—Mañana es domingo –rompió Ana el forzado silencio–. Si quieres, podemos ir a misa esta tarde.

—Bueno.

Cuando tañeron siete campanadas, partimos hacia la plaza. Se celebraba la víspera de la gran fiesta del valle. Subimos al coro, en la nave no cabía un alfiler, y permanecimos durante toda la celebración con el cuerpo apoyado contra la barandilla, desde donde dominábamos toda la iglesia. A nuestras espaldas cantaba un coro de hombres con voces polifónicas que desdoblaban las notas hasta en tres y cuatro tonos, con una armonía y una fuerza sobrecogedoras. Me embriagaban el aroma del incienso, la luz teñida de las vidrieras, los elegantes ornamentos de don Eustaquio y aquella marea de cabezas. No podía seguir la liturgia: en mi pensamiento repiqueteaba una voz inmisericorde que apuntillaba la cercanía de mi marcha. Miré a Ana. Envuelta en los juegos de colores del rosetón del coro, estaba más bonita que nunca. Quería llorar, pero me asustaba que me descubriese aquel gentío. Llegó el momento de la paz y, cuando apreté su mano, mis dedos acariciaron sin disimulo la longitud de sus falanges.

El ayuntamiento homenajeó a los jubilados después de la misa. Les ofreció una merienda en el pórtico del templo. El tío Bernardo presidía la larga mesa de tablas de pino. La tía Concha mojaba los churros en una taza de chocolate con la candidez de una niña, mientras Marieli mordisqueaba unas rosquillas aunque no tenía la edad señalada en los pasquines que la comisión había pegado sobre el tronco de los árboles de la carretera, pero todo el mundo daba por supuesto su derecho a disfrutar del ágape.

—Ven –le dije a Ana–, tengo unas monedas y quiero invitarte a unos buñuelos de manzana.

Nos acercamos al remolque en el que los gitanos freían los dulces, donde compré un cucurucho de papel que el aceite traspasó enseguida. Al rato montamos en el tiovivo, y nos reímos como si a cada vuelta se desvaneciera nuestro pesar. Fuimos hasta el escenario para observar cómo instalaba sus equipos de música la banda que iba a tocar aquella noche.

—Son las nueve y media –anunció Ana mirando su reloj de muñeca–. Tengo que volver a casa.

—Pero... Si te acaban de levantar el castigo y aún no ha comenzado la verbena.

—Es mejor que me marche. Lo hemos pasado muy bien, Rodrigo, y no es bueno abusar de la confianza del tío Bernardo.

Caminamos hacia el palacio.

—Entonces, yo también me marcho. Seguro que en Salaberría hay mil cosas por hacer. Te acompaño y cojo la bicicleta.

—¿Por qué no te quedas? –Ana se detuvo.

—¿Para qué? No tengo ganas de bailar con las chicas del Pontón. Además, la abuela necesita rematar los preparativos de la fiesta.

Traspasamos la puerta del jardín.

—Quita, Platero –empujé la cabezota del mastín, que pretendía oliscar el aroma de los buñuelos y pringarme con sus babas.

Atravesamos el parque hasta el macizo de hortensias, donde alcé la bicicleta cogiéndola por el manillar. Estaba a punto de dar la primera pedalada rumbo a la calle cuando Ana dijo:

—Rodrigo, espera.

Me quedé de pie con la bicicleta entre las piernas.

—Tengo algo para ti.

—¿Una sorpresa?

—Sí. ¿Quieres acompañarme al camarote?

—¿De qué se trata? –me picó la curiosidad.

—Si te lo dijera, no te sorprenderías.

Esta vez, ni siquiera apoyé la bici contra las flores; la dejé tendida sobre las piedras de la vereda.

Subimos con sigilo las escaleras de la terraza, pues –aunque atronaba el bullicio del ferial– no queríamos alertar a Amaya ni a Paloma, que aún se estaban arreglando entre su habitación y el cuarto de baño. Ana abrió la puerta de la balconada y la empujó con suavidad. Antes de pasar, se volvió y posó su dedo índice sobre los labios.

Recorrimos de puntillas los pasillos hasta la escalera interior de la casona, que subía de piso en piso hasta el camarote del tejado. No encendió la luz, me tendió su mano para que no me tropezara con los escalones. Una vez arriba, a tientas tiró de una portezuela y sentimos un aliento de calor, los restos del verano que conservaba el tejado del palacio.

—Espera, no te muevas –me conminó–. A ver si encuentro el interruptor. Creo que está por aquí.

Con la tensión de dos bombillas que colgaban del techo, tomó forma aquel santuario para poetas, un desván repleto de bártulos viejos, apilados unos sobre otros desde hacía más de un siglo. De un primer vistazo descubrí una alacena con la madera abultada, cabeceras de hierro con borlones de porcelana, lámparas de bronce, montañas de libros que habían perdido el color de sus tapas sembradas de veneno para ratones, cuadros con el lienzo rasgado, maletas ilustradas con sellos de hoteles, un maniquí de mimbre, colchones atados con cuerdas, vajillas incompletas, cajas de todas las formas y tamaños, un globo terráqueo abollado, radiadores sueltos, un fuelle de enormes proporciones, pájaros disecados con el plumaje roído por la polilla y sillas inglesas de montar a caballo.

—¿Por qué no me habías traído aquí?

—No lo sé. Sentimos un respeto reverencial por el camarote, ya que guarda las antigüedades de la familia. Nunca invitamos a los extraños a este cuarto, incluso el tío nos tiene prohibido hurgar entre los cachivaches, pero siempre que tengo la certeza de que no podrá descubrirme subo para mirar, tocar los objetos e imaginarme a las personas a las que pertenecieron. Fíjate en esos baúles, por los sellos que tienen pegados he descubierto que mis abuelos surcaron más de una vez el océano rumbo a América del Sur. Si los abrimos –tiró de los cierres de hierro de un baúl y empujó hacia afuera de cada uno de sus cuerpos–, en vez de recuerdos de Argentina encontramos viejos uniformes del servicio del palacio, con cofias para doncellas y mandiles de mayordomo.

Cerró el maletón y avanzamos unos pasos hasta unas cajas apiladas. Eran sombrereras. Ana levantó la tapa de una de ellas y sacó un sombrero cubierto por una gasa en tonos marrones, con una pluma de marabú teñida del mismo color.

—Era de mi bisabuela. Te estoy hablando del año quince o del año veinte... Voy a soplar para quitarle el polvo de alcanfor.

Me di la vuelta y contemplé una colección de abanicos, algunos firmados con tinta. Pensé que podría leer el nombre de aquel torero que estampó su autógrafo en el de la tía Concha, pero las letras eran ilegibles, aunque me pareció reconocer unos trazos con la firma del Rey Alfonso XIII.

—Rodrigo, mírame.

Ana se había calado el sombrero, colocándose un tul transparente sobre la cara. Tenía aires de Belle Epoque.

—Estás muy graciosa.

—Aquí está la cuna de cuando era bebé –avanzó por el cuarto.

—Tienes una memoria de elefante.

—¡Bobo! –se rió–. La conozco por fotografías.

—Yo he descubierto unos libros viejos. ¿Te importa si los miro?

—Estás en tu casa.

Desplegué un atlas de 1905. Mientras, Ana encontró un mantón de Manila y se lo echó por encima de los hombros.

—... «¿Dónde vas con mantón de Manila?»...

—Esa canción la canta mi abuela.

No me escuchó. Interpretó la pieza de zarzuela como si estuviera sobre las tablas de un teatro. Revolviendo en unos cajones encontró unas zapatillas rojas a las que llamó «manoletinas», y paseó por el camarote gesticulando una nueva copla.

Los mapas del atlas dibujaban unas fronteras que poco tenían que ver con la realidad de hoy, y los nombres de muchos países evocaban antiguas guerras. Me sequé el sudor de la frente antes de pasar de página. De pronto, Ana dejó de cantar. Cerré el atlas y me di la vuelta. Había desaparecido.

—¿Ana?

Escuché un carraspeo de papeles en una de las esquinas de la buhardilla.

—¿Qué haces?

Se movía por detrás de un cuadro rasgado con un siete. Al fin, salió de su escondite con un objeto oculto por los flecos del mantón.

—Desde hacía tiempo deseaba que conocieras mi habitación secreta –me confió mientras se acercaba lentamente–. Ahora, al verte en este camarote repleto de recuerdos, quiero que te lleves algo que te hable de mí cuando estés lejos.

Frotó con la seda un artilugio de metal.

—No puedo, Ana –alcé los brazos para significar que no iba a tocar su regalo–. Eso que me vas a dar pertenece a tu tío, a toda tu familia.

—El tío Bernardo no conoce todas las cosas que se guardan en el camarote, porque fue su abuela la primera que comenzó a coleccionar trastos inservibles. Todas esas puertas –señaló una pared cubierta por armarios–, contienen piezas de las que sólo yo tengo idea de su existencia, desde zapatos a sombrillas de paseo o viejos almanaques. Cuando muera el tío, los padres de Amaya y los míos llamarán a un trapero para vaciar esta buhardilla, lo he escuchado muchas veces, y venderán a precio de chatarra todo lo que ves.

Se quitó el sombrero y lo posó sobre una mesa con incrustaciones de madera que componían el tablero de un ajedrez. Mil puntos de sudor le brillaban sobre la frente.

—Pero, Ana –me disculpé–, he escuchado a tu tío decir que ésta es una de las primeras habitaciones que prepara para el invierno.

—Créeme, Rodrigo –hizo una pausa de silencio–. Quiero regalarte algo que de verdad siento mío, un objeto que forma parte de la historia del palacio a pesar de que lleve muchos años escondido en este camarote, olvidado de la vida cotidiana del caserón. Presiento que el valle no va a formar parte de mi vida para siempre. Cuando el tío falte, venderán el palacio, y prefiero que te lleves este regalo a que termine en una fundición de hierro viejo o en un anticuario, junto a esos retratos de mi bisabuela –señaló un cuadro posado en el suelo, detrás de mí–. El pintor le sacó un gesto antipático, pero te aseguro que fue una mujer risueña, aunque no la haya conocido, porque en mi familia somos todos muy divertidos. Anda, toma.

Me extendió una trompeta plateada entre los pliegues del mantón.

—No creo que funcione, pero decorará tu habitación de París si la colocas por el lado que no está golpeada. Supongo que se la olvidaría en el jardín algún músico de una de esas orquestas que venían al pueblo para amenizar las fiestas de los indianos.

El corazón me galopaba sin freno y me faltaba la respiración, como si estuviera desapareciendo el oxígeno de la buhardilla. El sudor me caía a chorros por la espalda, empapando la camisa.

—Gracias, es preciosa –musité casi sin voz. Carraspeé–. Tengo la sensación de que estas semanas han sido las más bonitas de mi vida.

—¿Volverás?

—Supongo que no. Mi padre quiere convertirme en un hombre de provecho, y aquí no se aprenden idiomas ni se puede conocer gente importante. Para él es suficiente con que haya perdido más de dos meses de mis quince años entre estas montañas.

Ana inclinó la cabeza y un mechón de pelo le cubrió parte del rostro. Aunque la iluminación no era buena, puedo asegurar que vi el brillo de las lágrimas sobre su cara. Apreté la trompeta contra mi estómago hasta hacerme daño, acerqué mi mano a su barbilla y le di una tímida caricia. Hubiese querido decirle que no temiera al futuro, porque la esperaría los años que hiciesen falta. Sin embargo, estaba mudo, como si de repente me hubiera olvidado de articular palabra. En el pecho me golpeaba un puño ingrato que identifiqué con la soledad que se avecinaba, compañera fiel de mi vida. En unas horas iba a perder la risa torrencial de Ana, la humedad de sus manos cuando, con cualquier excusa, se las cogía, la explosión de vida de sus ojos y la tibieza de su piel. El destino ingrato me obligaba a decir adiós a quien ocupaba en mi corazón el primero de los lugares, por delante de mi padre, incluso de mi abuela.

Otra vez estaba agarrado a la cancela de hierro labrado que sella el panteón de los Zabala, y Ana ocupaba un lado distinto al mío. Esa puerta representaba nuestro destino: la venta del palacio, la venta de Salaberría, el último eslabón de la historia de dos familias. Los muertos del valle se quedarían solos muy pronto, sin nadie que viniese de cuando en cuando a recordarles e implorar por sus almas, ni siquiera a jugar al escondite entre sus tumbas, con inocencia y con temor. Estábamos a punto de convertirnos en pasado, en recuerdo, en líneas de una novela escrita sobre la sima de la añoranza.

—Nunca más volveré –pensé con mi mano aún rozando su barbilla, y una lágrima se agolpó en la cuenca de uno de mis párpados, cayendo hasta la tarima polvorienta del camarote. Deseé que el tiempo no existiera, que Dios nos preservara en los quince años para siempre.

Me tentó abrazar el cuerpo tembloroso de la chiquilla, pero no me atreví. Apenas si rocé con la yema de mis dedos el perfil de su cabeza, llevándome el tacto sedoso de su pelo. Apreté de nuevo la trompeta contra mi estómago y salí de la habitación a toda prisa.

Por las escaleras me sequé las mejillas con la manga de la camisa. No se veía nada, pero salté sin miedo –de dos en dos– los escalones, y llegué a la calle sin que nadie me sorprendiera. El parque estaba a oscuras y subía la humedad vaporosa del río. Bordeé la fachada hasta llegar a la bicicleta. Fijé la trompeta sobre la parrilla del guardabarros y pedaleé. Antes de tirar del pomo de la puerta del jardín, me volví y alcé los ojos calientes para llevarme la última imagen de aquel rincón de valle. Descubrí a Ana asomada entre las sombras de un ventanuco del tercer piso. Dejé caer la bicicleta y escondí la trompeta detrás de las hierbas de la tapia. De una carrera subí a la balconada y golpeé la puerta con todas mis fuerzas. Por fin se encendió la luz; me recibió Bernardo, que ya había regresado de las fiestas, con su afabilidad de costumbre.

—El joven Gárate...

—Buenas noches, alcalde. Vengo a buscar a Ana. Ésta es nuestra última noche de verbena.

—Pensaba que estabais en la plaza. Estas chicas me van a volver loco. Anda, pasa, que ya se nota la humedad y me duelen los huesos. ¡Ana! –voceó por el pasillo–. ¡Ha venido Rodrigo a buscarte! ¡Ana! Demonio de chica... ¿Dónde estará? ¡Ana! –gritó más fuerte.

CAPÍTULO XIV

Abrí el balcón, mi cuarto estaba a oscuras, y un surco de plata cruzó la habitación desde el ventanal hasta la mesilla junto a mi cama. Saqué el pijama de debajo de la almohada. Carmen había preparado las últimas sábanas con especial delicadeza; estaban bien planchadas y olían a tomillo. Me tumbé y pasé un buen rato, no sé cuánto tiempo, observando el juego de sombras de luna que cada viga proyectaba en el techo. No pensaba en nada especial, sólo recorría con los ojos los perfiles tortuosos del entramado. Los últimos ecos de la música de la plaza se colaban a través de los visillos.

De pronto, la habitación centelleó como si la acabaran de fotografiar desde el cielo. Al principio conté, una a una, las gotas que chocaron contra el balcón, pero no tardaron en multiplicarse hasta convertirse en un torrente. Me senté sobre el colchón para contemplar la tormenta, con la espalda apoyada en el cabecero. Los visillos ondeaban al compás del aire y todo se había coloreado de azul: la fachada del convento, la palmera y la magnolia, mis manos y mis pies descalzos.

Sólo me quedaban dos noches en el valle y me hubiera gustado que mi padre se acercara desde París a compartir la fiesta que la abuela había organizando. Le echaba de menos. Él, que analizaba hasta el suceso más leve de cada día –incluso las nimiedades por las que nadie se preocupa– con el fin de sacar algún propósito aplicable a sus negocios, no había visto la oportunidad de mi estancia en Salaberría para reconciliarse con su madre, con el universo de su infancia y de su juventud.

Traté de reflexionar como él y llegué a la conclusión de que, durante aquel verano, había conocido por primera vez el arraigo, el valor que tienen las raíces para el ser humano. El hombre puede acumular toda la sabiduría para seguir siendo un ignorante, coleccionar dinero y poder para no salir jamás de la miseria, porque el viaje de la vida tiene un punto de partida y un misterioso destino que sólo se alcanza si conocemos el origen de nuestra existencia.

Mi padre no sólo renunció a su familia y al paisaje de sus antepasados, sino que estaba dispuesto a que yo tampoco los conociera. La muerte de mamá y el asesinato del duque, aun habiendo desorientado su vida, no eran suficientes para prescindir de las personas que le amaban, ni para privarme durante quince años de ellas. Traté de ponerme en su lugar: si Ana muriese, no renegaría de los lugares por los que paseamos juntos, porque el hombre no puede borrar su historia. Los recuerdos afloran aunque no queramos, y los rincones y la gente llevan grabado nuestro sello. Mi padre no aceptó su destino y había convertido su vida en una huida sin fin, transformando la herencia de bien que había recibido (el amor, la familia y la amistad) en otros valores que sólo producen un amago de felicidad. ¿Qué vale el dinero o el poder frente a la quietud de un paisaje nocturno?

Cogí la trompeta y comencé a acariciarla, deslizando mis dedos por sus tubos de metal. Al acercármela a la boca degusté el sabor de la herrumbre de tantos años de silencio en el camarote del palacio de los Zabala. No me atreví a soplar, por no despertar a mi abuela.

Me levanté, me acerqué al balcón y silbé los compases de una habanera mientras recreaba en el aire mojado la imagen de Ana. Aquella noche, durante la verbena, de su rostro había manado un brillo diferente al de los otros días del verano. Bailamos hasta hartarnos, nos sentamos en las escaleras del quiosco para observar a la gente del pueblo, comimos churros, bebimos chocolate caliente y organizamos cadenetas con Amaya, con Paloma y con buena parte de los chicos y chicas con los que jugábamos al frontón. Nada perturbó nuestra alegría, porque en ningún momento nos referimos al final de las vacaciones. Por unas horas, vivimos en presente la intensidad de una noche de fiesta.

CAPÍTULO XV

La abuela celebró la fiesta al atardecer de mi último día en Salaberría. Estaban invitados todos aquellos que conocí en el pueblo, incluso el Cosaco, el cartero, la estanquera y la modista, que no recordaba un verano con tanto trasiego social en el caserío de la familia Gárate.

—Podríamos llamar a este homenaje «La fiesta del otoño» –propuso Bernardo al alzar su vaso de vino.

—Qué ideas tan bonitas tiene el alcalde –opinó Carmen, que por traer de la cocina al jardín las bandejas cargadas de merienda, no se había quitado el delantal blanco.

Entre ella y la abuela decoraron las mesas que dispusimos a lo largo del paseo de la parra. La abuela ordenó limpiar unos faisanes de plata que harían de centro en cada tablero, y Carmen pulía el metal a la vez que se sorbía las lágrimas. Lloró desde el desayuno (me abrazó tras servirme la leche, contagiándome su desasosiego), hasta el momento en el que preparaba mi equipaje.

—No te puedes marchar –se atrevió a decirme tras poner mis últimas camisas sobre la cama–. Date cuenta del dolor de tu abuela.

—¿Qué quieres que haga ? Empiezo otra vez el colegio, no me queda otro remedio. Pero volveré, no tengas miedo.

Carmen respiró profundo.

—Es que has tardado quince años en venir, mi niño, y la abuela ya está mayor.

—Anda, calla, que como sigas hablando me va a pesar la conciencia.

Matamoros había bajado al cobertizo para afilar su guadaña. Tenía previsto cortar la hierba de la campa de las monjas, que por estar tan crecida no permitía el paso de las finas cuchillas de la segadora mecánica. Cuando le vi, raspaba con una piedra el filo de la hoz. Me senté a su lado y él me apretó la nuca en señal de cariño.

—¿Hasta cuándo tendremos calabazas y pepinos? –le pregunté por hablar, pero desvió la conversación hacia mi padre.

—Si viniera, aunque sólo fuera por unos días... En Nochevieja pasa por aquí demasiado deprisa, tanto que da la impresión de que se siente obligado a hacernos la visita. Tu abuela ha sufrido demasiado, y se merece un final feliz. Tú eres el único que puedes convencerle –gorjeó y escupió a medio metro–. No tengo idea de qué le hemos hecho a Julián para que nos trate con ese desprecio.

—Nada, Matamoros.

—Entonces es el dinero, maldita sea. Atiéndeme bien –se volvió hacia mí–, si las riquezas vienen de golpe, son capaces de cambiar a los hombres y convertir al más bondadoso en un perro. El jodido oro hace más daño que una mala mujer.

—No es el dinero, Matamoros. Mi padre lo gana, no te lo niego, pero no es ésa la razón. Le gusta su trabajo, no es que quiera ganar más. Ni siquiera perder...

—No te engañes, muchacho. El dinero es culpable de casi todas las penas de la vida, porque es capaz de deshacer a las familias que más se quieren. Yo conozco a un pastor al que le tocó la lotería, una lluvia de millones, y no pasó un año cuando riñó con la mujer, con los hijos y con los nietos, y hoy no le quiere nadie. Ahora, que él no se despega de sus riquezas, rumiando todo el santo día la manera de multiplicar su *patrinomio.*

—Patrimonio...

—¡Como se diga, leche, y no me corrijas! Y si tu padre no viene por aquí y anda avinagrado con nosotros tiene que ser por el dinero, aunque insistas, joder.

—Te sorprenderías si supieras que en el fondo desea volver.

El jardinero me miró de reojo.

—No me vengas con historias, niño, pues si quisiera lo habría hecho hace tiempo, sin esperar a que tu abuela estire la pata. ¿Sabes lo que pienso?

—Dime.

—Que en la vida hay que echarle huevos para reconocer los errores. Pedir perdón es más difícil que hacer una *herodicidad.*

—Heroicidad, Matamoros, que nunca vas a aprender a hablar –resolví con un ataque de risa.

—Demonio de chaval –protestó–. Hablar contigo es peor que hacerlo con un *dizonario.* Anda, vamos a echar un trago antes de que lleguen los invitados, que en presencia de tanta gente me da vergüenza beber. Esa modista es una cotilla y después chismorreará con todo el pueblo las zarandadas de Matamoros.

Entró en el cuartucho, de donde sacó una botella de chacolí. Primero bebió él, un trago largo e ininterrumpido.

—¡Ah...¡ –se secó los labios con el antebrazo peludo–, ésta es la mejor de las riquezas.

Después de pasarme el vino me arreó un cachete en la espalda.

—Aún recuerdo las cabalgadas con Julián por el valle. Él montaba al Zar, un potro con mucha sangre. Creo que te hablé del caballo.

Asentí mientras bebía.

—A mí, el panadero me prestaba una yegua –prosiguió–. Estaba vieja y mal alimentada la cabrona, y siempre llegaba después de Julián, que se reía del tranco descompensado de aquella especie de mula.

—¿Por dónde galopabais?

—Salíamos de esta huerta, por el camino del río, y llegábamos hasta Alava y más lejos todavía. Una vez alcanzamos el mar después de dos días de excursión. Era un día de tiempo revuelto en el que no había bañistas y las olas saltaban unas sobre otras con una espuma asesina. Julián quería correr hasta la orilla y yo, que no sé nadar, me cagaba en sus muertos.

—¿Y mi madre? ¿Qué impresión te causó?

—Era preciosa. Aún la veo entrar en Salaberría –miró hacia el caserío–. Yo pertenezco a la gañanía y estoy acostumbrado a que las visitas me den la mano cuando saludan al servicio, pero ella me besó porque, decía, Julián le había hablado mucho de mí. Tu padre había telefoneado al valle desde Madrid para decir que venía a presentarnos a su novia, y te juro que por más que he buscado por las verbenas de la provincia, no había en el mundo una moza con tanta clase como Isabelita. Tenía un porte de *aristrocratra* que sobrecogía y, a pesar de los años que han pasado, no me olvido de su sonrisa, de lo alegre que estaba después de la boda, cuando se instalaron aquí y naciste tú. Incluso cuando los médicos la tenían crucificada con esos dolores, siempre guardaba una mirada amable para los demás. En fin, que es mala sombra que muriera sin verte crecer.

El Iru apareció por la puerta de la covacha.

—El jodido estaba echando la siesta ahí dentro, donde el sol no molesta –refirió su dueño.

Incluso en aquel chucho se notaba la cercanía del otoño, pues le habían crecido las lanas y ya no se rascaba con tanto celo las mordeduras de las pulgas.

—Anda, sube con tu abuela –me conminó–, que os quedan pocas horas para estar juntos.

La abuela había colocado los altavoces del tocadiscos a cada lado del ventanal del salón, para que los invitados escucharan música durante la fiesta. Seleccionó las canciones de despedida que más le gustaban.

—Quisiera saber qué te parece –comentó mientras posaba la aguja del *pick-up* sobre el vinilo–. Canta Atahualpa Yupanqui.

«...
Al clarear, yo me iré
de los pagos del Tucumán.
Malaya mi suerte,
tanto quererte
y tener que decirte adiós
...»

—¿Yupanqui...? Tiene nombre de artista de circo. Prefiero tus habaneras.

—¿Has escuchado mis discos de habaneras?

Nos miramos.

—No, abuela. Te oigo por las noches cuando abres la ventana del mirador.

La abuela agachó la cabeza como un niño pequeño que descubre la fama de sus trastadas.

—Si no canto antes de acostarme no puedo dormir –se disculpó–. Es una querencia que tengo desde hace muchos años. En verano, cuando era joven, los coros de hombres entonaban habaneras en los parques de Bilbao, y desde entonces me gustan mucho, porque con ellas me imagino cómo es Cuba, el paraíso perdido de los indianos. Ya sabes que tu abuelo murió por una enfermedad que atrapó en aquella isla, lo que adorna a esos cantos de más misterio... Es una manía que tengo.

—Abuela, no hace falta que me des explicaciones. A mí también me gustan las habaneras. Papá las tararea cuando se afeita, pero prefiero que las cantes tú, porque te sabes bien las letras.

—Se las enseñé cuando era niño, pero se le han debido de olvidar –me sonrió–. Son canciones antiguas, que compusieron los que volvieron derrotados de la última guerra colonial.

Escuchamos el chirrido de la puerta del jardín y el Txo corrió, arañando el suelo de cemento, para ver quién venía.

—Son nuestros invitados, Rodrigo, vamos a recibirles.

Marieli y la modista fueron las primeras en llegar. A la modista le temblaban las manos por el esfuerzo realizado al empujar el carrito de Marieli desde «Villa Habana» hasta el caserío, así que fui yo quien bajó el carricoche al paseo de la parra. Marieli admiró las flores de la abuela, tan delicadas, y me pidió que cortara con la mano unos brotes de hierbabuena que fue colocando en el ojal a cada uno de los convidados. Rosario alzaba de cuando en cuando una punta de su chaleco para acercarse la rama olorosa a la nariz. Se había acicalado con el vestido de los domingos, el mismo que había lucido durante los días de fiestas.

Estaban invitados casi todos los niños del pueblo. También Ander y Mariana, que vinieron con sus padres desde Bilbao. Mariana, al principio, se mostró recelosa, como si no se acordara de nosotros, pero se volvió locuaz para conseguir que le dejara un gatito que el cartero me había traído de regalo. Tío Antonio se lo quitó de los brazos asegurándole que el animal era portador de toda clase de infecciones. A pesar de las lágrimas de la niña, Matamoros se vio obligado a encerrar al minino en el garaje. El Cosaco, por su parte, apareció con otro de sus salchichones, que Carmen tiró a la basura aprovechando uno de sus numerosos viajes a la cocina.

Ana me buscaba de tanto en tanto entre el gentío. Desde una distancia que no delatara nuestro amor a los curiosos ojos de la modista, arqueaba las cejas con gesto taciturno. Amaya y Paloma, por el contrario, charloteaban con unos y con otros, ponderando la simpatía de la abuela, que a su edad no se arredraba con ese tipo de festejos en los que los jóvenes se sentían protagonistas. No tardaron en cambiar las músicas folclóricas por otros discos con los que era posible bailar.

Después del postre, la abuela golpeó su copa de helado con una cucharilla. Los invitados dejaron de hablar y Paloma bajó el volumen de los altavoces.

—Disculpadme, amigos, pero no quiero que termine esta velada sin que mis nietos y yo misma os mostremos cómo se baila un vals. A lo mejor, Julio desea acompañarnos con el acordeón.

El cartero entonó con su caja de fuelle algo parecido al «Lago de los cisnes». Le solicité el baile a mi abuela, mientras Ander comenzaba a dar vueltas con Mariana por el paseo de la parra.

—Observa con disimulo a Mayte –me susurró la abuela al oído–. No se puede creer lo que ven sus ojos.

Tía Mayte tenía la boca abierta. No sabía si sonreír o acompañar a Carmen con más lágrimas. Una salva de aplausos celebró el vals.

—Ahora, unos pasodobles –sugirió el cartero mientras se acomodaba las cinchas del acordeón.

—Es vuestro momento –masculló la abuela empujándome hacia los invitados que nos rodeaban.

Me acerqué a Ana.

—¿Quieres bailar conmigo?

—¿Estás loco? –murmuró entre dientes, colorada como un pimiento–. La gente se va a dar cuenta.

—Pensarán que eres mi amiga, nada más.

Con otra ovación arrancamos la danza.

—Cuánto te quiero –le deslicé al oído.

Con un movimiento imperceptible, mis dedos acariciaron su mano, la misma mano que sostenía para conducir a la chica al compás de la música.

A media noche, el cartero entregó el acordeón a don Eustaquio, que nos sorprendió con bellos zorzicos que hicieron suspirar a la tía Concha, pues por una laringitis mal curada que preocupaba mucho al cura, no pudo acompañarle con su centenaria voz.

La abuela se retiró a descansar en uno de los sillones de mimbre. Me acerqué para darle las gracias por la fiesta.

—¿Gracias...?, bobadas. Hace años que soñaba con una noche como ésta junto a mi nieto desconocido, y he comprendido que algunos sueños se cumplen –resopló mostrando su cansancio–. Tengo unos hijos un poco merluzos, empeñados en alejar a sus niños de la abuela cuando lo único que deseo es estar con vosotros.

—Has sido muy buena conmigo.

—Déjate de palabras. Mira, el recuerdo que guardo de Isabelita era suficiente garantía para presagiar que mereces confianza. Por eso nunca te he puesto barreras; estaba convencida de que serías un chico formal y de que me ibas a querer.

Pasé mi mano por sus pómulos descarnados. Me miró un instante y luego volvió la cabeza hacia nuestros convidados.

—Tengo la sensación de que has hecho buenos amigos.

—Es la primera vez que encuentro gente a la que podré volver a ver, porque estarán siempre en el valle.

Escuchamos el sonido del acordeón y las risas que provocaba un cómico baile de Carmen.

—Deberías ponerte serio con mi cocinera –me indicó–. No se atreve a decirme que ha vuelto a la bebida. Sé que Matamoros le regala botellas de chacolí a mi espalda. Esta noche le he contado, por lo menos, seis vasos de vino, así que luego tendréis que llevarla en brazos a su casa. Ale, atiende a nuestros invitados.

Cumplí demasiado tarde el encargo de la abuela, pues Ana se había marchado sin avisar. Sentí un pinchazo fuerte en la garganta cuando comprobé que no estaba, a pesar de que me había advertido que no se despediría.

—Una vez escuché decir que en el cielo disfrutaremos de un maravilloso don, por el que podremos estar en muchos sitios y en muchos momentos a la vez –me dijo una tarde en la mesa de piedra–. A mí me gustaría disfrutar de ese regalo antes de tiempo, porque necesito perpetuarme en todos los lugares que quiero para nunca más tener que decir adiós. ¿Te imaginas?, Rodrigo; estar en el valle y, a la vez, en cualquier otro lugar del mundo...

—Es difícil imaginárselo, Ana, pero quisiera tener ese don.

—Pues yo quisiera conservarme para siempre en esta edad o, mejor aún, quisiera la inocencia de un niño, que no sabe que las cosas bonitas se acaban.

Pero Ana ya no estaba en Salaberría; hacía un rato que se había marchado. Pensé que nunca más nos volveríamos a ver.

Poco a poco se fueron despidiendo los invitados. Todos repetían loas para la abuela y me citaban para el próximo verano. Don Eustaquio, que llevaba del brazo a la tía Concha, me marcó una cruz en la frente, y el último que abandonó Salaberría fue el pobre Cosaco, quemado de nuevo por el alcohol.

Tía Mayte, tío Antonio, mis primos y yo acompañamos a la abuela a su habitación. Antes de subir las escaleras nos animó a entrar en la capilla, donde rezó en voz alta por toda la familia, sobre todo por los que estaban lejos y por los que descansaban en el más allá: tía San Roque, mamá y el abuelo Rodrigo.

—Recuerda que Matamoros vendrá mañana para llevarte en su coche a la estación –me advirtió–. No te quedes dormido o perderás el tren.

—Lo sé, abuela, no te preocupes. Antes de marcharme entraré en tu dormitorio para despedirme.

—Sí –opinó tía Mayte–, el jardinero vendrá demasiado temprano como para que tú te levantes, mamá.

Me senté entre las camas de mis primos mientras se dormían, contándoles una historia plagada de duendes y hadas, ambientada en los bosques del Viquirrio. Después, cuando en Salaberría reinaba un pacífico silencio, bajé las escaleras y salí a la calle para contemplar desde el jardín el cielo estrellado. Caía el rocío, que empapaba la hierba con minúsculas gotas, y el gatito rubio del cartero maulló a mis pies.

—¿Qué haces aquí fuera? Te vas a enfriar.

Lo alcé con una mano y me lo apoyé contra el pecho y la barbilla. La criatura retemblaba, con un ronroneo que le nacía en las entrañas.

—Vamos al garaje. Te voy a preparar una cama para que duermas a salvo del Txo. Es un perro bueno, pero no quiere mucho a los gatos.

Hice un cubil sobre una carretilla con una manta vieja. Después me fijé en la bicicleta de Matamoros y no pude resistir la tentación de bajar al palacio. Acomodé al minino en su refugio, abrí la puerta del jardín y pedaleé con todas mis fuerzas. La calle estaba vacía. La plaza, sin gente, sin casetas ni gitanos, tenía un aspecto sepulcral. Una lechuza se cobijó en el campanario, como cuando conocí a Marieli.

Me detuve frente a la tapia del parque del alcalde. Desde la carretera escruté entre las hayas y los robles, hasta distinguir la mesa de piedra. Luego recorrí con los ojos la fachada del palacio, desde los macizos de hortensias del primer piso hasta el blasón de la familia de los Zabala que corona la construcción. Ana me estaba esperando. Encendió la luz de su cuarto y se apoyó en el alféizar. Entonces abrí el portalón de hierro y caminé hasta la casa.

—Estaba segura de que vendrías –afirmó desde el segundo piso, conteniendo el tono de voz.

—¿Te ha gustado la fiesta?

—Mucho. Tu abuela es genial.

Durante unos momentos no dijimos nada.

—¿Tienes ganas de ir a París?

No me gustó su pregunta, resultaba forzada porque sabía que no quería vivir en Francia.

—No muchas.

Otra vez guardamos silencio.

—¿Me escribirás? –esta vez fui yo quien habló.

—Sí, ya te lo dije.

—Es que, si no lo haces, voy a pensar que te has olvidado de mí.

—A lo mejor ocurre al revés, te escribo y no me contestas. Si así ocurriera, no pensaré que me has olvidado, porque siempre que mires la trompeta recordarás el ridículo que hice en el camarote.

Se rió sin ganas.

—No hiciste el ridículo. Yo también lloré por las escaleras de tu casa.

Bajé la cabeza, pues me dolía el cuello de mirar hacia arriba.

—¿Por qué has venido si sabes que prefiero que no nos despidamos?

—Es que esta noche pensé hacerte un regalo, Ana, pero te fuiste demasiado pronto y no he podido dártelo.

—¿Qué es?

—No te lo digo, porque no sería una sorpresa. Mañana lo sabrás. Lo voy a dejar en la mesa de piedra. Acuérdate de recogerlo. Adiós, Ana.

Me acerqué a nuestro escondite por las sombras del jardín. Me desabroché el reloj y, cuando lo iba a dejar sobre la piedra, escuché el roce de unos pasos.

—Soy muy curiosa, Rodrigo, no puedo esperar hasta mañana.

Estaba en camisón y zapatillas.

—Si tu tío se entera de que has bajado a la calle, te mata.

—No te preocupes por el tío. Déjame ver.

Le entregué el reloj, se lo abrochó con cuidado y me dio un beso.

—Si te lo quitas y te lo doy otra vez, ¿me besarás de nuevo?

Ana sonrió con vergüenza.

—No. Es mejor que te marches; es tarde y hace frío.

—¿Ni siquiera un beso de despedida?

—No me gustan las despedidas. El siguiente lo guardo para cuando vuelvas.

Mientras pedaleaba por la carretera, de regreso a Salaberría, posé la mirada en la fonda, de estilo isabelino, que lanzaba al cielo las junturas de su tejado como si fueran arpones. Me sentía el hombre más dichoso y más desgraciado del mundo, una sensación difícil de explicar.

ÍNDICE

astor juvenil
PALABRA

Grandes relatos, acción y aventuras, historia y sentimientos.
Literatura para jóvenes y para todos

EL ÚLTIMO CRUZADO
La vida de D. Juan de Austria
Louis de Wohl
8ª edición

PEÑAGRANDE
Miguel Martín

EL ESBIRRO
Sergei Kourdakov
17ª edición

ATILA. EL AZOTE DE DIOS
Historia de Atila, el rey de los Hunos
Louis de Wohl
3ª edición

LA VICTORIA DEL SOL
Tomás Alfaro
3ª edición

CORRE, BENITO, CORRE
José Luis Olaizola
2ª edición

RESCATE EN HISPANIA
Aventuras de «Salix Aurea»
Jacinto Forment

JUNIA
Michael E. Giesler
2ª edición revisada

MARÍA Y EL REY
Rafael de los Ríos

JUANA DE ARCO
La chica soldado
Louis de Wohl

DEL ISLAM AL CRISTIANISMO: MI HISTORIA
Sabatina James
2ª edición

LOS ÚLTIMOS FARAONES
Aventuras de «Salix Aurea» II
Jacinto Forment

PALABRAS EN LA ARENA
José Ramón Ayllón
2ª edición

NOCTURNO
Santiago Herraiz Solla

OBRAS DE MIGUEL ARANGUREN

AQUEL VERANO
5ª edición

DESDE UN TREN AFRICANO
2ª edición

MONZÓN SOBRE BOMBAY
2ª edición

CRÓNICAS DE ARENDAR DE TYRION
Elena Martínez Herranz

Libro I: LA PROFECÍA DEL DRAGÓN (2ª edición)
Libro II: EL REY DE LOS ALARI
Libro III: EL QUINTO ELEMENTAL

EDICIONES PALABRA, S.A. - Castellana, 210 - 28046 Madrid
Telfs.: 91 350 77 20 - 91 350 77 39 - Fax: 91 350 02 30
www.edicionespalabra.es - epalsa@edicionespalabra.es